周振甫讲谭
徐名翚 周佩兰 选编

周振甫 著

周振甫讲修辞

江苏教育出版社
凤凰出版传媒集团

编选说明

周振甫先生生前曾说过,他一生主要做了两件事,一是编辑工作,二是普及工作。

周先生做的第一件事是成功的。1987年中国出版家协会和中华书局在他80岁时,曾为他召开了一个"周振甫先生从事编辑工作50年大会",表彰他50年来从事编辑工作取得的卓越成绩。出版界的领导和学术界的著名学者出席了大会。几乎从不出席会议的钱钟书先生都到会祝贺并讲了话。钱先生说:"振甫和编辑工作的关系是50年,我和振甫的关系是40多年。10年、20年、30年、40年,我们的关系是愈老就愈接近、愈好。"著名学者和书法家启功先生用朱笔画了一幅《松竹图》送给周先生。那一丛挺拔的幽篁,是虚心高洁之美的象征;那一挺铁干虬松枝的老松,则是轩昂坚贞之气度的写照。出版界的领导王子野先生,著名学者、资深编辑杨伯峻、刘叶秋等先生还当场题词赋诗:

"五十年如一日,甘当无名英雄。"(王子野)

稿件编排随意笔,辞章剖析解牛刀。
谦恭足比陈文象,敦厚真如龙伯高。
今日见闻尤可乐,座中不乏方九皋。(杨伯峻)

一代雕龙手,丹铅五十春。
品缘谦益重,情以朴能真。
发蕴文心古,探幽诗话新。
翛然安斗室,不见画梁尘。(刘叶秋)

中央电视台、中央人民广播电台、《人民日报》《光明日报》等众多媒体都作了广泛的报道。为一位编辑召开这样隆重的大会,是没有先例的,在当时曾引起各界人士的注目,而对出版界产生的影响则更大。

1997年,周先生在接受中央电视台《东方之子》采访时,主持人请他谈谈六十多年来研究中国古典文学的心得,给年轻一代传授治学之道。周先生对这个问题的回答很简单:我没有什么本事,只不过把古代的一些好东西,实事求是地介绍给大家,做了一点普及工作。

周先生说他只做了一点普及工作,其实他做的普及工作,还是不少的。他把影响我国几千年的两部经典著作,《诗经》和《周易》做了译注;把我国古代最著名的一本文论专著《文心雕龙》做了注释和今译,还主编了《文心雕龙辞典》。在研究《文心雕龙》的基础上,又深入探索古代文论史,写下《中国修辞学史》、《中国文章学史》以及《文论散记》、《文哲散记》、《文论漫笔》等著作。并用"例话"的形式,把深奥枯燥的理论,用生动活泼的例子,做深入浅出的诠释,写下《诗词例话》、《文章例话》、《小说例话》、《风格例话》,构建了中国古典诗文独特的评析系统。其中《诗词例话》自1962年出版后,风行海内外,累计印数达七十多万册。特别在20世纪60年代,专谈写作艺术的书籍还很少,《诗词例话》就成了当时大学文科学生、广大文艺爱好者进入我国古典文艺理论大门的一把钥匙。一本文艺理论的读本,印数竟如此惊人,仅此一例,足以说明周先生做的普及工作是成功的。

周先生为来访和来信的大、中学老师,文艺爱好者推荐书目时,总是推荐钱钟书先生的《管锥编》、《谈艺录》和《宋诗选注》。周先生总是说他的一点本事,是从钱先生那里学来的。他说《管锥编》、《谈艺录》的每一则札记,都是发前人所未发,教给我们怎样去读书,怎样去做学问。周先生曾写过两首七律,赞颂《谈艺录》和《管锥编》在学术史上的地位和贡献:

金翮高飞笑二虫,抢榆未至作腾空。
名高不假扶摇力,才美自开阆苑风。
艺撷亚欧贯今古,体分唐宋极精工。
累丸已见承蜩手,下笔如神岂道穷。

高文何绮数谁能,谈艺今居最上层。
已探骊珠游八极,更添神智耀千灯。
九州论学应难继,异域怜才倘有朋。
试听萧韶奏鸣凤,起看华夏正新兴。

而钱先生对周先生也很尊重,钱先生1973年有《偶见江南二仲诗因呈振甫》:

同门才藻说时流,吟卷江南放出头。
别有一身兼二仲,老吾谈艺欲尊周。挚仲洽、钟仲纬。

1975年又有《振甫追和秋怀韵再叠酬之》：

> 杨云老不悔雕虫，未假书空且叩空。
> 迎刃析疑如破竹，擘流辨似欲分风。
> 贫粮惠我荒年谷，利器推君善事工。
> 一任师金笑刍狗，斯文大业炳无穷。

高度评价了周先生在学术上取得的成就。

1983年，钱先生在《谈艺录（补订本）》的引言中说："审定全稿者为周君振甫。当时（指1948年《谈艺录》由上海开明书店印行）原书付印，君实理董之，余始得与定交。三十五年间，人物浪淘，著述薪积。何意陈编，未遭弃置，切磋拂拭，犹仰故人。诵'卬须我友'之句，欣慨交心矣。"并在送给周先生的《谈艺录》书上，写下这样的话："此书订正，实出振甫道兄督诱。余敬谢不敏，而君强聒不舍。余戏谓，谚云'烈女怕缠夫'者，非耶？识此以为他日乞分谤之券。"钱先生的辉煌巨著，百万言的《管锥编》，序仅有137个字，而谈到周先生就用了32个字："命笔之时，数请益于周君振甫，小叩辄发大鸣，实归不负虚往，良朋嘉惠，并志简端。"周先生则利用各种场合，不遗余力，怀着敬意宣扬钱先生著作的学术价值，目的是想让更多的人知道钱先生书中所蕴藏的珍宝。虽因违背钱先生反对别人宣传他的心愿，使得钱先生不高兴，但周先生始终没有停止这项工作。他们之间长达几十年的真挚友谊，一直被文坛传为佳话。

关于实事求是，说来话长，应该有专文来谈，这里举几个事例来说说。凡是了解周先生的人，都说周先生做人做学问实事求是，不人云亦云。

例如《诗经·伐檀》中有一句话"彼君子兮，不素餐兮"，从20世纪50年代起直到现在，中学课本都讲成君子都是白吃饭不干活的，是作为反语讥讽。通行的有权威的中国文学史，也都是这样讲的。周先生引证了大量的史料，认为称白吃的为"尔"，称不白吃的为"彼君子"，认为旧的解释较符合实事求是的要求。(详见《周振甫讲古代诗词》中的《诗经·伐檀》的分析。)鲁迅在《魏晋风度及文章与药及酒之关系》中，认为嵇康的被杀，表面上因为他的朋友吕安不孝，连累嵇康，实际上因为他说了："非汤武而薄周孔"，影射了司马昭的篡位。周先生写了《嵇康为什么被杀》，对此事详加考证，认为嵇康被杀，不是"非汤武而薄周孔"，主要是吕安给他的信，要推翻司马氏政权，跟钟会诬陷他要帮助毋丘俭反对司马氏所造成的。

1986年，周先生的《诗文浅释》(北京师范学院出版社出版)中收有一篇评析柳宗元《小石潭记》的文章，到1994年，北京师范学院出版社又出版了周先生另一本《诗文浅说》。周先生在《诗文浅说》的后记中说：

柳宗元的《小石潭记》称"全石以为底，近岸，卷石底以出"，查中华书局本《柳宗元集》是据《百家详补注唐柳先生文集》标点的，这本子里对"卷石"没有注，再查高步瀛《唐宋文举要》，对"卷石"也没有注。因此，我把"卷石底以出"解作"潭底石头翻卷过来露出水面"完全错了。原来这个"卷石"的"卷"读 quán(拳)。"卷石"本于《礼记·中庸》："今夫山，一卷石之多。"注："卷犹区也。"《左传》昭公三年："齐旧器量，豆、区、釜、钟。"注："四升为豆，四豆为区。"原来"区"是齐国的度量单位，一区等于一斗六升容量，卷石，指相当于一斗六升容量大的石头。在上本书《浅释》里注错了，特向读者道歉。

为一句话，特向读者公开道歉，反映出周先生可贵的实事求是的精神。

再说一件事，就是对毛主席诗词中的两个字，提出修改意见。这件事周先生从来没有说过，连家里的人也不知道。直到逝世前，他才披露这件事。他在《我的编注生涯》(1999年)中，是这样淡淡叙述的：

"(1956年)中国青年出版社向臧克家先生约稿,约他的《毛主席诗词讲解》。臧先生要出版社约人加注。出版社领导就找到我。我看不到毛主席的诗稿,只看到《诗刊》上发表的毛主席的诗词。注到《菩萨蛮·黄鹤楼》的'把酒酹滔滔',写信给臧先生,说《念奴娇·赤壁怀古》'一樽还酹江月'是以酒奠江月。毛主席酒奠滔滔江水,当作'酹',怎么作'酎'字呢?臧先生同意我的意见,主张用'酹'字。……等注到《沁园春·雪》:'山舞银蛇,原驰腊象',又写信给臧先生说:山盖上雪,用'银'字来形容。原盖上雪,应用'蜡'来形容,为什么作'腊'呢?臧先生同意'蜡'。……后来他见到毛主席,谈到改'腊'为'蜡',主席也同意了。"在50年代的历史条件下,周先生能对毛主席的诗词提出修改意见,很能说明他做人的正直,做学问的实事求是。

《周振甫讲谭》系列汇集了周先生有关《谈艺录》、《管锥编》的文章,以及有关文论和诗文鉴赏的文章,编成《周振甫讲〈管锥编〉〈谈艺录〉》、《周振甫讲〈文心雕龙〉》、《周振甫讲怎样学古文》、《周振甫讲古代文论》、《周振甫讲古代散文》、《周振甫讲古代诗词》、《周振甫讲修辞》七种读本,也算是对周先生从事普及工作的一个回顾和初步总结,以此作为对周先生逝世五周年的纪念。《周振甫讲谭》系列中的文章,写于1956年至1999年,如《通俗修辞讲话》写于1956年,其中的用语,特别是例子,是那个时代的产物,为尊重历史,未敢改动,其他的文章,也是如此。《周振甫讲古代散文》和《周振甫讲古代诗词》中有几篇文章,是编者在周先生指导下写的,并经周先生修改审定。《周振甫讲谭》选编仓促,有不妥之处,请读者批评指正。

另外需要说明的是,周先生在书中使用的一些词汇在当前发生了变化,为尊重作者起见,本丛书在编辑过程中,皆未统一改为今天《现代汉语词典》的规范词汇,相信读者自能辨别阅读使用。

徐名翚 2005年5月15日于北京

目　　录

谈修辞学 …………………………………………（1）
中国古代修辞学略说 ……………………………（9）
儒家的修辞说 ……………………………………（23）
《春秋》三传和《国语》的修辞说 ……………（32）
《易传》、《周礼》和《礼记》的修辞说 ……（39）
墨家的修辞说 ……………………………………（45）
道家的修辞说 ……………………………………（47）
法家的修辞说 ……………………………………（52）
纵横家的修辞说 …………………………………（55）
《世说新语》中的修辞学 ………………………（58）
比兴 ………………………………………………（60）
言外之意 …………………………………………（64）
改诗 ………………………………………………（66）
推敲 ………………………………………………（68）
警句 ………………………………………………（70）
夸张 ………………………………………………（72）

夸张和跳跃 …………………………………… (74)

互文和互体 …………………………………… (76)

曲喻 …………………………………………… (78)

博喻 …………………………………………… (80)

喻之多边 ……………………………………… (82)

喻之二柄 ……………………………………… (84)

通感 …………………………………………… (86)

奇偶 …………………………………………… (90)

质语 …………………………………………… (93)

点染 …………………………………………… (96)

设彩 …………………………………………… (97)

衬垫和衬跌 …………………………………… (102)

顿挫 …………………………………………… (104)

正变和新变 …………………………………… (107)

文采 …………………………………………… (113)

词采精拔 ……………………………………… (119)

尚文与崇质 …………………………………… (124)

实中文外 ……………………………………… (129)

文小指大 ……………………………………… (136)

劝百讽一 ……………………………………… (141)

蕴玉怀珠 ……………………………………… (146)

言不尽意 ……………………………………… (151)

意不称物,文不逮意 …………………………… (156)

别立新机杼 …………………………………… (161)

经诰指归,迁雄气格 …………………………… (166)

雄深雅健 ……………………………………… (172)

风行水上 ……………………………………… (178)

想象和核实 …………………………………………… (183)
风格浅谈 ……………………………………………… (189)
谈文学风格的刚与柔 ………………………………… (195)
谈情采 ………………………………………………… (206)
通俗修辞讲话 ………………………………………… (223)
 一 修辞是什么 ……………………………… (223)
 二 修辞的两种手法 ………………………… (230)
 三 选词的标准 ……………………………… (233)
 四 怎样造句 ………………………………… (250)
 五 修辞的积极手法 ………………………… (263)
 六 结语 ……………………………………… (284)

谈修辞学

一　实用性修辞学和文艺性修辞学

修辞学是语言学和文学交界处的学科,它与语言学、美学、心理学等有密切的关联,是研究语言运用效果的科学。修辞学一般分为实用性的修辞学与文艺性的修辞学。实用性的修辞学在语言运用上要求简明、准确、平实,使人读了十分明确,适用于公文体、科技文体、政论体和其他应用文体。文艺性的修辞学在语言运用上要求形象、具体、鲜明、生动,塑造出艺术形象来感染读者,适用于诗歌、小说、戏剧、散文等文学作品。实用性修辞学在语言运用上,结合对象和说话时的情境,说话要达到的目的,选择最适宜的词汇、句子、语调、篇章结构来表达,更多地注意用词造句,以求收到预期的效果。文艺性的修辞学,在语言运用上,要求形象、具体,富有想象,富有情韵和含蓄,因而较多地运用比喻、夸张、摹状、比拟、婉曲、反复、对偶、排比等修辞手法,更多地运用修辞格。

在修辞的运用上,实用性的修辞,如讲山的高,说泰山主峰海拔1524米,是明白准确的。在文艺性修辞上,对山的高,可以表达作者的感受,如李白《蜀道难》说:"连峰去天不盈尺",用的是想象夸张格。对这两者的不同,钱钟书先生在给我讲修辞的信中指出:"文法(兼指前者)求文从字顺,而修辞(指后者)则每反常规,破律乖度,重言稠叠而不以为烦,倒装逆插而不以为戾,所谓'不通'之'通'(参见《谈艺录》新本,532页),亦所谓'文法程度'(《管锥编》,149~151页)。"按《谈艺录》补订本:

又按捷克形式主义论师谓"诗歌语言"必有突出处,不惜乖违习用"标准语言"之文法词律,刻意破常示异。故科以"标准语言"之惯规,"诗歌语言"每不通不顺。

《管锥编》称:

笔舌韵散之"语法程度",各自不同,韵文视散文得以宽限减等尔。后世诗词险仄尖新之句,《三百篇》每为之先。如李颀《送魏万之京》:"朝闻游子唱骊歌,昨夜微霜初渡河"("昨夜微霜,〔今〕朝闻游子唱骊歌初渡河"),白居易《长安闲居》:"无人不怪长安住,何独朝朝暮暮闲"("无人不怪何〔以我〕住长安〔而〕独〔能〕朝朝暮暮闲"),黄庭坚《竹下把酒》:"不知临水语,能得几回来"("临水语:'不知能得几回来'");皆不止本句倒装,而竟跨句倒装。《诗·七月》已导夫先路:"七月在野,八月在宇,九月在户,十月蟋蟀入我床下"("蟋蟀七月在野,八月在宇,九月在户,十月入我床下")。……叶氏(明叶秉敬《书肆说铃》)举例有《小雅·宾之初筵》:"三爵不识,矧敢多又","室人入又",毛、郑皆释"又"为"复",则歇后兼倒装,正勿须谓"又"通"侑",俾二句得合乎"文字之本"耳。

这里说明实用性修辞和文艺性修辞的不同。按：实用性修辞和文艺性修辞在修辞格的运用上，有时也有一致处。如在实用性修辞里，有时也可用比喻、对偶、排比，以达到语言表达的效果。这说明修辞格适用范围的广泛。

修辞学除分实用性修辞与文艺性修辞外，具体内容还包括什么呢？按照陈望道《修辞学发凡》，分为修辞格和风格两部分。修辞格分材料上的，有比喻、借代等；意境上的，有比拟、讽喻等；词语上的，有析字、藏词等；章句上的，有反复、对偶等。就风格说，《修辞学发凡》分为四组八体：①简约和繁丰；②刚健和柔婉；③平淡和绚烂；④谨严和疏放。

把修辞学的内容限于修辞格和风格够不够呢？不够。修辞学既是结合对象、情境、要求来达到语言表达的效果，就得从达意表情上来考虑，这就离不开篇章结构的修辞。篇章结构的修辞，要抓全篇所要表达的主旨，贯彻主旨的情理事义，按情理事义来分章节。即从《修辞学发凡》讲的修辞格看，分"词语上的"，自然可以从词语上去考虑，即在用词造句上去考虑。分"章句上的"，那就得从章句上去考虑，牵涉到分章节了。分"意境上的"，那就得从意境上去考虑，牵涉到情景交融所构成的意境了。结合章句和意境，就离不开就意境和篇章来考虑修辞了。从意境上来考虑修辞，这就离不开练意，从词语上来考虑修辞，这就离不开练辞。刘勰《文心雕龙·熔裁》："情理设位，文采行乎其中。刚柔以立本，变通以趋时。立本有体，意或偏长；趋时无方，辞或繁杂。蹊要所司，职在熔裁；檃括情理，矫揉文采也。规范本体谓之熔，剪截浮词谓之裁。裁则芜秽不生，熔则纲领昭畅，譬绳墨之审分，斧斤之斫削矣。"这里讲的熔即练意，裁即练辞。练意要使纲领昭畅，即对于所要表达的情理，要根据情理所分的章节来作些考虑。练辞要使芜秽不生，对用词造句作些考虑,这些词句是否都恰好地表达情理,这些情理又跟"刚柔以立本,变通以趋时"结合,即又跟风格结合。刚柔指阳刚、阴柔的不同风格,趋时指词语的合于时代需要。这样,除修辞格、风格外,还有《发凡》里不讲的按情理来分章节的练意的修辞。如贾谊《过秦论》,以全篇主旨"仁义不施,而攻守之势异也",放在结尾。放在结尾,表示层层探讨得出来的结论,重在思理方面。而苏轼的《贾谊论》,以全篇主旨"非才之难,所以自用者实难",放在开头。接下来说:"惜乎贾生王者之佐,而不能自用其才也!"表示感叹,重在抒情方面。结论放在结尾或开头,跟作者的侧重思理或抒情有关,即跟按照情理来安排篇章结构有关,属于修辞,与作文法无关。作文法要求内容按照开头、承接、转折、结尾的安排,从情理到篇章的修辞要求从题旨到篇章结构符合所要表达的情意。即这里讲的修辞,包括练辞练意的熔裁在内,包括从情理到篇章结构的修辞在内。

二 语文修辞学与文艺性修辞学

语文修辞学指从语文角度来讲修辞学,文艺性修辞学指从文艺角度来讲修辞学,这两者有差异。就修辞格的比喻格看,语文修辞学,如《修辞学发凡》里讲譬喻格,分明喻、隐喻、借喻三种也就够了。但讲文艺性修辞学就不同了,如钱钟书先生《宋诗选注》讲苏轼的运用比喻,说:

他在风格上的大特色是比喻的丰富、新鲜和贴切,而且在他的诗里还看得到宋代讲究散文的人所谓"博喻"或者西洋人所称道的莎士比亚式的比喻,一连串把五花八门的形象来表达一件事物的一个方面或一种状态。这种描写和衬托的方法仿佛是采用了旧小说里讲的"车轮战法",连一接二的搞得那件事物应接不暇,本相毕现,降伏在诗人的笔下。……在中国诗歌里,《诗经》每每有这种写法,像《国风》的《柏舟》连用镜、石、席三个形象来跟心情参照,《小雅》的《斯干》连说"如跂斯翼,如矢斯棘,如鸟斯革,如翚斯飞"来形容建筑物线条的整齐挺耸;唐代算韩愈的诗里这类比喻最多,例如《送无本师》先有"蛟龙弄角牙"等八句四个比喻来讲诗胆的泼辣,又有"蜂蝉碎锦缬"等四句四个比喻来讲诗才的秀拔,或像《峋嵝山》里"科斗拳身薤倒披"等两句四个比喻来讲字体的奇怪。但是我们试看苏轼的《百步洪》第一首里写水波冲泻的一段:"有如兔走鹰隼落,骏马下注千丈坡,断弦离柱箭脱手,飞电过隙珠翻荷",四句里七种形象,错综利落,衬得《诗经》和韩愈的例子都呆板滞钝了。……上古理论家早已着重诗歌语言的形象化,很注意比喻;在这一点上,苏轼充分满足了他们的要求。

钱先生从文艺性修辞学的角度,对博喻这个修辞格作极生动有力的发挥,跟《发凡》里讲的比喻比起来,就显出有极大的差异。《发凡》里没有讲"博喻",钱先生在注里指出宋代陈骙《文则》卷上丙的第六种"取喻之法"里讲到"博喻",《礼记·学记》:"不学博依,不能安诗。"郑玄注:"博依,广譬喻也。"即指博喻。钱先生还指出方回《桐江集》、王世贞《艺苑卮言》、胡应麟《诗薮》、谭元春《谭友夏合集》、王夫之《夕堂永日绪论》里也都谈到,可是《发凡》里就是没有谈到,这正说明语文修辞谈的跟文艺性修辞还有不同。

钱先生讲比喻,还讲"喻之二柄"和"喻之多边"。《管锥编》37~39页:

同此事物,援为比喻,或以褒,或以贬,或示喜,或示悲,词气迥异；修辞之学，亟宜拈示。斯多噶派哲人尝曰："万物各有二柄"，人手当择所执。刺取其意，合采慎到、韩非"二柄"之称，聊明吾旨，命之"比喻之两柄"可也。水中映月之喻常见释书，示不可捉搦也。然而喻至道于水月，乃叹其玄妙，喻浮世于水月，则斥其虚妄，誉与毁区以别焉。……

比喻有两柄而复具多边。盖事物一而已，然非止一性一能，遂不限于一功一效。取譬者用心或别，着眼因殊，指同而旨则异；故一事物之象可以孑立应多，守常处变。譬夫月，形圆而体明……镜喻于月，如庾信《咏镜》："月生无有桂"，取明之相似，而亦可以兼取圆之相似。茶团、香饼喻于月，如王禹偁《龙凤茶》："圆似三秋皓月轮"，或苏轼《惠山谒钱道人烹小龙团》："特携天上小团月，来试人间第二泉"……月亦可喻目，洞瞩明察之意，如苏轼《吊李台卿》："看书眼如月"……"月眼"、"月面"均为常言，而眼取月之明，面取月之圆，各傍月性之一边也。

钱先生在这里指出"修词之学，亟宜拈示"，就是指文艺性的修辞学说的，所以《发凡》里对这两者无一语道及。

钱先生讲比喻，又有曲喻，《谈艺录》51页：

长吉赋物……而其比喻之法，尚有曲折。夫二物相似，故以此喻彼；然彼此相似，只在一端，非为全体。……长吉乃往往以一端相似，推而及之于初不相似之他端。……如《天上谣》云："银浦流云学水声"，云可比水，皆流动故，此外无似处；而一入长吉笔下，则云如水流，亦如水之流而有声矣。《秦王饮酒》云："羲和敲日玻璃声"，日比瑠璃，皆光明故，而来长吉笔端，则日似玻璃光，亦必具玻璃声矣。同篇云："劫灰飞尽古今平"，夫劫乃时间中事，平乃空间中事，然劫既有灰，则时间亦如空间之可扫平矣。

钱先生谈修辞，又提出"通感"。《七缀集》54～57页：

中国诗文有一种描写手法，古代批评家和修辞学家似乎都没有理解或认识。

宋祁《玉楼春》有句名句："红杏枝头春意闹。"……"闹"字是把事物无声的姿态说成好像有声音的波动，仿佛在视觉里获得了听觉的感受。……在日常经验里，视觉、听觉、触觉、嗅觉、味觉往往可以彼此打通或交通，眼、耳、舌、鼻、身各个官能的领域可以不分界限。颜色似乎会有温度，声音似乎会有形象，冷暖似乎会有重量，气味似乎会有体质。诸如此类，在普通语言里经常出现。譬如我们说"光亮"，也说"响亮"，把形容光辉的"亮"字转移到声响上去……又譬如"热闹"和"冷静"那两个成语也表示"热"和"闹"、"冷"和"静"在感觉上有通同一气之处，结成配偶，因此范成大可以离间说："已觉笙歌无暖热"（《石湖诗集》卷二九《亲邻招集，强往即归》）。……我们的《礼记·乐记》有一节美妙的文章，把听觉和视觉通连。"故歌者，上如抗，下如坠，曲如折，止如槁木，倨中矩，句中钩，累累乎端如贯珠。"孔颖达《毛诗正义》对这节的主旨作了扼要的说明。"声音感动于人，令人心想其形状如此。"……《乐记》里"想"声音的"形状"那一节体贴入微，为后世诗文开辟了途径。

钱先生以上讲的是文艺性修辞学。又钱先生讲《老子》的"正言若反"，提到"翻案语"与"冤亲词"（见李耳节），都是《发凡》里所没有的。即就《发凡》里有的，钱先生从文艺角度讲，讲得跟《发凡》也有不同，如《宋诗选注》第4页讲郑文宝《柳枝词》："亭亭画舸系春潭，直到行人酒半酣，不管烟波与风雨，载将离恨过江南。"注四：

这首诗很像唐朝韦庄的《古离别》:"晴烟漠漠柳毵毵,不那离情酒半酣。更把玉鞭云外指,断肠春色是江南。"但是第三、第四句那种写法,比韦庄的后半首新鲜深细得多了,后来许多作家都仿效它。周邦彦甚至把这首诗整篇改写为《尉迟杯》词:"无情画舸、都不管、烟波隔前浦,等行人醉拥重衾,载得离恨归去"(《清真词》卷下)。石孝友《玉楼春》词把船变为马:"春愁离恨重于山,不信马儿驼得动"(《全宋词》卷一百八十);王实甫《西厢记》里把船变成车,第四本第一折:"试着那司天台打算半年愁,端的是太平车儿约有十余载";第三折:"遍人间烦恼填胸臆,量这些大小车儿如何载得起!"陆娟《送人还新安》又把愁和恨变成"春色":"万点落花舟一叶,载将春色到江南"(钱谦益《列朝诗集传》闰四,陈田《明诗记事》乙笺卷十三作吴镇诗)。

钱先生在这里提出"仿效",即《发凡》里讲的"仿拟格",是《发凡》里也有的。但限于体例,《发凡》里只能说明什么是"仿拟格",再加上例证而已。不可能像钱先生指出仿效有种种变化,指出仿效的"新鲜深细得多了",即艺术上的成就。说明同样讲修辞,语文修辞里讲的,跟文艺性修辞里讲的还有不同。

中国古代修辞学略说

现代的中国修辞学,可以说直到20世纪30年代陈望道先生《修辞学发凡》的出版才真正成立。它成立虽晚,但是源远流长。在先秦时期已有了"修辞"这个说法,已讲到了修辞现象,有了赋、比、兴的修辞手法,但还没专谈修辞的。汉朝董仲舒《春秋繁露·深察名号》接触到词义问题,但不是专讲修辞。后汉王充《论衡》有《语增篇》、《艺增篇》,好像是专论夸饰的,但王充不懂夸饰,他把夸张说成是失实,是本着他"疾虚妄"来写的。因此,直到两汉,还没有专文谈修辞的。从先秦到两汉,只是修辞学的萌芽时期。

魏晋南北朝时期情况变了,刘勰在南齐著作《文心雕龙》,写了不少专篇来谈修辞学,打破没有专篇来谈修辞学的局面。但这些专篇只是附属于他的文学论或文章论,还不成为一门独立的学问,只是附庸。到唐朝,刘知幾在《史通》里写了《言语》、《浮词》、《叙事》、《模拟》,谈到叙述文的语言和修辞,但那也只是附属于他的史学著作,也是附庸。这一段时期,似可称为修辞学的成长期。

到南宋陈骙著作《文则》,里面谈到了消极修辞,谈到了修辞格和风格,是用专书来讨论修辞学的,打破了修辞学的附庸地位,使修辞学成为一门学问。但他谈得比较简略,不够全面,似可称为修辞学初步创立的时期。

1932年陈望道《修辞学发凡》的出版,才确立了修辞学的范围,划清了修辞学的两大分野,极丰富地论述了修辞格,扼要地谈到了风格,从此进入了中国修辞学的成立时期。

一　修辞学的萌芽时期

先秦两汉时期的修辞

在先秦,已经从修辞角度分出各种语言,有好言、莠言、巧言等,已经指出了修辞现象,已经注意到夸张、比喻等修辞手法,已经提出了修辞,对它作了很好的解释,并对应该怎样理解修辞作了很好的说明。

《诗·小雅·正月》:"好言自口,莠言自口。"有时说好话,有时说丑话,都不是发自内心,而是随口说出。又:"维号斯言,有伦有脊。"只是号叫地说,说的话却都有条理。又《雨无正》:"巧言如流。"话说得动听,像水的流动不止。像这样把语言分为好言、莠言、巧言,要求语言的有伦有脊,都属于修辞的范围。

《论语·述而》:"子所雅言,《诗》、《书》执礼,皆雅言也。"孔子平常讲的是一种当时通行的话,他讲《诗》、《书》和《礼》,都用这种通行的话。又《子罕》:"子曰:'法语之言,能无从乎?改之为贵。巽与之言,能无悦乎?绎之为贵。'"正确的话,能够不听吗?但重在改正自己的缺点。婉转的话,听了能不高兴吗?但重在推求它的用意。又《宪问》:"子曰:'为命,裨谌草创之,世叔讨论之,行人子羽修饰之,东里子产润色之。'"郑国的外交辞命,有人起草,有人讨论,有人修改,有人润色。讨论是为修辞作准备,修饰、润色都是修辞。这里把语言分为雅言、法语之言、巽与之言,也属于修辞范围,更提出修饰、润色,就是讲修辞了。

到了孟子对修辞有了进一步的认识。他说:"何谓知言?曰:诐辞知其所蔽,淫辞知其所陷,邪辞知其所离,遁辞知其所穷。"(见《孟子·公孙丑上》)片面的话知道它受到蒙蔽,放荡的话知道它在哪里陷进去,错误的话知道它背离正道,逃避的话知道它理屈辞穷。又说:"故说《诗》者不以文害辞,不以辞害志;以意逆志,是为得之。如以辞而已矣,《云汉》之诗曰:'周余黎民,靡有孑遗。'信斯言也,是周无遗民也。"(见《孟子·万章上》)孟子指出,讲《诗》的,不要因为一个字的解释妨害一句话的含意,不要因一句话的解释妨害作者的命意;要用全篇的意思来推测作者的命意,这才对了。仿照字面解释,《云汉》诗里说:西周剩下来的百姓,没有一个遗留,相信这话,是西周没有遗民了。在这里,孟子不光把语言分为诐辞、淫辞、邪辞、遁辞,还知道这些语言所以造成的原因。还指出语言中的夸张,不能照字面解释,要结合上下文来理解它的用意。他讲的,已经进入修辞学的范围了。

《墨子·小取》里提出比喻,作了解释,说:"辟也者,举他物而以明之也。"辟即比喻,是用别的东西来作说明。这是最早对比喻作的解释。

到《易传》里最早提出"修辞",《易·乾·文言》:"修辞立其诚,所以居业也。"修辞要建立在真诚上,文辞是表达情意的,修辞就是把自己的情意用文辞来表达,像一杆天平,一头是情意,一头是文辞,两者要做到轻重悉称,没有偏重偏轻的毛病,这就是修辞立诚。文辞同情意是否轻重悉称,只有自己最清楚,所以要靠自己的立诚,才能做好修辞工作。

在《周礼·春官·大师》里提出赋、比、兴手法："教六诗，曰风，曰赋，曰比，曰兴，曰雅，曰颂。"郑玄注："赋之言铺，直铺陈今之政教善恶。比见今之失，不敢斥言，取比类以言之。兴见今之美，嫌于媚谀，取善事以喻劝之。"这是说，赋是直接叙述，不论好事坏事都叙述出来。比是看到坏事，不敢指责，借比方来说。兴是看到好事，避免阿谀，借别的好事来劝诱。这个解释，是把赋比兴三种手法同赞美讽刺结合起来说的。在《诗大序》里，孔颖达正义对郑玄的注作了说明："'比云见今之失，取比类以言之'，谓刺诗之比也；'兴云见今之美，取善事以劝之'，谓美诗之兴也。其实美刺俱有比兴者也。"这是说，郑玄讲的比，是指讽刺诗的比，讲的兴，是指赞美诗的兴，其实比和兴都可以用来赞美或讽刺。他又引郑众说："比者比方于物，诸言'如'者，皆比辞也；兴者托事于物，则兴者起也，取譬引类，起发己心，诗文诸举草木鸟兽以见意者，皆兴辞也。"这里对比兴作了更进一步说明，比喻用喻字"如"字，兴往往用鸟兽草木来引起要说的用意。

《左传》成公十四年："故君子曰《春秋》之称，微而显，志而晦，婉而成章，尽而不汙，惩恶而劝善。""微而显"，用意含蓄，当时人看了很明白，如僖公十九年："梁亡。"不写秦灭梁，含有梁君自取灭亡的意思。"志而晦"，记事的用意含蓄，宣公七年："公会齐侯伐莱。"事前同谋的叫"及"，事前没有同谋的叫"会"，这个意思就含蓄在"会"字里。"婉而成章"，用婉转的说法来掩饰，桓公元年："郑伯以璧假许田。"郑君用璧玉来向许国借一块田地，当时的诸侯是不准换地的，所以说成用玉借田来做掩饰。"尽而不汙"，直言而不曲说。桓公十五年："天王使家父来求车。"天子是不该向诸侯求东西的，这是直说天子做得不对。"惩恶而劝善"，昭公三十一年："陈黑肱以滥来奔。"黑肱把陈国的滥地送给鲁国，惩罚黑肱的罪恶，所以记下他的名字。《春秋》就这样用修辞手法来表达褒贬的含意。

《公羊传》隐公三年,"曷为或言'崩'或者'薨'?天子曰'崩',诸侯曰'薨',大夫曰'卒',士曰'不禄'"。这是用不同的词来说明同一个意思,表达人的不同身分。

《左传》里讲的"微而显"等五例,说明先秦时代已经很讲究修辞,对修辞已经有了相当深的体会。

先秦时讲的比兴手法,到后汉的王逸,在《楚辞章句》里有了发展。他说:"《离骚》之文,依《诗》取兴,引类譬喻,故善鸟香草以配忠贞,恶禽臭物以比谗佞,灵修美人以媲(比配)于君,宓妃佚女以譬贤臣,虬龙鸾凤以托君子,飘风云霓以为小人。"在《诗经》里,比只是比喻,兴只是引一物来起兴。王逸把取兴和譬喻结合,对比兴给予新的含义,用善鸟香草来比忠贞,恶禽臭物来比谗佞,只有比喻,没有被比的事物,这样用法,具有象征的意味,扩大了先秦时期比兴的作用。

二　修辞学的成长时期

1. 魏晋南北朝时期的修辞

三国魏讲修辞的,推曹丕的《典论论文》,提出风格来。他说:"徐干时有齐气",指风格舒缓。"琳瑀之章表书记,今之隽也。"指风格俊逸。"应玚和而不壮,刘桢壮而不密。"和指柔和,壮指刚健。"孔融体气高妙",指俊逸。又称:"文以气为主,气之清浊有体,不可力强而致。"气分清浊,近于风格的刚柔。这是较早的风格论,认为作家的风格是本于人的气质所造成的。

西晋陆机的《文赋》里谈到修辞,有谈声律的:"暨声音之迭代,若五色之相宣。"文辞的音节调配得好,像五色配合得好更加光采。这是一个新的命题,直到南齐永明时沈约才提出声律论,可是陆机已经提出这个问题了。他又提出语句的安排:"或仰逼于先条,或俯侵于后章。"前后抵触,是语句安排不当。他又提出文辞和命意:"或文繁理富,而意不指适。"文理繁富而主旨不明,是不突出主旨的毛病。他又指出有的篇幅太小,上无所承,下无所应,"含清唱而靡应"。做到相应了,因为内容好坏混杂,不调和,"故虽应而不和"。内容调和了,又因缺乏感情,"故虽和而不悲",不悲即不感动人。能感动人了,又因为浮艳妖冶,"又虽悲而不雅",能感动人而不正确。做到正确了,又缺乏余味,"固既雅而不艳",正确而缺少风韵。这里指出修辞上的各种毛病,去掉了一个又有一个,他指出怎样去掉这些毛病来完成创作。这样一层深一层来谈修辞,以前还没有过。

他又提到风格:"故夫夸目者尚奢,惬心者贵当,言穷者无隘,论达者唯旷。"尚奢指繁丰,贵当指贴切,无隘即隘,指简约,论达指畅达,指出四种风格,是讲文章的风格。

南朝齐梁时的刘勰,在南齐著作了杰出的文学理论《文心雕龙》,写了《情采》、《熔裁》、《物色》、《声律》、《章句》、《丽辞》、《比兴》、《夸饰》、《事类》、《练字》、《隐秀》、《指瑕》这些篇来讨论修辞。在消极修辞方面,他论《情采》,提示"铅黛所以饰容,而盼倩生于淑姿;文采所以饰言,而辩丽本于情性",即修辞为情理服务,当以表达情理为主。《熔裁》指文章的炼意炼词,"裁则芜秽不生,熔则纲领昭畅",删去芜辞,使纲要明确。《章句》讲分章造句,要"外文绮交,内义脉注",文字衔接,脉络贯通。在讲积极修辞方面,他论《物色》,讲描写景物,要求情景交融:"故'灼灼'状桃花之鲜,'依依'尽杨柳之貌。""灼灼其华",既写出桃花的红艳,又写出新嫁娘心情的热烈。"杨柳依依","依依"既写出柳条的柔弱,又写出依依不舍的感情。《声律》讲字句音节的调配。指出"声有飞沉,响有双叠",声有抑扬,响有双声叠韵,抑和扬要调配得当,双声叠韵要作好安排,避免像口吃那样。《丽辞》讲对偶,要求"理圆事密,联璧其章",道理圆足,用事切合,文采像一对璧玉。《比兴》指出比是"物虽胡越,合则肝胆",比喻和被比的事物像胡越那样不同,对相比的一点又要像肝胆那样切合,以前还没有人这样明确说过。又指出"拟容取心,断辞必敢"。比喻有拟容的,像比声貌;有比心的,像比心理。用比兴来讽刺要有胆识。这样讲,也可以补前人的不足。《夸饰》讲夸张,认为用得好,可以"披瞽而骇聋";夸张过度,会造成"事义睽剌",就是失实。《事类》讲引事引言,提出"综学在博,取事贵约",要博学,在引事引言上才能做到贴切精练。《炼字》讲用字,主张"依义弃奇",按照文义来用字,不用奇字,使文章易懂。《隐秀》指含蓄和警句,要"自然会妙",不是硬造的。在这里有些问题是前人没有谈过的,像《物色》的情景交融,《章句》的绮交脉注,《丽辞》的理圆事密,《事类》的博和约。有些前人虽已谈过,但他提出新的意见或解释,对前人的说法有发展,如《情采》的本于情性,《熔裁》的纲领昭畅,《比兴》的胡越肝胆等。

刘勰又写了《体性》、《风骨》来讨论风格,他发展了曹丕讲作家的风格和陆机讲作品的风格。他认为"才有庸俊,气有刚柔,学有浅深,习有雅郑",从这四方面来探索风格的形成,更为深入。他把作品的风格,分为四对相反的八体:"故雅与奇反,奥与显殊,繁与约舛,壮与轻乖",比陆机的分为六种深刻多了。他又探讨作家的风格,像贾谊的俊发,故文洁而体清;司马相如的傲诞,故理侈而辞溢;扬雄沉寂,故志隐而味深;刘向简易,故趣昭而事博等。把作家的性情同其作品的风格结合起来论述,也比曹丕讲的深刻得多。

刘勰讲《声律》,本于沈约,沈约在《谢灵运传论》里指出:"欲使宫羽相变,低昂互节,若前有浮声,则后须切响。一简之内,音韵尽殊；两句之中，轻重悉异。"就是指文章音节的抑扬和双声叠韵都要调配得当。这个音律论在当时影响很大，后来的律诗就是从这个音律论来的。

梁代钟嵘《诗品》对赋比兴又提出了新的解释："文已尽而意有余，兴也；因物喻志，比也。""若专用比兴，则患在意深，意深则词踬（妨碍）。若但用赋体，则患在意浮，意浮则文散。"他对兴和比与赋合用，提出了新的见解，这是前人所未及的。

北齐颜之推《颜氏家训·勉学》提出代字问题，"言食则餬口，道钱则孔方"，"论婚则宴尔"。他反对用这种代字。后来王国维在《人间词话》里反对用代字，颜之推可说是最早提出这个问题的。

这时期讲修辞，提出了许多新的问题、新的见解，比先秦的讲修辞有了很大突破。成就最高的要推刘勰，他对修辞写了不少的专篇来论述，把修辞学推到成长时期。

2. 唐宋时期的修辞

唐代讲修辞的推刘知幾的《史通》，他在《叙事》里讲叙述语言，要"言近而旨远，辞浅而义深"，如《左传》写"士会为政，晋国之盗奔秦"，士会怎样办好政事的意见从中透露出来。《模拟》篇说，《左传》写"上军下军争舟，舟中之指可掬"。这里通过"舟中之指可掬"这个形象，显出晋军溃败逃跑，极写混乱悲惨场面。又反对"假托古词，翻易今语"，在《叙事》篇说："《秦记》称苻坚方食，抚盘而诟。《齐志》述受纥洛干感恩，脱帽而谢。"后来新史"易'抚盘'以'推案'，变'脱帽'为'免冠'。夫近世通无案食，胡俗不施冠冕"，就不对了。这就是摹古的毛病。

白居易《与元九书》里讲风雅比兴，强调美刺，说："设如'北风其凉'，假风以刺威虐也；'雨雪霏霏'，因雪以愍征役也；'采采芣苢',美草以乐有子也。"把比兴同美刺结合,对郑玄给比兴的解释作了发挥。

以后从沈括到洪迈,对修辞格有发展。沈括《梦溪笔谈》卷十四,称韩愈《罗池神碑铭》:"'春与猿吟兮,秋鹤与飞。'古人多用此格,如《楚词》'吉日兮辰良。'盖欲相错成文,则语势矫健耳。"这可称错综格。又卷十五称《九歌》,"'蕙肴蒸兮兰藉,奠桂酒兮椒浆',当曰'蒸蕙肴'对'奠桂酒',今倒用之,谓之蹉对。又如'厨人具鸡黍,稚子摘杨梅',以'鸡'对'杨'(谐'羊'),为假对。如'几家村里,吹唱隔江闻','几家村草'对'吹唱隔江'皆双声。如'月影侵簪冷,江光逼履清','侵簪''逼履'皆叠韵。"对对偶作了细致的分别。

孙奕《履斋示儿编》提出倒文,如《易》的"去凶者失得之象","失得"是"得失"的倒文。这种倒文是有原因的,如"《记》虽有'吾得坤乾焉',《书》虽有'正月元日'。盖《归藏易》以纯坤为首,其次第不得不然也。《书》前有'正月上日',则后不得不以'月正元日'错综言之也"。次称重复,如"贾生《过秦论》曰:'席卷天下、包举宇内、囊括四海之意,并吞八荒之心',四句而一意也。至于陆士衡《文赋序》曰:'妍媸好恶',四字而二意也。"并称祖述,如欧阳修祖述韩愈,"故《本论》(欧阳作)似《原道》(韩作),《上范司谏书》似《谏臣论》,《书梅圣俞诗稿》似《送孟东野序》"。

洪迈《容斋三笔》提出"譬喻重复联贯",韩愈《送石洪序》云:"论人高下,事后当成败,若河决下流东注,若驷马驾轻车就熟路,而王良造父为之先后也,若烛照、数计而龟卜也。"叠用五个比喻。《容斋四笔》提出歇后语,如"仙鸟仙花吾友于","友于"据"惟孝友于兄弟",以"友于"代兄弟。"为尔惜居诸",本"日居月诸",以"居诸"代"日月"。又叠语,如《公羊传》书楚子围宋,宋人及楚人平事,"三书'军有七日之粮尔',凡九用'尔'字,然不觉其烦"。

从以上讲的看来,唐代修辞,对叙述语的探索比较细致深入。

宋代修辞，对修辞手法的运用提出了不少新的意见，给修辞学的创立作好准备。

三　修辞学初步创立时期

1. 修辞学的初步创立

修辞学的初步创立，当推宋陈骙的《文则》。在他以前，虽有专篇论述各种修辞手法的，但还没有专书来讲修辞。著专书来讲修辞并有新的发见的是陈骙《文则》，是他初步创立了修辞学。所谓初步，是指它还不够完备说的。《文则》的内容，已经包括消极修辞、积极修辞和风格三部分。

《文则》里讲消极修辞的，如甲八反对用古语，说："搜摘古语，撰叙今事，殆如昔人所谓大家婢学夫人，举止盖涩，终不似真也。"戊一、二、三，提出浅语、通语、土语，意谓经书中也用浅语，又指出经书中的古语，实是当时的通语、土语，与反对用古语一致。他说：《礼记》"间有浅语，如'掩口而对'，'母投与狗骨'"；盘庚告民，"用民间之通语，非若后世待训诂而明"。"诗文待训明者，亦本风土所宜。且'王室如燬（烈火）'，使齐人读之，则'燬'为常语。"乙一讲助词，认为"文无助则不顺"。"《檀弓》曰'美哉奂焉'，《论语》曰'富哉言乎'，凡此四字成句，而助词半之，不如是文不健也。"他是从修辞角度来谈助词的。他已提出偏义复词和辨析词义，不过他称为病辞、疑辞。乙四："病辞者，读其词则病，究其意则安，如《曲礼》曰：'猩猩能言，不离禽兽。'《系辞》曰：'润之以风雨。'盖'禽'字于猩猩为病，'润'字于风雨为病也。疑词者，读其词则疑，究其意则断，如

《何彼秾矣》曰'平王(平天下之文王)之孙',《檀弓》曰'容居鲁(钝)人也'。盖'平王'疑为东迁之平王,鲁人疑为鲁国之人也。"甲三里他提出词句协调,称:"文作而不协,文不可诵,文协尚矣。是以古人之文发于自然,其协也亦自然,后人之文出于有意,其协也亦有意。"这些要求用词的明确、词义的辨析、词句的协调,都属于消极修辞。

讲积极修辞的,如比喻,丙一把比喻分为:一、直喻,用喻词,"或言犹,或言若,或言如,或言似,灼然可见"。二、隐喻,"其文虽晦,其义可寻"。不用喻词。三、类喻,"取其一类,以次喻之"。"贾谊《新书》曰:'天子如堂,群臣如陛,众庶如地。'堂陛地一类也。"四、诘喻,虽为喻文,似成诘难。五、对喻,"先比后证,上下相符。《庄子》曰:'鱼相忘乎江湖,人相忘乎道术。'"六、博喻,"取以为喻,不一而足"。叠用几个比喻。七、简喻,"其文虽略,其意甚明。《左氏传》曰:'名,德之舆也'"。八、详喻,"须假多辞,然后义显。"九、引喻,"援取前言,以证其事"。引用前人的比喻。十、虚喻,既不指物,亦不指事。"《论语》曰:'其言似不足者。'"这里既讲了比喻,也讲了跟比喻有关的各种修辞手法。结合写作看,博喻、详喻尤为重要。上引《容斋三笔》讲韩愈一连用了五个比喻。又如苏轼《百步洪》诗:"有如兔走鹰隼落,骏马下注千丈坡,断弦离柱箭脱手,飞电过隙珠翻荷","四句七种形象",像"西洋人所称道的莎士比亚式的比喻,一连串把五花八门的形象来表达一件事物的一个方面或一种状态。这种描写和衬托的方法仿佛是采用旧小说里讲的'车轮战法',连一接二的搞得那件事物应接不暇,本相毕露,降服在诗人笔下"(钱钟书《宋诗选注·苏轼》)。这样重要的修辞手法,《文则》里提出来了,这是值得称道的。又他讲的详喻,引《荀子》:"夫耀蝉者,务在明其火,振其树而已,火不明,虽振其树无益也;今人主有能明其德,则天下归己,若蝉之归明火也。"这样用比喻,在促进写作上是很有帮助的。

此外，像甲三讲倒上，"《书》曰：'无偏无党，王道荡荡；无党无偏，王道平平'"。甲七讲对偶，分"意相属"的流水对，即意思连贯的。丁一讲层递，有递进，"叙积小至大"；有递降，"叙由精及粗"。丁二讲交错，"文有交错之体，若缠纠然，主在析理，理尽后已"。可见他也讲了多种的修辞格。

讲风格的，有甲四讲繁简，举例说明。戊七讲繁简，评判得失。己一讲繁简，联系风格的有简练和富艳。甲五讲含蓄和畅达，戊四讲"文苦而难读"，"文婉而易观"，即艰深和明白。己四讲"《考工记》之文，榷而论之，盖有三美：一曰雄健而雅，二曰宛曲而峻，三曰整齐而醇"。这里虽然讲了多种风格，但比起刘勰的《体性》、《风骨》来还显得不够，所以只成为初步创立的修辞学。

2. 元明清的修辞

元代结合戏曲来讲修辞，有它的特色。明代讲修辞的，以李腾芳的《文字法三十五则》比较突出。清代讲修辞的以桐城派的文论有新见解。

元周德清《中原音韵·作词十法》里讲对偶，分扇面对，如《调笑令》，以"第四句对第六句，第五句对第七句"；重叠对，如《鬼三台》，"第一、二、三句，却对第四、五、六句是也"；又救尾对，如《红绣鞋》，"第四句、第五句、第六句为三对"。说明戏曲的对偶，不同于骈文和律诗。

明李腾芳《文字法三十五则》，如论"字"，"欧公《醉翁亭记》：'峰回路转，有亭翼然'，一'翼'字，将亭之情、亭之景、亭之形象俱写出，如在目前，可谓妙绝矣。"这里已看到字的形象性。论"剥"，"此法由浅入深，由粗入细，由外入内，由客入主，渐渐剥出为妙。如孟子对梁惠王,先言'杀人以梃与刃','以刃与政',然后说到惠王'率兽食人'",这是递进。三十五则中谈写作的多,谈修辞的少,以上两则就是属于谈修辞的,能注意词的形象性,有它的特色。

  清初顾炎武《日知录》谈《文章繁简》已经注意到修辞的两大分野,一种要求正确,一种要求生动。前者像《史记·樗里子传》:"母,韩女也。樗里子滑稽多智。"苏辙《古史》改为"母,韩女也,滑稽多智。"把樗里子的滑稽多智,误作母了。这样求简就违反了修辞上求正确的要求。"有馈生鱼于郑子产,子产使校人(小吏的一种)蓄之池。校人烹之,反命曰:'始舍之圉圉焉,少则洋洋焉,悠然而逝。'子产曰:'得其所哉!得其所哉!'校人出曰:'孰谓子产智,予既烹而食之,曰:'得其所哉!得其所哉!'此必须重叠而情事乃尽。此孟子文章之妙,使入《新唐书》,必曰:校人出而笑之。是故辞主乎达,不主乎简。"他假定照《新唐书》的写法,就失掉了修辞上求生动的要求。在这里他已看到了修辞上的两大分野,是有新的见解的。

  清代桐城派论文,对于这两大分野的修辞都注意到了。方苞《又书货殖传后》谈到义法:"义即《易》之所谓'言有物'也,法即《易》之所谓'言有序'也。义以为经而法纬之,然后为成体之文。"这里提出消极修辞要注意文章的内容和次序。他在《书萧相国世家后》说:"柳子厚称太史公书曰'洁',非谓词无芜累也,盖明于体要,而所载之事不杂,其气体为最洁耳。"就是说《史记》的文章合于义法,合于有物有序的要求,既有内容又有次序。他在《书归震川文集》里谈归有光的文章,"袭常缀琐,虽欲大远于俗言,其道无由"。指出归文写平常琐事,内容不足取,在"言有物"方面显得不足。"至事关天属,其尤善者不俟修饰而情辞并得,使览者恻然有隐(痛)。"指出归文在表达感情方面能感动人。这也是从修辞两方面来立论,既注意消极修辞要讲究内容,又注意积极修辞的动人力量。

  刘大櫆《论文偶记》谈到文章的神气、音节、字句,说:"音节高则神气必高,音节下则神气必下,故音节为神气之迹。一句之中或多一字、或少一字,一字之中或用平声、或用仄声","则音节迥异,故字句为音节之矩。积字成句,积句成章,积章成篇,合而读之,音节见矣;歌而咏之,神气出矣"。"作文如字句安顿不妙,岂复有文字乎?"这里讲字句的安顿,是消极修辞的要求。这种安顿要注意音节,通过音节来表达神气,在表达神气里面又含有表达神情,这是积极修辞的要求。在这里指出,文学散文既要注意字句安顿,又要表达神情,是消极修辞和积极修辞的结合,这是他在修辞学上的新贡献。

清朝谈修辞,从顾炎武到桐城派,都已注意到修辞的两大分野,这是论修辞更深入的地方。

儒家的修辞说

孔子(公元前551—前479)名丘,字仲尼,春秋鲁国陬邑(今山东曲阜)人。官至鲁国司寇。他聚徒讲学,整理古代典籍。他的言论,主要见于《论语》中,其中有讲修辞的。《孟子·滕文公下》:"孔子成《春秋》而乱臣贼子惧。"孔子修订鲁史《春秋》,运用《春秋》笔法,这就是修辞。

孔子在《论语》里论修辞,《论语·卫灵公》:"子曰:'辞达而已矣。'"这里谈到修辞的总的要求,用文辞来达意表情罢了。怎样来求达呢?又《宪问》:"子曰:'为命,裨谌草创之,世叔讨论之,行人子羽修饰之,东里子产润色之。'"郑国作的辞命,像外交上的辞令,内政上的命令,先要经裨谌来起草,再经世叔来讨论,讨论草稿的内容,从命意到谋篇;修饰,措辞句的修改;润色,指文辞的加工。除了起草,从讨论到修饰、润色都是修辞,这里包括命意谋篇到用词造句到文辞加工,即把命意谋篇的考虑放在第一位。因此,春秋时代讲修辞,就把讨论命意谋篇包括在内。

孔子讲修辞,还注意说话的环境、对象和说话时的态度。因为修辞的目的,就要使说的话收到预期的效果,所以要注意环境、对象和态度。又《宪问》:"子曰:'邦有道,危言危行;邦无道,危行言孙(逊)。'"在邦有道时,话可以说得激烈,在邦无道时,话要说得逊顺。又《乡党》:"孔子于乡党,恂恂如也,似不能言者。其在宗庙朝廷,便便言,唯谨尔。朝,与下大夫言,侃侃如也;与上大夫言,訚訚如也。"在乡党,在长辈前,所以谦恭,显得老实,像不会讲话。在宗庙是讲礼节的,在朝廷是讲政治的,都要明辨是非,所以要辩论,又很谨慎。上朝时,同下大夫讲话,态度刚直;同上大夫讲话,态度和悦。这同当时讲究礼仪,对不同地位的人适用不同的态度有关。在注意对象时还要注意效果。《卫灵公》:"子曰:'可与言而不与之言,失人;不可与言而与之言,失言。知(智)者不失人,亦不失言。'"《季氏》:"孔子曰:'侍于君子有三愆(过失):言未及之而言谓之躁,言及之而不言谓之隐,未见颜色而言谓之瞽。'"没有轮到他说话而说是急躁,轮到他说却不说是隐匿,不察言观色而说是盲目。这都说明说话要注意效果。这里还含有说话要注意时机的意思。"躁""隐""瞽"以及"失人""失言",效果都不好,也没有掌握好时机。《宪问》:"子问公叔文子于公明贾曰:'信乎,夫子不言、不笑、不取乎?'公明贾对曰:'以告者过也。夫子时然后言,人不厌其言;乐然后笑,人不厌其笑;义然后取,人不厌其取。'子曰:'其然?岂其然乎?'"公明贾到了人家要他说话的时候才说话,孔子认为要掌握这个时机不容易,所以说"难道是这样吗?"掌握时机跟收到说话的效果有关。讲效果,又《述而》:"子所雅言,《诗》、《书》、执礼,皆雅言也。"刘宝楠《论语正义》:"居官临民,必说官话,即雅言矣。"官话相当于现在的普通话。孔子的学生来自各方面,讲土话会影响效果,只有讲普通话,才能收到好的效果。

孔子讲语言,还注意跟品德修养结合。又《子罕》:"子曰:'法语之言,能无从乎?改之为贵。巽与之言,能无说(悦)乎?绎之为贵。说而不绎,从而不改,吾末如之何也已矣。'""法语",即正言,不能不听,可贵在于改正错误。听了不改,就没有办法了。"巽言",婉转的话,听了使人高兴,贵在推寻它的含意,要是不推寻,那也没办法了。这就要求和品德修养结合。《泰伯》:"曾子曰:'出辞气,斯远鄙倍(背)矣。'"说的话和口气,要远离粗俗和背理,也和修养有关。

孔子讲到文质。又《雍也》:"子曰:'质胜文则野,文胜质则史。文质彬彬,然后君子。'"质胜过文,内容可取,文辞表达不够,显得粗野。文胜质,文辞好,内容不确切,像史的语言,不免讳饰,不符合实际。文质彬彬,文辞和内容都切合实际,然后像成德的君子。这正是对修辞的要求,不光要辞令美,还要求内容切合实际。孔子又提出"正名",就要求名和实相称。又《子路》:"子路曰:'卫君待子而为政,子将奚先?'子曰:'必也正名乎。'子路曰:'有是哉,子之迂也!奚其正?'子曰:'野哉,由也!君子于其所不知,盖阙如也。名不正则言不顺;言不顺,则事不成;事不成则礼乐不兴;礼乐不兴,则刑罚不中;刑罚不中,则民无所措手足。故君子名之必可言也,言之必可行也。君子于其言,无所苟而已矣。'"孔子讲正名,即名与实一致,卫出公自己称君,拒绝他的父亲蒯聩回国即位,孔子认为名不正。按礼,蒯聩是父,当为君,出公是子,当让位,今以子而称君,故名不正。这样,他讲的正名,从修辞的使名实一致,发展到要使名称和合乎礼制的实际的一致了。

孔子论诗。又《阳货》:"子曰:'小子何莫学夫诗,诗,可以兴,可以观,可以群,可以怨。迩之事父,远之事君;多识于鸟兽草木之名。'"《正义》:"诗可以兴者,诗可以令人能引譬连类,以为比兴也。可以观者,诗有诸国之风俗盛衰,可以观览知之也。可以群者,诗有如切如磋,可以群居相切磋也。可以怨者,诗有君政不善则风刺之,言之者无罪,闻之者足以戒,故可以怨刺上政。迩之事父、远之事君者,诗有《凯风》、《白华》相戒以养,是有近之事父之道也。又有雅颂君臣立法,是有远之事君之道也。多识于鸟兽草木之名者,言诗人多识鸟兽草木之名以为比兴。"这里，首先提到"兴"，结合《诗》的比兴来说，认为"引譬连类"，即引用起兴比喻手法。又把"多识于鸟兽草木之名"跟比兴结合，这就在讲起兴比喻的修辞手法了。兴、观、群、怨的诗也有用比兴手法的，就跟修辞联系了。

孔子论诗，又《学而》："子贡曰：'贫而无谄，富而无骄，何如？'子曰：'可也；未若贫而乐，富而好礼者也。'子贡曰：'诗云：如切如磋，如琢如磨，其斯之谓与？'子曰：'赐也始可与言《诗》已矣，告诸往而知来者。'"这是孔子论诗，不是讲修辞，但其中用"如切如磋，如琢如磨"来比精益求精，这个比喻就是修辞。又《八佾》："子夏问曰：'巧笑倩兮，美目盼兮，素以为绚兮。何谓也？'子曰：'绘事后素。'曰：'礼后乎？'子曰：'起予者商也，始可与言《诗》已矣。'"这里是孔子论诗，不是讲修辞。但引《诗·卫风·硕人》称"巧笑倩兮，美目盼兮"，"倩"和"盼"是对巧笑和美目的摹状。又绘画先布采色，后用白色勾勒来显示色采鲜明，这是比喻，这种摹状和比喻又是修辞格了。

《春秋》是鲁国史，孔子把它修改成《春秋》。孔子怎样修改，《左传》成公十四年里说："《春秋》之称，微而显，志而晦，婉而成章，尽而不汙，惩恶而劝善，非圣人，谁能修之？"结合五例来说明《春秋》笔法的，有晋代杜预的《春秋左传序》。

"一曰微而显，文见于此，而起义在彼。称族尊君命、舍族尊夫人、梁亡、城缘陵之类是也。"《春秋》成公十四年："秋，叔孙侨如如（往）齐逆（迎）女。九月，侨如以夫人妇姜氏至自齐。"这里，称"叔孙侨如"，叔孙氏，是氏族名，这里称氏族名，因侨如奉君命出使，为了尊重君命，所以称叔孙。下文称侨如，不称氏族名，因侨如迎接夫人归来，为了尊重夫人，所以只称侨如。《春秋》僖公十九年："梁亡。"不说秦国灭掉梁国，是指责梁君虐待人民，人民溃散，遭致灭亡，是梁君的自取灭亡。《春秋》僖公十四年："春，诸侯城缘陵。"莒国要灭亡杞国,齐桓公不能救,率领诸侯在缘陵筑城,把杞国迁到缘陵。桓公不能救,是缺点,所以不记齐桓公。这里称"微而显",作者的含意在文中没有说明,通过写法来显示,懂得这种写法的看得明显。

"二曰志而晦,约言示制,推以知例,参会不地,与谋曰及之类是也。"《春秋》桓公二年:"秋,公及戎盟于唐。冬,公至自唐。"桓公及戎在唐地相会,两人互相推让,不肯作盟主,会不成,故称公至自唐。倘两三方结会,盟会成就,不称至自某地。《春秋》宣公七年:"公会齐侯伐莱。"在出兵的事上,事前参与谋划的称"及",事前不参与谋划的称"会"。叙事简约,通过不同的用字来表示各种制度,推求它的记录,知道它的体例,称"志而晦",即记录的含意隐微。

"三曰婉而成章。曲从义训,以示大顺。诸所讳避,璧假许田之类是也。"这里指避讳。《春秋》僖公十六年:"冬,公会齐侯、宋公、陈侯、卫侯、郑伯、许男、邢侯、曹伯于淮。十有七年夏,灭项。秋,公至自会",《左传》称僖公在淮上会诸侯,出兵灭项国。齐桓公因此把僖公扣留,到九月才放他回鲁国。这里只记"夏灭项。秋,公至自会。"把僖公被扣留的事都隐讳了。《春秋》桓公元年:"郑伯以璧假许田。"鲁国在京城有许田,郑国在泰山有祊田,两国想互换,因祊田抵不上许田,郑国补上一块璧。这两块田都是天子赐的,照例不能换,故不说换,只说用璧来借许田。这叫"婉而成章"。

"四曰尽而不汙,直书其事,具文见意。丹楹刻桷、天王求车、齐侯献捷之类是也。"《春秋》庄公二十三年:"秋,丹桓宫楹。"把桓公宫的柱子漆红色。当时诸侯的柱子漆黑色,漆红色违礼,所以记下。《春秋》庄公二十四年:"春王正月,刻桓宫桷。"在桓公宫内方椽子上雕刻。照礼制,诸侯的桷不雕刻。《春秋》桓公十五年:"天王使家父来求车。"照礼制,诸侯不向天子进贡车子。《春秋》庄公三十一年:"齐侯来献戎捷。"把俘虏献给鲁国。照礼制,诸侯国间不能遣送俘虏。这是直书其事,不加隐晦,来显示他们做了违礼的事。

"五曰惩恶而劝善,求名而亡,欲盖而章,书齐豹盗、三叛人名之类是也。"这里讲惩戒恶人,奖劝善人。《春秋》昭公二十年:"盗杀卫侯之兄絷。"杀人的是卫国之卿齐豹,卿应该记名,因他借杀人来求名,所以不记他的名,贬称为盗。《春秋》襄二十一年:"邾庶其以漆、闾丘来奔。"邾国人庶其带了邾国的两个邑漆和闾丘来投奔鲁国。《春秋》昭公五年:"莒牟夷以牟娄及防、兹来奔。"莒国的牟夷带了牟娄、防、兹三地来投奔鲁国。《春秋》昭公三十一年:"邾黑肱以滥来奔。"邾国的黑肱带了滥地来投奔。这三个人地位不高,本不当记载在《春秋》里,因他们叛国,所以记下人名来惩戒。这就是"惩恶而劝善"。

《春秋》记事类似大事标题,从中显示褒贬的含义,就有这五例。作者的情意通过这五例来表达,实是《春秋》的修辞法。

孟子(约公元前 372—前 289)名轲,字子舆,战国邹(今山东邹县)人,是孔子孙子思的再传弟子。游说诸侯,聚徒讲学,有《孟子》。《孟子·公孙丑上》:"敢问夫子恶乎长?"曰:"我知言,我善养吾浩然之气。""何谓知言?"曰:"诐辞知其所蔽(片面的话知道它所受的蒙蔽),淫辞知其所陷(过头的话知道它陷在哪里),邪辞知其所离(邪僻的话知道它怎样背离正道),遁辞知其所穷(躲闪的话知道它怎样理屈辞穷)。"知道了这四种话的错误的原因,加以改正,把片面的话改得全面,把过头的话改得恰好,把邪僻的话改得正确,把躲闪的话改得直率,这样的修改,也属于修辞。又讲到养气:"其为气也,至大至刚,以直养而无害,则塞于天地之间。其为气也,配义与道,无是,馁也。"说养气是培养一种正义感,靠长期实行正义来培养。有了这种正义感,就气盛言宜,构成一种刚健的风格,这就属于风格的修辞了。

孟子的修辞,就《梁惠王上·齐桓晋文之事》章看,他善于就近及远、即小见大、层层深入来说服齐宣王。他对齐宣王说:"王坐于堂上,有牵牛而过堂下者,王见之,曰:'牛何之(往)?'对曰:'将以衅钟(杀牛取血涂新钟隙缝)。'王曰:'舍之。吾不忍其觳觫(恐惧貌),若无罪而就死地。'对曰:'然则废衅钟与?'曰:'何可废也,以羊易之?'"孟子引了这个故事,指出这是齐宣王的不忍之心。从不忍心杀一牛推开去,说明这种不忍之心可以用来对待百姓,可以实行王道,替百姓做好事,使民心归向。这就是由近及远,即小见大,就眼前的一件小事,推论到实行王道的大事。这是类推的修辞手法。孟子又善于运用比法,像说:"'吾力足以举百钧(钧,三十斤),而不足以举一羽;明足以察秋毫之末,而不见舆薪,则王许之乎?'曰:'否。''今恩足以及禽兽,而功不至于百姓者,独何与?'"说明齐宣王的不行王道,是不为,非不能。又作比方,"'挟泰山以超(跳过)北海,语人曰,'我不能',是诚不能也。为长者折枝,语人曰,'我不能',是不为也,非不能也。"说明"王之不王,是折枝之类也"。又引出"王之所大欲","欲辟土地,朝秦楚(使秦楚来朝见),莅中国(到中原)而抚四夷也。以若(汝)所为求若所欲,犹缘木(上树)而求鱼也",再用比方。这样层层深入,推求到要他实行王道。孟子的这种说法,运用引用、比喻、类推等修辞手法来达到他宣传王道的目的。

孟子讲诗,也讲修辞。《孟子·万章上》提出:"故说诗者,不以文害辞,不以辞害志。以意逆志,是为得之。如以辞而已矣,《云汉》之诗曰:'周余黎民,靡有孑遗。'信斯言也,是周无遗民也。"像《诗·大雅·云汉》里的两句诗,不能照字面看,说西周人民没有一个留下来,这里只是说西周人民留下来的不多,诗句是夸张的说法,即用修辞的夸张格。

又《告子下》:"公孙丑问曰:'高子曰:《小弁》,小人之诗也。'孟子曰:'何以言之?'曰:'怨。'曰:'固(固执)哉,高叟之为(说)诗也!

有人于此,越人关(拉开)弓而射之,则己谈笑而道(解说)之;无他,疏之也。其兄关弓而射之,则己垂涕泣而道之;无他,戚(亲近)之也。《小弁》之怨,亲亲也。亲亲,仁也。固矣夫,高叟之为诗也!'曰:'《凯风》何以不怨?'曰:'《凯风》,亲之过小者也;《小弁》,亲之过大者也。亲之过大而不怨,是愈疏也;亲之过小而怨,是不可矶(激怒)也。愈疏,不孝也;不可矶,亦不孝也。'"这里写孟子讲诗,不是修辞。说《诗·小雅·小弁》的创作,是由于周幽王宠褒姒,生伯服,废申后,逐太子宜臼。太子宜臼无辜而被废逐,这是周幽王的大过失,所以宜臼要怨,不怨反而显得疏远。《诗·邶风·凯风》:"有子七人,莫慰母心。"有七子的母亲不安于室,这个问题比较小,所以只是责备自己而没有怨。这说明在表达不同的感情上,要根据情意来决定修辞。

孟子的修辞具有战国时代游说的风气,运用比喻、寓言和引用事例来由近及远、即小见大游说,受到了战国策士的影响。他讲修辞,结合知言养气来说,在养气上已开了唐代韩愈论文的"气盛言宜"的主张,接触到修辞的刚健的风格。他的讲《诗》,又联系到夸张和注意情意的修辞,有新的修辞说。

荀子(约公元前 325—前 238)名况,学者尊为荀卿,战国赵人。官做兰陵令。有《荀子》。荀子讲到"谈说之术",怎样使说的话让人信从,运用什么方法,这里就有修辞说。《荀子·非相》:"谈说之术:矜庄以莅(临)之,端诚以处之,坚强以持之,譬称以喻之,分别以明之,欣欢、芳香以送之,宝之,珍之,贵之,神之,如是则说常无不受。"他提出譬喻、分别说明、使人听得欣喜、感到像接触芳香那样美好,这里就有讲究修辞在内。他还讲到态度的庄敬,加以诚正,要说的话使人信从,这还要注意说话的内容可信。

孔子讲"正名",荀子写了《正名》篇,讲到"正名而期(正名以会物,使人不惑),质情而喻(本情实来晓喻)。辨异而不过(辨异物而不过分),推类而不悖(违理),听则合文(文理),辨则尽故。以正道而辨奸,犹引绳以持曲直;是故邪说不能乱,百家无所窜。"这里在讲思辨方法,不是讲修辞。但要使人晓喻,用比喻等手法,辨异要不过分,像用绳来衡量曲直,这就是修辞了。又称"君子之言,涉然(深入)而精,俯然而类(俯近于人而有统类),差差然(参差不齐)而齐。彼正其名,当其辞,以务白其志义者也"。这里提到讲的内容要求精,要俯近于人,接近听众,要在参差中求整齐,要恰当地表白志义,做这些工作,就是修辞了。

《荀子》在修辞上的特色,是他在说理时往往一连用几个比喻,即博喻,使他同《孟子》不同。他的比喻从生活中来,不像《庄子》的奇诡。如《劝学》:"君子曰:学不可以已。青,取之于蓝,而青于蓝;冰,水为之,而寒于水。木直中绳,𫐓以为轮,其曲中规,虽有槁暴(枯干),不复挺者,𫐓使之然也。故木受绳则直,金就砺则利,君子博学而日参(三)省乎己,则知明而行无过矣。"他一开头用青胜于蓝、冰寒于水两个比喻,说明学胜于不学;再用木直中绳、木曲中规两个比喻,说明学的好处。再用木受绳则直、金就砺则利两个比喻,再说明学的好处。构成修辞上的特色。又他精于论理学,结合论理学来讲修辞,也有他的特色。

《春秋》三传和《国语》的修辞说

《春秋》三传指《左传》、《公羊传》、《穀梁传》。钱钟书先生《管锥编》967页：

《春秋》僖公三十三年"陨霜不杀草"，定公元年"陨霜杀菽"，《穀梁传》谓有"举重""举轻"之辨，草"轻"而"菽"重，举"不杀草"则霜不杀菽可知，举"杀菽"则霜亦杀草可知……《春秋》之书法，实即文章之修辞。……《公羊》、《穀梁》两传阐明《春秋》美刺"微词"，实吾国修辞学最古之发凡起例："内词"、"未毕词"、"讳词"之类皆文家笔法，剖析精细处骎骎入于风格学。（如《公羊传》宣公八年说"'乃'难乎'而'"，参观《穀梁传》宣公八年又定公十五年说"足乎日"与"不足乎日"之词），至以"何言乎……""何以不言……"谋篇立局，又宋、明史论及八股文之"代"所沾丐也。

按《公羊传》宣公八年："冬十月己丑，葬我小君顷熊，雨，不克葬。庚寅，日中而克葬。顷熊者，宣公之母也。'而'者何，难也。'乃'者何？难也。曷为或言'而'或言'乃'，'乃'难乎'而'也。"这里称"日中而克葬",称"而"。《春秋》定公十五年,"九月丁巳,葬我君定公,雨,不克葬。戊午,日下昃,乃克葬"。这里称"乃"。称"乃"比称"而"更难。称"乃"是内而深,称"而"是外而浅。定公是鲁君,是内,感情深,所以称"乃"。顷熊是外来的,感情浅,所以称"而"。这里说明《春秋》的书法,分内外深浅。《穀梁传》宣公八年记"葬我小君顷熊"事,称:"庚寅,日中而克葬。'而',缓辞也,足乎日之辞也。"又定公十五年,记"葬我君定公",作:"日下昃(侧)乃克葬。'乃',急辞也,不足乎日之辞也。"日中葬,时间够,所以称"足乎日";日昃葬,时间不够,所以称不足乎日。这里称《春秋》书法,也分"足乎日"与"不足乎日"。这里都指《春秋》书法的修辞。

再就《春秋》三传和《春秋》看,《春秋》是标题式的记事,到三传演成完整的记事。《论语》是简短的语录,到三传成为完整的叙述。下面分别叙述三传和《国语》的修辞说。

《左传》的修辞说。襄公二十五年:"仲尼曰:'志有之,言以足志,文以足言;不言谁知其志?言之无文,行而不远。晋为伯,郑入陈,非文辞不为功,慎辞哉!"又襄公三十一年:"叔向曰:'辞之不可以已也如是夫。子产有辞,诸侯赖之,若之何其释辞也?"这两次都赞美子产的善于辞令,一次是郑国攻入陈国,晋国责问郑子产为什么侵入陈国,子产作了充分答辩,使晋人无话可说。一次是子产陪同郑伯向晋国送礼品,晋侯因事未接见。子产拆了客馆的墙,来容纳车马礼品。晋人责问他,子产作了有力的答辩,批评晋国的客馆门不容车,过于简陋。晋国向他道歉,隆重接待郑伯,重筑客馆,使后来的宾客受益。同一年讲到子产的修辞:"子产之从政也,择能而使之。冯简子能断大事,子太叔美秀而文,公孙挥能知四国之为,而辨于其大夫之族姓、班位、贵贱、能否,而又善为辞令,裨谌能谋。郑国将有诸侯之事,子产乃问四国之为于子羽,且使多为辞令;与裨谌乘以适野,使谋可否;而告冯简子,使断之;事成,乃授子大叔使行之，以应对宾客；是以鲜有败事。"子产讲修辞，首先考虑到辞令的内容，先找公孙挥（子羽）讨论起草，因他熟悉各国情况；次找裨谌，看初稿行不行，因他善于谋划；再找冯简子作决定，因他能断大事；再找子太叔，因他多文才，可修饰文辞。所以子产的辞令，在外交上取得多次胜利，做到"言以足志，文以足言"。又襄公三十年："动作有文，言语有章。"有章即有文采。又昭公八年："（晋）叔向曰：'子野（师旷）之言君子哉！君子之言信而有征，故怨远于其身。小人之言僭而无征，故怨咎及之。'"这里指言有信而有据的，故不会结怨。言有僭越而无凭证的，故结怨有祸。所以发言要信而有征，这也是修辞的要求。

《左传》是历史书，里面编入了当时的文件。就修辞说，突出的显示了违反《论语》里讲修辞的话，有《吕相绝秦》。《论语》里讲的修辞，反对"巧言乱德"，要求名与实相符的"正名"，"耻其言而过其行"，即言辞要与内容一致。《吕相绝秦》却不这样，正是"巧言乱德"，说了一些不符合实际的话来攻击秦国，把秦国对晋国的好处轻易忽略掉。《左传》成公十三年："晋侯使吕相绝秦"："穆公不忘旧德，俾我惠公用能奉祀于晋，又不能成大勋，而为韩之师。"这是说，秦穆公帮助晋惠公在晋国即位，又不能建大功，进攻晋国，有韩之战。事实是秦穆公帮晋惠公回国时，惠公说要割地给秦，他回国后不肯割地。接着晋有灾荒，穆公运粮救济。接着秦国有灾荒，晋国闭籴不肯卖粮给秦，穆公因此起兵攻晋。这里把攻晋的责任完全推给秦国，是不符合实际的。又说"（晋文公）征东之诸侯，虞、夏、商、周之胤而朝诸秦，则亦既报旧德矣"。事实是晋楚争霸，晋文公在城濮打败楚国，在践土与诸侯结盟，朝见周天子。在诸侯中没有秦穆公，根本没有率诸侯朝见秦穆公的事。又说："郑人怒君之疆埸，我文公帅诸侯及秦围郑。秦大夫不询于我寡君，擅及郑盟。诸侯疾之，将致命于秦。文公恐惧，绥静诸侯，秦师克还无害，则是我有大造于西也。"按：秦国同郑国不衔接，郑人不可能触犯秦国边疆。事实是郑伯曾经触犯晋文公，晋文公同秦伯一起去围郑。郑伯同秦穆公结盟，秦穆公就退兵，晋文公也退兵。没有其他诸侯参加，更没有诸侯要同秦拼命，文公安定诸侯的事。像这样无中生有的事，是服从外交上的需要，是一种虚夸的修辞手法。

《春秋公羊传》注意《春秋》的书法。隐公十年："六月壬戌，公败宋师于菅。辛未，取郜。辛巳，取防。取邑不日，此何以日？一月而再取也。何言乎一月而再取？甚之也。"鲁隐公在一月内夺取两个宋邑，太过分，所以记下两次夺邑的日子。孔子在《春秋》里记下两次夺邑的日子，是书法。孔子在这里表达了"甚之"的感情，即批评鲁隐公做得太过分，这种表达法是修辞的婉曲格。又成公十五年："冬十有一月，（鲁）叔孙侨如会晋士燮、齐高无咎、宋华元、卫孙林父、郑公子鰌、邾人会吴于钟离。"《公羊传》："曷为殊会吴？外吴也。曷为外也？《春秋》内其国而外诸夏，内诸夏而外夷狄。"这里记鲁、晋、齐、宋、卫、郑、邾、吴相会，对吴国的写法同对晋、齐、宋等国的写法不一样。晋、齐、宋等是诸夏，那样写表示亲近，吴国是夷狄，用另一种写法，表示疏远。这是《春秋》的书法，在书法中表达出亲疏内外的关系是修辞的婉曲格。又闵公二年："《春秋》为尊者讳，为亲者讳，为贤者讳。"指出对三种人的错误要隐讳，这种隐讳也是修辞，即修辞的讳饰格。

《公羊传》里又谈到称谓的不同。隐公三年："三月庚戌，天王崩。天子曰崩，诸侯曰薨，大夫曰卒，士曰不禄。"对于地位不同的人的死，有不同的称谓。又桓公四年："春正月，公狩于郎。狩者何？田狩也。春曰苗，秋曰蒐，冬曰狩。"狩是打猎，不同季节的打猎有不同的称呼。又庄公十年："二月春，侵宋。曷为或言侵，或言伐？粗者曰侵，精者曰伐。"按指无钟鼓的叫侵，有钟鼓的叫伐。又襄公九年："春，宋火。曷为或言灾或言火？大者曰灾，小者曰火。"又僖公二十八年:"晋人执卫侯,归之于京师。归之于者何?归于者何?归之于者,罪已定矣;归于者,罪未定也。"这里说明各种不同的称谓,有的表示人的地位不同,有的表示行动的时令不同,有的表示事件的内容有差别,这是属于用词上的修辞。

《公羊传》里也提到修辞。庄公七年:"不修《春秋》曰:'雨星不及地尺而复。'君子修之曰:'星霣如雨。'"鲁国《春秋》的写法,经孔子修改。原作陨石离地一尺又上去了,孔子改为陨石多得像雨,是合理的。又僖公十六年:"春,王正月,戊申,朔,陨石于宋五。是月,六鹢退飞过宋都。曷为先言陨而后言石?陨石记闻;闻其磌然,视之则石,察之则五。曷为先言六而后言鹢?六鹢退飞,记见也。视之则六,察之则鹢,徐而察之则退飞。"这里讲造句,句中用词的先后都有讲究,正说明《春秋》的注意修辞。

《穀梁传》里讲的修辞,同《公羊传》一致,稍作补充。如隐公三年:"三月庚戌,天王崩。高曰崩,厚曰崩,尊曰崩。天子之崩,以尊也。其崩之何也?以其在民上,故崩之。"又僖公十六年:"春,王正月,戊申,朔,陨石于宋五。先陨而后石,何也?陨而后石也。后数,散辞也。是月者决不日而月也。六鹢退飞过宋都,先数,聚辞也,目治也。子曰:石无知之物,石无知,故日之,鹢微有知之物,故月之。"这是说,先看到陨,后知是石,后知是五,故称"陨石于宋五"。先看到六,后知是鹢。石是死的,所以记日;鹢是活的,今天在这里,明天在那里,所以记月不记日。这些,只是对《公羊传》的补充。《春秋》僖公二十八年:"天王狩于河阳。"《穀梁传》:"全天王之行也,为若将守而遇诸侯之朝也,为天王讳也。"晋文公召天王来,不好说臣召君,所以讳称狩。这是讳饰格。

《国语》是跟《左传》同时期的分国史,它在叙事上同《左传》不同。《左传》工于叙事,《国语》详于对话。叙同样的事,在事件的叙述上,《国语》不如《左传》的完整;在写对话上,《左传》也有不如《国语》的详备。这种叙述的不同,跟修辞也有关。如《左传》哀公十三年:"于越入吴。六月丙子,越子伐吴,为二隧(道)。"以下写两次战争,第二次"大败吴师","入吴","吴人告败于王"。"秋七月辛丑,盟,吴晋争先。赵鞅呼司马寅曰:'日旰(晚)矣,大事未成,二臣(赵鞅和司马寅)之罪也。'对曰:'请姑视之。'反曰:'肉食者无墨(气色黑),今吴王有墨,国胜(被敌战胜)乎?大子死乎?且夷(指吴)德轻,不忍久,请少待之。'乃先晋人。"《左传》从越王的攻入吴国,到吴王在黄池与晋国结盟,要争做盟主,做了全面叙述。在吴晋争做盟主这件事上,《左传》的叙述,在修辞的风格上是简约的。《国语·吴语》记这件事,对越王攻入吴国写得简,重点写吴王的谋划。"吴王惧,乃合大夫而谋曰:'越为不道,背其齐(同)盟。今吾道路修(长)远,无会而归,与会而先晋,孰利?'王孙雒曰:'夫危事不齿(不按年龄说话),雒敢先对。二者莫利,无会而归,越闻章矣。民惧而走,远无正(适)就。齐、宋、徐夷曰:吴既败矣,将夹沟而㨈(击)我,我无生命矣。会而先晋,晋既执诸侯之柄以临我,将成其志以见天子。吾须(等待)之不能,去之不忍。若越闻愈章,吾民恐叛。必会而先之。"下面讲怎样使晋让步,"彼近其国,有迁,我绝虑无迁,彼岂能与我行此危事也哉!"教吴王"今夕必挑战以广民心"。吴王"万人以为方阵,皆白裳白旂素甲白羽之矰(箭),望之如荼(白茅)。王亲秉钺(大斧),载白旗,以中阵而立。左军亦如之,皆赤裳赤旆(旗)丹甲朱羽之矰,望之如火。右军亦如之,皆玄裳玄旗黑甲乌羽之矰,望之如墨。为带甲三万,以势攻。鸡鸣乃定。既陈,去晋军一里。昧明,王乃秉枹(鼓槌),亲就鸣钟、鼓、丁宁、镎于(皆乐器)、振铎,勇怯尽应,三军皆诉訇(欢呼)以振旅,其声动天地,晋师大骇。"晋国就让吴王占先。从修辞角度考虑,《吴语》不重在完整地记事,重在突出年轻的王孙雒的智谋,能够在极不利的形势下逼使晋国退让,取得会盟的胜利,全师而归。其中描写吴军声势一段,极为精彩,也是《左传》所少见的,即在吴晋争做盟主这件事的叙述上,《国语》的修辞的风格是繁丰的。这样,由于作者的意图不同,即从不同的修辞角度,使得《吴语》的写法,在《左传》以外,另有它的特色。这个特色,影响到后来的《战国策》。

《国语》里谈到修辞,主张情辞合一。《国语·晋语》五:宁嬴讲阳处父:"吾见其貌而欲之(要跟他),闻其言而恶之(讨厌他)。夫貌,情之华也;言,貌之机(枢机,关键)也。身为情,成于中。言,身之文也。言文而发之,合而后行,离则有衅。"这是说,内心的情思,发为言语,表现在容貌上,这三者应当一致。现在,阳处父的容貌言语和情思不一致,容貌动人,言语不美,三者分离,就有毛病。这在修辞上,要求言语同情思一致,言语要恰好地表达情思,这两者不一致,即不符合修辞的要求,会影响到行动,发生毛病的。

《春秋》三传和《国语》的修辞,比起孔子讲修辞的《论语》和《春秋》来,又有了发展。前面指出《论语》和《春秋》的文辞比较简短,跟《春秋》三传和《国语》比,有如标题与篇章的不同,有简单的语录与完整的叙述的不同。在修辞论方面,讲到子产的讲究修辞,比《论语》讲得更详细。突出的是引用《吕相绝秦》,显示外交辞令上的虚夸的修辞法。《公羊传》里讲到同一意义的不同称谓的作用,《穀梁传》里讲到记事的严格修辞的作用,《国语》里的加强描绘,都是前所未有的。

《易传》、《周礼》和《礼记》的修辞说

　　《易经》的卦爻辞,它的创作较早,当在商周之际。但《易传》的创作,当在战国时代。在《易传》以前,虽然已经有了各种修辞手法,也讲到了各种修辞理论,也谈"为命","行人子羽修饰之"(《论语·宪问》),但还没有提出"修辞"这一词来。到《易传》的《乾》卦:"子曰:君子进德修业。忠信,所以进德也;修辞立其诚,所以居业也。"这个"修辞"是指什么呢?唐孔颖达正义:"修辞立其诚,所以居业者,辞谓文教,诚谓诚实也。外则修理文教,内则立其诚实。内外相成,则有功业可居,故云居业也。""修辞"指修治文教,文教指文化教育,这里也包括文辞在内。因此,这里的"修辞"虽然不同于我们讲的"修辞",它的范围所指更广,但也包括我们讲的"修辞"在内,所以并不妨碍用它来指修饰文辞。这样建立在立诚上的修辞,要求辞令合于真实的情意,先要求情意真诚,这是儒家讲的修辞。

　　《易·系辞下》:"夫易彰往而察来,而微显阐幽。开而当名,辨物正言,断辞则备矣。其称名也小,其取类也大。其旨远,其辞文,其言曲而中,其事肆而隐。"这段话讲易学。但这里讲的"微显阐幽",正是修辞中的婉曲手法;"断辞则备",正是修辞中求明断的手

法。"称名小,取类大",从小事物中透露重大意义。"其旨远,其辞文",就文饰的辞(不直说)中寄托着深远的意义。"其言曲而中",语言随着事物变化曲折而皆合。"其事肆而隐",其事显露而含意隐微。这也同婉曲的风格有关。

《孟子》里讲"知言",《系辞下》里也有类似的说法。"将叛者其辞惭,中心疑者其辞枝,吉人之辞寡,躁人之辞多,诬善之人其辞游,失其守者其辞屈。"人情不同,其辞各异。将要背叛的人,他的话不免惭愧;中心疑惑的人,他的话不免枝蔓不定;善人的辞质直,故话少;内心烦躁的人话多;诬罔善人的人,话说得浮滑;失意的人话说得枉屈。这样讲辞,结合"修辞立其诚"来说,只有做好立诚工作,才能做好修辞工作,避免"辞惭"、"辞枝"、"辞游"、"辞屈"了。

《系辞上》:"子曰:书不尽言,言不尽意,然则圣人之意,其不可见乎?子曰:圣人立象以尽意,设卦以尽情伪,系辞焉以尽其言,变而通之以尽利,鼓之舞之以尽神。"这里在讲易理,也讲到语言不能把情意完全表达,提到"立象以尽意",是讲易象。这里也接触到比喻、比拟等,通过比喻或比拟的事物来表达情意的修辞手法了。

《周礼》当是战国时的书。《周礼·春官·大师》:"教六诗,曰风,曰赋,曰比,曰兴,曰雅,曰颂。"是最早把《诗经》的三种修辞手法赋比兴并提的。对赋比兴的解释,《周礼》没有,要到汉儒才作了解释。《诗·大雅·抑》:"取譬不远。"譬即比,那比在《诗》里已提到了。《诗·大雅·烝民》:"明命使赋。"赋是布陈,引申为诗的赋。《周礼·春官·大司乐》:"以乐语教国子:兴、道、讽、诵、言、语。"郑玄注:"兴者以善物喻善事。道读曰导,导者言古以剀今也。"那末"兴"也有喻意。导是借古比今,属于修辞的比拟手法了。

《礼记》是汉儒戴圣编的,他是根据七十子后学撰写的百三十一篇记来选编的,这些记当是战国时人所作。《礼记》的修辞,最有特色的,当是《诗》与乐的结合,构成各种风格。《礼记·乐记》:"乐者音之所由生也,其本在人心之感于物也。是故其哀心感者,其声噍以杀(急促);其乐心感者,其声啴以缓(宽缓);其喜心感者,其声发以散;其怒心感者,其声粗以厉;其敬心感者,其声直以廉(直而尖);其爱心感者,其声和以柔。六者非性也,感于物而动。"这里讲的声即乐音,感物而动,是诗乐结合的。所以讲声情结合构成的音乐具有各种不同的风格,也就是诗的各种风格,像急促、宽缓、舒散、粗厉、廉直、柔和都是。这些风格跟心情的不同结合,有哀、乐、喜、怒、敬、爱的不同。

《乐记》里又指出不同风格同声诗的结合。"宽而静、柔而正者,宜歌《颂》;广大而静、疏达而信者,宜歌《大雅》;恭俭而好礼者,宜歌《小雅》;正直而静、廉而谦者,宜歌《风》。"这就把《诗经》的《风》、《雅》、《颂》同声乐结合起来说明它们跟风格的关系来进行教化了。从风格角度来谈修辞,这当是最早的了。

《乐记》从声诗结合谈到风格,又联系到政治。"凡音者,生人心者也。情动于中故形于声,声成文谓之音。是故治世之音安以乐,其政和;乱世之音怨以怒,其政乖;亡国之音哀以思,其民困。声音之道与政通矣。"这里讲到三种不同时世的音,也是声诗结合的,也指三种不同时世的诗,这里也含有不同的风格在内。把不同时世的声诗风格同政治结合起来谈,这当也是首创的。这些,当是《乐记》谈修辞的特点。

《乐记》里讲修辞,还有通感说也是突出的。"故歌者上如抗,下如坠,曲如折,止如槁木,倨中矩,勾中钩,累累乎端如贯珠。"《疏》作解释道:"上如抗者,言歌声上响,感动人意,使之如似抗举也。下如坠者,言音声下响,感动人意,如似坠落之下也。曲如折者,言音声回曲,感动人心,如似方折也。止如槁木者,言音声止静,感动人心,如似枯槁之木止而不动也。倨中矩者,言其音声雅曲,感动人心,如中当于矩也。勾中钩者,谓大屈也,言音声大屈曲,感动人心,如中当于钩也。累累乎端如贯珠者,言声之状累累乎感动人心,端正其状,如贯于珠,言声音感动于人,令人心想形状如此。"这里就讲修辞学中的通感说。通感说是钱钟书先生提出来的(见《文学评论》,1962[1],《通感》)。通感就是色声香味触等感觉是可以相通的。这里讲的是声乐,只是听的。听时引起上抗的触觉,下坠的肌体身心的感觉,如方折的视觉,如槁木的视觉和心理的感觉,如矩的方正,如钩的弯曲也这样,如贯珠的视觉加上美好的想象。这就超出听觉,通于其他的种种感觉,引起了各种美感。《乐记》里已经列举了这样通感的例子,是很突出的。

《礼记》里讲到风格的,不限于声诗。《经解》里说:"孔子曰:入其国,其教可知也。其为人也,温柔敦厚,《诗》教也;疏通知远,《书》教也;广博易良,乐教也;洁净精微,《易》教也;恭俭庄敬,《礼》教也;属辞比事,《春秋》教也。"《诗》主张婉讽,故说温柔敦厚,这里就有柔婉的风格。《书》记录帝王言论,举其大纲,故说疏通,这里含有疏畅的风格。乐以和通为体,无所不用,极为广博,这里含有平易繁丰的风格。《易》的卦爻辞简洁,含意精微,这里含有简洁精警的风格。礼讲谦逊节俭,这里含有简约的风格。这样讲六经,除了属辞比事不属于风格外,其余都跟风格有关。不仅讲到风格同《诗》教《书》教等有关,还讲到它的不足和怎样补救。

"故《诗》之失愚,《书》之失诬,乐之失奢,《易》之失贼,《礼》之失烦,《春秋》之失乱。其为人也,温柔敦厚而不愚,则深于《诗》者也;疏通知远而不诬,则深于《书》者也;广博易良而不奢,则深于乐者也;洁静精微而不贼,则深于《易》者也;恭俭庄敬而不烦,则深于《礼》者也;属辞比事而不乱,则深于《春秋》者也。"这里讲《诗》主敦厚,它的流弊在愚蠢;《书》讲远古的事,它的流弊在于虚诬;乐主广博和易,它的流弊在于浮夸;《易》主占卜吉凶,它的流弊在于迷信的危害;《礼》讲烦琐的仪式,它的流弊在于烦苛;《春秋》记载历史,它的流弊在于乱。要防止这些流弊,要求深入钻研,认识到《诗》主敦厚,还要看到社会上的复杂情况,避免受愚;《书》讲古事,也要认识古今的不同,避免虚诬;《易》讲占卜,要认识《易传》所讲的理论,不受迷信的危害;《礼》讲烦琐的仪式,要推求礼意,避免烦苛;《春秋》记事,要注意事件的经验教训,避免乱。这样讲风格,不仅看到各种风格所产生的流弊,还注意避免这种流弊的方法。这样讲风格,也显示《礼记》的特色。

《礼记》里还谈到其他修辞。《曲礼下》:"儗人必于其伦。"比人一定要同类的,这是讲比拟。《学记》:"其言也约而达,微而臧,罕譬而喻,可谓继志矣。"话说得简单,道理却显达;义理微妙,却说得很好;比喻用得少,听的人都明白。这样教,受教的人可以继承这种教学了。这里提到简约、精警,更重要的是比喻。又:"君子知学之难易而知其美恶,然后能博喻,能博喻然后能为师。"博喻是广博譬喻,即用好多个比喻。这里把博喻看得很重。又:"不学博依,不能安诗。"博依即博喻,这也说明博喻的重要。

又《中庸》:"《诗》曰:'衣锦尚絅。'恶其文之著也。故君子之道,闇然而日彰,小人之道,的然而日亡。君子之道淡而不厌,简而文,温而理,知远之近,知风之自,知微之显,可为入德矣。"《诗·卫风·硕人》里说:穿了锦绣衣要外面加上件罩衣,怕它的文彩过于显著。所以君子的道,不要眩耀而彰显,要平淡、简约、温和,知远来自近,知风来自内,本身好了,才有好名声传出去。知微之显,即有之于内才形之于外也。这里即讲隐,即含蓄,即修辞的婉曲格。此外像《表记》说:"子曰:情欲信,辞欲巧。"《缁衣》说:"子曰:言有物而行有格也。"总的说来,《礼记》中讲的修辞,最特出而为前人所未及的,是结合声诗来讲各种风格,说明各种风格的不足和怎样防止的方法。在修辞学上,特出的是提出博喻和通感。

《礼记》的文辞,不是一个人作的,风格也不一致。从修辞角度看,比较有特色的,当推《儒行》吧。它的特点是多用排比句法,多用对偶。先写鲁哀公问孔子儒行。孔子讲了十七个儒行,第一个是:"儒有席上之珍以待聘,夙夜强学以待问,怀忠信以待举,力行以待取,其自立有如此者。"以下十五个儒行,都是"儒有……其……有如此者",用了十五个首尾相同的排比句,这是比较少见的。第十六个变一下,说"温良者仁之本也,敬慎者仁之地也……"归结到"儒皆兼此而有之,犹且不敢言仁,其尊让有如此者"。第十七个"儒有不陨穫于贫贱……故曰儒"。这两个作了变化。除了多用排比句外,在每个排比句中多用对偶,如"儒有居处齐难,其坐起恭敬,言必先信,行必中正,道途不争险易之利,冬夏不争阴阳之和,爱其死以有待也,养其身以有为也。其备豫有如此者"。在这里,除了开头两句和最后一句外,中间六句都是两句一对,一共有三对。这样的排比和对偶都是修辞格,用以加强气势,造成整齐感,是它的特色。这样的修辞手法,在当时是很少见的。

墨家的修辞说

墨子姓墨名翟，鲁国人，约是战国初年人，是墨家学派的开创者，有《墨子》十五卷，其中《经》上下、《经说》上下、《大取》、《小取》六篇是战国末期后墨家的著作，称为"墨辨"。《墨子》论辨的方法，有合于修辞的要求的。《墨子·非攻上》："今有一人，入人园圃，窃其桃李，众闻则非之，上为政者得则罚之，此何也？以亏人自利也。"从偷桃李推到"至攘人犬豕鸡豚者，其不义又甚入人园圃窃桃李，是何故也？以亏人愈多，甚不仁兹甚，罪兹厚"。再推到"至入人栏厩，取人马牛者"，"罪益厚"。再推到"至杀不辜人者，扡（剥）其衣裘，取戈剑者"，"罪益厚。当此天下之君子，皆知而非之，谓之不义。今至大为不义，攻国，则弗知非，从而誉之谓之义，此可谓知义与不义之别乎！"这是一层深入一层，属于层递的修辞格。

又说："杀一人谓之不义，必有一死罪矣。若以此说往，杀十人十重不义，必有十死罪矣，杀百人百重不义，必有百死罪矣。当此天下之君子皆知而非之，谓之不义。今至大为不义攻国，则弗知非，从而誉之谓之义。"这也是层递。又说："今有人于此，少见黑曰黑，多见黑曰白，则以此人不知白黑之辩矣。"这是比喻。这样用层递比喻来说服人的,是墨子文中运用修辞法的特点。

墨子在立论上提出三表。《非命上》:"故言必有三表。何谓三表?子墨子言曰:有本之者,有原之者,有用之者。于何本之?上本之于古者圣王之事。于何原之?下原察百姓耳目之实。于何用之?废(发)以为刑政,观其中国家百姓人民之利。"本指有根据,原指推求百姓的实际,用指对国家百姓人民之利。主要是对国家和人民有利。《鲁问》说:"国家昏乱,则语之尚贤尚同。国家贫,则语之节用节葬。国家憙音湛湎,则语之非乐非命。国家淫僻无礼,则语之尊天事鬼。国家务夺侵陵,则语之兼爱非攻。"这里是讲立论,立论要求正确和适用时,跟三表法有关。这样看来,墨家在修辞上的贡献,是考虑立论正确的命意谋篇的修辞与运用层层深入的层递格吧。

后期墨家的墨辩是墨家别派,属于名家言,里面也接触到修辞,如《小取》:"论求群言之比,以名举实,以辞抒意,以说出故。以类取,以类予。有诸己不非诸人,无诸己不求诸人。或也者不尽也,假者今不然也,效者为之法也,所效者所以为之法也。故中效则是也,不中效则非也,此效也。辟(譬)也者,举也(他)物而以明之也。侔也者,比辞而俱行也。援也者,曰子然,我奚独不可以然也。推也者,以其所不取之同于其所取者予之也。"这里提出"比"是比较,"类"是类推,"或"是不定,"假"是假托,"效"是效法,"辟"是譬喻,"侔"是齐等,"援"是援引,"推"是推论。墨辩的议论就这样运用各种方法来说明道理,来使人信服。其中比较、比喻、引用都属于修辞格,运用这些方法来使人信服,正是修辞的要求。

道家的修辞说

道家主要指《老子》和《庄子》。《老子》的写定,有早晚两说,今姑且列在战国时代,较早于《庄子》。

老子(约公元前 580—约前 500)即老聃,楚国苦县(在河南鹿邑县)人,做过周朝史官。有《老子》。《老子》的写定,当在战国时。《老子》书中的论点,有合于修辞说的。钱钟书先生《管锥编》463 页:

夫"正言若反",乃老子立言之方,《五千言》中触处弥望,即修辞所谓"翻案语"(paradox)与"冤亲词"(oxymoron),固神秘家言之句势语式耳。

有两言于此,世人皆以为其意相同相合,例如"音"之与"声"或"形"之与"象";翻案语中则同者异而合者背矣,故四一章云:"大音希声,大象无形。"又有两言于此,世人皆以为其意相违相反,例如"成"之与"缺"或"直"之与"屈";翻案语中则违者谐而反者合矣,故四五章云:"大成若缺,大直若屈。"复有两言于此,一正一负,世人皆以为相仇相克,例如"上"与"不",冤亲词乃和解而无间焉,故三八章云:"上德不德。"此皆苏辙所谓"合道而反俗也"。然犹皮相其文词也,若抉髓而究其理,则否定之否定尔。反正为反,反反复正;"正言若反"之"正",乃反反以成正之正,即六五章之"与物反矣,然后乃至大顺"。如十章云:"以其不自生,故能长生。……非以其无私耶?故能成其私。"夫"自生"正也,"不自生"反也,"故长生"反之反而得正也;"私"正也,"无私"反也,"故成其私"反之反而得正也。他若曲全枉直、善行无辙、祸兮福倚、欲歙因张等等,莫非反乃至顺之理,发为冤亲翻案之词。

  钱先生在这里指出老子的辩证观点,即否定之否定,贯彻在整部《老子》中。如以受垢为坏事,即否定;以受垢为好事,即把坏事变成好事,即否定之否定。再说"受国之垢,是为社稷主",就一国说,水清则无鱼,一国内不能无垢,所以受垢是社稷主。受不祥也是这样。这是翻案语。又如有音即有声,有象即有形,说:"大音希声,大象无形。"好比太阳光有赤橙黄绿青蓝紫七色,有了赤色或橙色等都不是太阳光,有了太阳光,赤橙等七色都没有了,即没有色了。比方声有宫商角徵羽,有了宫声就没有商声,有了商声就没有徵声,都不是大音,要包括宫商角徵羽五声的大音,就成了希声,没有声了。有了一物的形,只成了这一物的形,不成为其他物象的形,要包括所有物象的形的大象,是无形的。再像"成"与"缺"是相反的,就具体的事讲,做成了就成,不是缺;就大成来讲,比方焚林开荒,收了庄稼是成,就大成说,焚林开荒,破坏生态平衡,造成水土流失,变成缺了。把"大成"跟"缺"结合,这就成了"冤亲词"。再像"上德不德",有了不德,才显出有上德来,倘没有不德,就无所谓上德了。《老子》中"正言若反"的话,就辞语的角度来看,成了"翻案语"和"冤亲词",这就是《老子》修辞的特点了。这又说明修辞手法同思想方法有关,没有辩证观点,就不可产生"翻案语"和"冤亲词"了。

老子对语言的看法也是这样。五六章:"知者不言,言者不知。"八一章:"信言不美,美言不信。善者不辩,辩者不善。"一般认为知者言,信言美,善者辩,他却来个翻案,都说个"不"字,这也是他的辩证观点产生这样的看法。他说的"知者",像《庄子·天道》里讲的轮扁斫轮,不快不慢,得心应手,是从长期实践中体会得来的。缺乏这种长期实践的人是无法理会的,所以"口不能言",是"知者不言"。至于夸夸其谈来讲的,只是粗迹,缺乏深切的体会,所以"言者不知"。同理,"辩者不善",他知道微妙的道理是难以辨别的,所以"善者不辩,辩者不善"了。再像可靠的话不求动听,动听的话不一定可靠,所以说"信言不美,美言不信"了。

庄子(约公元前369—前286)名周,战国宋蒙(在河南安徽交界处)人。做过漆园吏。有《庄子》三十三篇。《庄子》也有辩证观点,也像《老子》那样,有翻案语和冤亲词的修辞手法。像《齐物论》:"其分也成也,其成也毁也;凡物无成与毁,复通为一。"世俗认为成不是毁,庄子认为成就是毁,这是翻案语。如玉雕成器,就器说是成;就玉说,雕成器以后,不能再雕别的,所以是毁。老子只指出冤亲词;庄子又有发展,说:"凡物无成与毁,复通为一。"所谓成或毁,是就人的观点来说的,抛开了人的观点来看,就无所谓成毁了,这是庄子与老子的不同处。

庄子的言辞,又见于《寓言》:"寓言十九,重言十七,卮言日出,和以天倪。"说寓言十分之九见信,说被尊重的人的话十分之七见信,随机应变的话时常说,合乎自然的差别。因此,《庄子》中用了不少寓言。《逍遥游》讲了大鹏的寓言,称"齐谐者,志怪者也"。引齐谐的话,即是重言,即修辞上的引用。说鹏凭着旋风飞上九万里高空,一去六月停在南海。蜩与学鸠笑它,何必飞到九万里高,到南海去。这里说明大鹏的高飞,凭着旋风上去,还是有所待的。但

"小知不及大知,小年不及大年",小鸟还是不及大鹏的。《庄子》里用了不少寓言,这是他在修辞上的一个特点。他的寓言又很怪异,与一般的寓言不同。

《天下》称庄子:"以谬悠(荒诞无稽)之说,荒唐之言,无端崖(无头绪、无边际)之辞,时恣纵而不傥(放荡不正),不以觭见(不以一端自见)之也。以天下为沉浊,不可与庄语(庄重地说话),以卮言为曼衍(演变),以重言为真(真实),以寓言为广(扩大境界),独与天地精神往来(通贯自然的道理),而不敖倪(骄傲轻视)于万物,不谴是非而与世俗处(不责备人家错误跟世俗相安)。其书虽瑰玮(奇伟),而连犿无伤(措辞婉转,与人无伤)也;其辞虽参差(不一),而諔诡(奇谲)可观。彼其充实(内容充实),不可以已(没有止境)。"这里指出庄子文辞的特点,也具有修辞上的特点。像他的寓言,是荒诞无稽的,荒唐的,没头绪没边际的,放纵而不正确的,不以一端自见的,但又是贯通自然之道的。以荒唐的寓言来寄托自然之道的哲理,所以写得奇伟可观。《齐物论》:"罔两(影子外微阴影)问影曰:'曩子行,今子止,曩子坐,今子起,何其无特操(独立操守)与?'影曰:'吾有待而然者耶?吾所待又有待而然者耶?吾待蛇蚹(蜕皮)蜩翼(蝉蜕壳)耶?恶(何)识所以然,恶识所以不然?'"影子外的微阴影跟着影子转,影子跟着形体转,形体跟着心转,都是有待的。影子的行止坐起不能自主,跟着形体转,这点是明白的。形体跟着心转,心又跟着什么转?是否有待呢?像蛇蜕皮,蝉蜕壳,怎么知道它所以这样,怎么知道它所以不这样呢?蛇蜕皮,蝉蜕壳,到那个时候自然要蜕,不容自主的,一切趋向自然,不能不然。那末心的要使形体行止起坐,也是本着自然,不能不然。在这里,庄子虚构了一个寓言,来说明道家主张自然的道理。用这样奇特想象的寓言来说理,成了庄子修辞的特点。这个特点,是以前各家所没有的,有它的创造性。这种创造性,跟他"以天下为沉浊,不可与庄语","不谴是非(是非指非)以与世俗处"的态度有关。

　　这样看来,道家的修辞又有它的特点,即运用辩证观点的翻案语和冤亲词,又加上奇诡的重言和寓言,构成一种瑰奇的风格。

法家的修辞说

法家主要指韩非。韩非(约公元前280—前233),战国韩诸公子,与李斯同师事荀卿。出使秦国,李斯忌其才,把他下狱,被迫自杀。

韩非讲修辞,又跟以前各家不同。他在说明辞辩要使人信从极难,他结合各种不同的辞辩说明各有难处。在讲到各种不同的辩说时,接触到各种不同的风格,这就同于结合风格来谈修辞,成为他讲修辞的特色。

《韩非子·难言》:"臣非非难言也,所以难言者,言顺比滑泽,洋洋纚纚然,则见以为华而不实;敦祗恭厚(敬),鲠固慎完,则见以为掘而不伦;多言繁称,连类比物,则见以为虚而无用;总微说约,径省而不饰,则见以为刿而不辩;激急亲近,探知人情,则见以为僭而不让;闳大广博,妙远不测,则见以为夸而无用;家计小谈,以具数言,则见以为陋;言而近世,辞不悖逆,则见以为贪生而谀上;言而远俗,诡躁人间,则见以为诞;捷敏辩给,繁于文采,则见以为史;殊释文学,以质信言,则见以为鄙;时称诗书,道法往古,则见以为诵。此臣非之所以难言而重患也。"这里讲到各种言辞,有洋洋洒洒而以为华而不实的,有敦厚鲠直而以为朴实的,有繁称连类而以为太繁的,有说约径省而以为太简的,有激急亲近而以为讦直的,有宏大广博而以为夸饰的,有琐计小谈而以为琐细的,有言及近世而以为浅近的,有言及远俗而以为虚诞的,有繁于文采而以为绚烂的,有以质性言而以为朴质的,有道法往古而以为古奥的。就这样,接触到各种言辞的不同风格。

不仅这样,通过言者和听言者的不同,这里又接触到不同风格具有不同的优点或不足处。像洋洋洒洒有流畅的优点,然而有人认为华而不实;像敦厚耿固,有质朴的优点,然而有人以为拙而不伦;像繁称连类有繁丰的优点,然而有人以为虚而无用;像说约径省有简约的好处,然而有人以为讷而不辩;像激急亲近有讦直的好处,有人却以为僭而不让;像宏大广博有夸饰的好处,有人却以为浮夸无用;像琐计小谈有细微的好处,有人却以为琐碎;言及近世有浅近的好处,有人却以为浅俗;言而远俗有雅正的好处,有人却以为虚诞;繁于文采有绚烂的好处,有人却以为浮华不实;以质性言有质实的好处,有人却以为质朴无华;道法往古有古雅的好处,有人却以为不切实用。这样既指出一种风格的好处,又指出它的不足处,这样讲风格是很突出的。

韩非的修辞也有他的特点,是列举许多例证来作说明。像《难言》就是:

> 大王若以此不信,则小者以为毁訾诽谤,大者患祸灾害,死亡及其身。故子胥善谋,而吴戮之;仲尼善说,而匡围之;管夷吾实贤,而鲁囚之。故此三大夫,岂不贤哉!而三君不明也。上古有汤,至圣也;伊尹,至智也。夫至智说至圣,然且七十说而不受。……
> 以智说愚必不听,文王说纣是也,故文王说纣而纣囚之。翼侯炙,鬼侯腊,比干剖心,梅伯醢,夷吾束缚,而曹羁奔陈,伯里子道

乞,傅说转鬻,孙子膑脚于魏。吴起抆泣于岸门,痛西河之为秦,卒枝解于楚。公叔痤言国器,反为悖。公孙鞅奔秦,关龙逢斩,苌弘分胣(刳肠),尹子阱于棘(投于阱棘中),司马子期死而浮于江,田明辜射(磔射),宓子贱、西门豹不斗而死人手,董安于死而陈于市,宰予不免于田常,范雎折胁于魏。此十数人者,皆世之仁贤忠良,有道术之士也,不幸而遇悖乱暗惑之主而死。然则虽贤圣不能逃死亡避戮辱者,何也?则愚者难说也。

他讲到难说,一连用了二十六个事例。引这样多的事作证,在他以前还没有过,可以说是他在修辞上的特色了。

纵横家的修辞说

纵横家主要指苏秦张仪。苏秦(？—公元前284)，战国时东周洛阳人。游说燕、赵、韩、魏、齐、楚六国，合纵抗秦，佩六国相印，为纵约长。纵约破裂，在齐为客卿，被刺死。张仪(？—公元前310)，战国魏人。相秦惠王，说六国事秦，称连横。秦武王立，仪离秦去魏，为魏相一年死。

《战国策》里记录纵横家的修辞，又有它的特色。《秦策一》苏秦始将连横说秦惠王，秦惠王杀了商鞅，不信策士游说，不听苏秦的话。苏秦失意回家。"乃夜发书，陈箧数十，得太公《阴符》之谋，伏而诵之，简练以为揣摩。读书欲睡，引锥自刺其股，血流至足，曰：'安有说人主，不能出其金玉锦绣取卿相之尊者乎？'期年(满一年)，揣摩成，曰：'此真可以说当世之君矣。'"战国策士的游说君主，有一番揣摩的工夫的。这番揣摩工夫，就是要使游说的话怎样打动君主，怎样使君主听从他的话，他可以因此得到信任，取得富贵。这种揣摩工夫也有修辞在内。

从策士的游说来看，一种是夸张。像"苏秦始将连横说秦惠王曰：'大王之国，西有巴蜀汉中之利，北有胡貉代马之用，南有巫山黔中之限,东有肴函之固。'"当时,秦国还没有占领巴蜀,还没有占领巫山黔中。再看《秦策一》:"司马错与张仪争论于秦惠王前,司马错欲伐蜀,张仪曰不如伐韩。"这是在苏秦说秦惠王失败以后的事,那时秦还没有占领蜀地,更不要说巫山黔中了。再像胡貉代马,代与赵相连,也不是秦所占有。像这样从国的四方讲起,加以夸张,是策士游说的手法之一。大概当时的国君,都想扩大自己的国界。这样从国的四方夸大的说法,正迎合国君的心理。又:"陈轸去楚之(到)秦,张仪谓秦王曰:'陈轸为王臣,常以国情输楚,仪不能与从事,愿王逐之,即复之楚,愿王杀之。'"秦王问陈轸要到哪里去,他说要"顺王与仪之策,而明臣之楚与否也。楚人有两妻者,人挑其长者,长者詈之;挑其少者,少者许之。居无几何,有两妻者死。客谓挑者曰:'汝取长者乎,少者乎?'曰:'取长者。'客曰:'长者詈汝,少者和汝,汝何为取长者?'曰:'居彼人之所,则欲其许我也。今为我妻,则欲其为我詈人也。'今楚王,明主也,而昭阳,贤相也。轸为人臣,而常以国输(把秦国情报送)楚王,王必不留臣,昭阳将不与臣从事矣。以此明臣之楚与不。"张仪说陈轸把秦国的情报输送给楚国。陈轸讲了一个寓言,说他要真的把秦国情报送给楚国,楚王楚相一定看不起他,用来说明他没有做对不起秦国的事,才能取信于楚国。这是用寓言来比拟。《韩策一》:苏秦为楚合纵说韩王道:"'臣闻鄙语曰:宁为鸡口,无为牛后。今大王西面交臂而臣事秦,何以异于牛后乎?夫以大王之贤,挟强韩之兵,而有牛后之名,臣窃为大王羞之。'韩王忿然作色,攘臂按剑,仰天太息曰:'寡人虽死,必不能事秦!'"这是引用谚语再加发挥的修辞手法。又《中山策》,秦昭王要应侯(范雎)劝武安君(白起)攻赵邯郸,武安君说:"今秦破赵军于长平,不遂以时乘其惧而灭之,畏而释之,使得耕稼以益蓄积,养孤长幼以益其众,缮治兵甲以益其强,增城浚池以益其固。""以今伐之,赵必固守。""应侯惭而退。"范雎为什么惭愧呢？因为白起点明"秦破赵军于长平，不遂以此时乘其振惧而灭之"。当时，白起在长平绝断赵军运粮路线，赵四十万大军皆降，全部被白起坑杀。赵国震动恐惧。白起准备围攻赵京邯郸。范雎怕白起立大功，劝秦王接受赵国割地，跟赵讲和。白起的话，正是针对范雎说的，所以范雎感到惭愧。讲的是当时错失时机，实际是指斥范雎妒贤嫉能，破坏大事。话说的是一回事，含意所指是另一回事，互相映发，称为激射。夸张、比拟、引用、激射，都属于修辞手法。不过这种手法，有的属于辞句，有的属于篇章，不限于一词一句了。这是纵横家修辞的特色。

《世说新语》中的修辞学

《世说新语》里有修辞学,可供探索。如《言语》篇1节:"边文礼见袁奉高,失次序。奉高曰:'昔尧聘许由,面无怍色,先生何为颠倒衣裳?'文礼答曰:'明府初临,尧德未彰,是以贱民颠倒衣裳耳。'"这里奉高引用尧聘许由,是引事;引了《诗·齐风·东方未明》的"颠倒衣裳"是引言。引事、引言属修辞学上的引用格。边文礼重复引了"颠倒衣裳",是修辞学上的反复格。这样引事引言,显出说话的人有学养,话说得婉转。又2节:"徐孺子年九岁,尝月下戏。人语之曰:'若令月中无物,当极明耶?'徐曰:'不然。譬如人眼中有瞳子,无此必不明。'"这里用人眼作比,是修辞学上的比喻格,通过比喻来驳诘,显示徐孺子的聪明。又8节:"祢衡被魏武谪为鼓吏。""孔融曰:'祢衡罪同胥靡,不能发明王之梦。'魏武惭而赦之。"胥靡,一种轻的刑罚。商朝的傅说因胥靡罪在服劳役,商王武丁梦见天赐己贤人,使画工画像去找,找到傅说,用为相。孔融引用傅说的事来说,在修辞学上是引用格。用傅说来比祢衡,用明王武丁来比曹操,在修辞学上是比喻格。把祢衡比作傅说,暗指祢衡有才;把曹操比作武丁,暗指曹操不能用人,使曹操感到惭愧,这是婉曲格。

说祢衡不能像傅说发明王之梦,表面上来贬低祢衡;说曹操不能发明王之梦,不如武丁,实际上是说曹操不能像武丁那样用祢衡,实际是贬低曹操,这在修辞学上也是婉曲格。这样一方面说祢衡有罪,不得罪曹操,一方面又说祢衡有才而没有什么罪,使曹操赦免他。这是在说话中连用几个修辞格,来救祢衡。

再者《文学》篇3节:"郑玄家奴婢皆读书,尝使一婢,不称旨,将挞之,方自陈说。玄怒,使人曳著泥中。须臾复有一婢来,问曰:'胡为乎泥中?'答曰:'薄言往诉,逢彼之怒。'"原来"胡为乎泥中",是《诗·邶风·式微》中的一句话。"薄言往诉,逢彼之怒"是《诗·邶风·柏舟》中的两句话。这是属于修辞学上的引用格。这里表示郑玄家的婢女,也都熟读《诗经》,出口引用诗句,非常确切。

又《排调》篇6节:"孙子荆年少时,欲隐,谓王武子,当枕石漱流,误曰'漱石枕流'。王曰:'流可枕,石可漱乎?'孙曰:'所以枕流,欲洗其耳;所以漱石,欲砺其齿。'"这是把话说错了,靠他的聪明,把说颠倒的话给予新的含义,这个含义使原来要说的话更深刻了。洗耳指不愿听不洁的话,所以要洗耳,比高洁;砺齿表示要求齿坚。这近于修辞学上的倒反格。

这样看来,正像周祖谟先生说的,《世说新语》可以供从事对汉魏晋历史、语言、文学者作为研究的资料,更可以作为研究修辞学的资料。当然,最重要的,还是作为研究语言的重要资料。

比　兴

毛主席《给陈毅同志谈诗的一封信》里说："诗要用形象思维，不能如散文那样直说，所以比、兴两法是不能不用的。"什么叫比兴？孔颖达《诗经正义》里说："比之与兴，虽同是附托外物，比显而兴隐。"又说："兴者托事于物，则兴者起也，取譬引类，起发己心，诗文诸举草木鸟兽以见意者，皆兴辞也。"

这里先说第一点，即"比显而兴隐"。兴也是借外物来比，不过是暗比，它和被比的事物的关系不明显；比就比较明显，只是隐和显的不同。这个解释，本于《文心雕龙·比兴》，指出"比显而兴隐"。又说："兴者起也"，"起情者依微以拟议"，"兴则环譬以托讽"，指出兴也是譬，即比喻，只是"依微"、"托讽"，也就是同兴所兴的事物关系比较微妙婉转，也就是暗比。接下去举例来说明："兴之托谕，婉而成章"，"关雎有别，故后妃方德；尸鸠贞一，故夫人象义"。举《诗经》中两个例子来说明。《关雎》："关关雎鸠，在河之洲。窈窕淑女，君子好逑（配偶）。"雎鸠不是用来比淑女，所以不是比。但雎鸠这种鸟，相传"挚而有别"，即有一定的配偶而不乱，所以用来暗比淑女的品德。《鹊巢》："维鹊有巢，维鸠居之。之子于归（这女子出嫁),百两(辆)御(迎)之。"这个"鸠"不是比新嫁娘,所以不是比。但鸠鸟相传有贞一之德,所以用来暗比新嫁娘的德性。这种暗比就是兴。

但朱熹不是这样看,《朱子语类》卷八〇说:"《诗》之兴全无巴鼻,后人诗犹有此体。如'青青陵上柏,磊磊涧中石;人生天地间,忽如远行客'。又如:'高山有涯,林木有枝;忧来无端,人莫知之';'青青河畔草,绵绵思远道'。"这是说,兴里用来起兴的东西,跟下文毫无关系。他认为不光《诗经》里的兴是这样,就是后来人做的诗里也这样,他举了三个例。"青青陵上柏,磊磊涧中石",《文选》李善注:"言长存也。""人生天地间,忽如远行客",同上注:"言异松石也。"松石不是比人生,不是比,但是借松石的"长存",来反衬人生的短促,这种反衬可以说是暗比中的反比。那末借松石来起兴,也不是和下文讲人生全无巴鼻。"高山有涯,林木有枝",讲了两个"有",这两个"有"当然不是比"忧来无端",所以不是比,但借"有涯""有枝"来反衬"忧来无端",这种反衬也可以说是暗比中的反比,那末借"有涯""有枝"来起兴,也不是和"忧来无端"全无巴鼻。再像"青青河畔草",当然不是比"远道",不是比,但从草的青青,看到春天来了,想到游子应该回来,从而想到"远道"的游子,那末"青青河畔草"可说是暗比,借"青青河畔草"来起兴,也不是和"思远道"全无巴鼻。这样看来,兴不是比,但它跟被引起的事物还是有联系的,不是全无巴鼻的。

从上文引的起兴的事物看,像"关关雎鸠","维鸠居之","陵上柏"和"涧中石","山有涯"和"木有枝","青青河畔草",都是形象。假如这些起兴的事物与被引起的事物全无巴鼻,那就是游离于作品以外,不能构成形象思维了。从形象思维看,也应该认为这些起兴的事物和被引起的下文是有内容上的联系的,不是全无巴鼻的。

又《诗经·采薇》:"采薇采薇,薇亦作止。曰归曰归,岁亦莫

(暮)止。"这首诗前三章都用"采薇采薇"开头,第一章说"薇亦作止",作指初生;第二章"薇亦柔止",薇已长成柔嫩;第三章"薇亦刚止",薇已老而硬。连起来看,正说明时间之久,这就同士兵思归之念有联系,所以还是有关连的。

再看第二点,"诗文诸举草木鸟兽以见意者,皆兴辞也"。这里讲的兴没有限于开头。《比兴》里说:"楚襄信谗,而三闾忠烈,依《诗》制《骚》,讽兼比兴。"那里讲的也不限于开头。那末《离骚》里用"诸草木鸟兽以见意者,皆兴辞"了。像《离骚》:"朝搴阰之木兰兮,夕揽洲之宿莽。"王逸注:"木兰去皮不死,宿莽遇冬不枯,屈原以喻谗人虽欲困己,已受天性终不可变易。"这也是暗喻,也是兴吧。它兴起什么呢?兴起保持自己高尚坚贞的品德吧。再说杜甫《北征》的"阴风西北来,惨淡随回鹘","阴风惨淡"当有含意,暗示回鹘兵的助唐不免侵暴百姓,使人民加重苦难。这个"阴风惨淡"说是没有含意的叙述,不确切,说是比回鹘也不合适,只该说是篇中的兴吧。

弄清了比兴的意义,再来看毛主席的运用比兴。《七律·送瘟神》:"春风杨柳万千条"是兴。"万千条"和"六亿神州"的"六亿"相应,真是气象万千,有笼罩全篇的作用。毛主席用比,也跟一般的用比不同。一般用比像"芙蓉如面柳如眉","芙蓉""柳(叶)"是比喻,"如"是表比喻的辞,"面"和"眉"是被比的事物。毛主席用比兴不是这样,如"六亿神州尽舜尧","舜尧"是比喻,比喻道德高尚的人,但只有比喻,不用"如"字,被比的"人民"两字也省去了,这样用比特别显得精练。毛主席的《满江红·和郭沫若同志》:"小小寰球,有几个苍蝇碰壁。嗡嗡叫,几声凄厉,几声抽泣。蚂蚁缘槐夸大国,蚍蜉撼树谈何易。"在这几句词里,用苍蝇碰壁,蚂蚁缘槐,蚍蜉撼树,揭露出它的碰壁哀鸣和抽泣,揭露出它的狂妄自大,揭露出它妄想摇撼大树的愚蠢。运用这三个比喻,就形象生动。在这三个比喻里,不光是形象生动,而且是有深刻思想性的形象思维。

这里又接触到一个问题,即形象思维与逻辑思维的问题。为什么说地球之大为"小小",这里显出伟大领袖的广阔胸怀和远大目光,从无限广阔的宇宙来看,地球只是小小的。为什么把不可一世的人物比做渺小的苍蝇、蚂蚁、蚍蜉?这是透过现象看本质,就得经过去伪存真、由表及里的分析研究,这种分析研究就得靠逻辑思维,经过逻辑思维,看清了本质,这才能用苍蝇碰壁、蚂蚁缘槐、蚍蜉撼树的形象思维来揭露。这几个形象中具有深刻的思想性,这个深刻的思想性是通过逻辑思维的透过现象看本质得出来的。这就看出形象思维中所含蕴的思想越深刻,这种思想越离不开逻辑思维的深入分析研究,这样的形象思维是和逻辑思维紧密结合的。

言外之意

宋代大作家欧阳修《六一诗话》说："圣俞（梅尧臣，宋代诗人）尝语余曰：'诗家虽率意，而造语亦难。若意新语工，得前人所未道者，斯为善也。必能状难写之景，如在目前，含不尽之意，见于言外，然后为至矣。贾岛（唐代诗人）云："竹笼拾山果，瓦瓶担石泉"，姚合（唐代诗人）云："马随山鹿放，鸡逐野禽栖"等是山邑荒僻，官况萧条，不如"县古槐根出，官清马骨高"为工也。'"

温公（司马光，宋大臣，死后追封温国公）《续诗话》："古人为诗，贵于意在言外，使人思而得之。……近世诗人惟杜子美（杜甫字子美）最得诗人之体。如'国破山河在，城春草木深。感时花溅泪，恨别鸟惊心'。'山河在'，明无余物矣。'草木深'，明无人矣。花鸟平时可娱之物，见之而泣，闻之而恐，则时可知矣。他皆类此，不可遍举。"

这里在讲，诗人写诗，把意思不说明，只写景物，意思从景物中透露出来，叫"言外之意"。像贾岛《题皇甫荀蓝田厅》："竹笼拾山果，瓦瓶担石泉。"蓝田县的厅堂是县官居处，说明这个县很穷，县官粮食不够吃，去拾山果来作补充；用水也困难，用瓦瓶去取泉水，连挑水的担桶都没有。写出这山区小县的穷困,意思没说明,只通过具体事物透露出来。再如姚合诗:"马随山鹿放,鸡逐野禽栖",说明山区小县,没有马棚,没有鸡栖。马就系在山里,和山鹿在一块;鸡就和山鸟在一起栖宿,也说明这山区小县的穷困。但说"县古槐根出,官清马骨高"写得更好,为什么?因为前面四句,没有点出"县"和"官"来,读者可能认为是指山区老百姓的生活穷困。后两句点出"县"和"官"来,从槐树根的露出来,说明这个县的古老。从马骨的高耸,说明县官的马饿得瘦瘦的,指出县官的贫困,连马也吃不饱。所以比前四句写得更工了。

  杜甫在唐肃宗被安禄山叛军抓到长安后,到二载三月,还留在长安,写了《春望》诗。当时长安首都被安禄山叛军烧杀抢掠,所以说"山河在",只有山河还存在,说明别的都被叛军破坏了。说"草木深",说明人民都逃亡了。"感时花溅泪",感伤国事,看到花开,想到安禄山叛军侵占长安前的盛况,就把泪水溅在花上。"恨别鸟惊心",恨与家人分别不能团聚,听到鸟的叫声,想到战乱前和家人团聚时的情况引起心惊。这首诗的后面还有:"烽火连三月,家书抵万金。白头搔更短,浑欲不胜簪。"写战乱的长久,家书的难得。"白头"句指白发更短。"不胜簪",即插不到连发与冠的簪,指更衰老了。

改　诗

　　诗是表达作者的情意的,作者对于所作的诗,有的认为不能恰好地表达自己的情意,要改,改得能符合自己的情意才满意,这样改诗是好的。如《漫叟诗话》里说:"'桃花细逐杨花落,黄鸟时兼白鸟飞。'李商老说:'曾经听徐诗川说:"一士大夫家有杜甫手稿,开头作"桃花欲共杨花语",自己用淡墨改了三个字,才知道古人不厌改字的。'"(见胡仔《苕溪渔隐丛话前集》卷八)

　　杜甫为什么要对这句诗改三个字呢?这要看全诗。杜甫《曲江对酒》:"苑外江头坐不归,水晶宫殿转霏微,桃花细逐杨花落,黄鸟时兼白鸟飞。纵饮久判人共弃,懒朝真与世相违。吏情更觉沧州远,老大徒伤未拂衣。"这首诗,杜甫写他坐在曲江边对着酒,曲江是唐朝的名胜区,靠近皇宫,在宫外,即禁苑以外,所以称"苑外江头坐不归"。从曲江望出去,可以望见皇宫,皇宫的倒影在水里,所以称"水晶宫殿"。霏微,犹隐约,看不分明。他坐得久了,看到桃花跟着杨花飘落,黄鸟跟白鸟在飞。这写他坐久无聊,所以看到这种景象。原作"桃花欲共杨花语",不能表达他这种无聊久坐的心情,所以要改了三个字。他当时的心情,因为朝廷上的大官不看重他,他被人所抛弃,只好喝酒。他因此也懒得上朝,与世人的做法相违反。但他的做官心情,又觉得和隐居沧州相远,还不想隐居,年纪已经老大,徒然悲伤还没有辞官归隐。写他既不想归隐又无所作为的苦闷心情。因此要改诗句中的三个字,改了才符合他当时的心情,这样改是好的。

有的读者的心情跟作者不一样,读者按照自己的体会来改作者的诗,就把诗改坏了。"陶潜诗:'采菊东篱下,悠然见南山。'采菊的时候,偶然看见庐山,原来并不想看庐山,是无意中看到,看到的环境,与自己的心情相合,所以可喜。现在都改作'望南山'。杜甫说:'白鸥没浩荡,万里谁能驯',大概是说白鸥飞到烟波中去看不见罢了。宋敏求对我说:'白鸥鸟不会钻到水里去',把'没'字改作'波'字。两句诗改了这两个字,便觉一篇诗没有精神了。"(见苏轼《东坡志林》)

陶渊明在《饮酒》之五里讲他在东篱下采菊,心情愉快,无意中看见庐山美好的风景,所以从容地感到快意。倘改作"望"字,变成有意去望。有意去望为什么不好?因为下文说:"山气日夕佳,飞鸟相与还",他看到飞鸟归山。想到他在《归去来兮辞》里写的"鸟倦飞而知还",好比他的厌倦做官辞职回来,所以感到快慰,这是无意中见到的,改成有意去望就不好了。杜甫《奉赠韦左丞文二十二韵》:"今欲东入海,即将西去秦。白鸥没浩荡,万里谁能驯。"杜甫在长安不得意,所以想向东到海边去,即要离开陕西。像白鸥在广阔的烟波中看不见了,在万里的烟波中谁再能驯服它呢?改成"白鸥波",成了白鸥的波浪,联系上下文,不知在说什么了,所以不行了。

推　敲

　　唐朝诗人贾岛,出家做和尚,名无本。他虽做和尚,还喜欢作诗。有一天,他骑在驴子上吟诗,吟到"鸟宿池边树,僧敲月下门",对于用"敲"字还是用"推"字决不定,用手作"推"或"敲"的样子,路上看见的人觉得奇怪。这时,韩愈作代理京兆尹,就是京都长安的长官,坐在车子里出来,前面有卫队。贾岛骑在驴子上作"推"或"敲"的手势,冲撞了韩愈的卫队。卫队把他拉到韩愈车前。贾岛就说作了诗句,"推"字与"敲"字决不定,不知道回避。韩愈就把车子停下来,考虑了好一回,对贾岛说:"'敲'字好。"便和贾岛一起回衙门,共同讨论作诗,成为朋友。(见宋朝阮阅编的《诗话总龟》卷十一)

　　清朝大学者王夫之在《薑斋诗话》里说:"就当时的情景说,那末或'推'或'敲',必用一个,自然恰好,用不到考虑啊!"王夫之的意思,和尚是推门的,就用"推",和尚是"敲"门的,就用"敲",用不到考虑。究竟用哪一个字,他没有说,他只提出一个原则来。

　　阮阅在这个故事里,只引了一联:"鸟宿池边树,僧敲月下门。"有人从这两句话考虑,认为和尚一定住在庙里,庙门白天是不关的。到夜里，庙里还有和尚没有回来，门大概是虚掩的，所以和尚回去，不用"敲"门，只要"推"门就可进去。再说，庙门外有树，树上有鸟宿在窠里，要是一敲门，把鸟惊起，就不好了，因此作"推"字好。这个说法，是从这一联来考虑的。按照王夫之的说法，从当时的情景看，光从一联来看，似还不够，应该从全篇来看。他写的这首诗，见《全唐诗》卷五七二，《题李凝幽居》："闲居少邻并，草径入荒园。鸟宿池边树，僧敲月下门。过桥分野色，移石动云根。暂去还来此，幽期不负言。"贾岛没有和韩愈交朋友前，他在做和尚，所以"僧敲月下门"，就是他去敲李凝幽居的门。李凝家的门，在夜里一定是关上的，应该是"敲"字对。再从这首诗看，李凝在闲居，即不做官，他住的地方很幽静，少邻家。贾岛去看他，要走长满草的小路，经过一个荒园。李凝家附近有个池，池边有树，树上有鸟宿在窠里。贾岛在月下怎么知道树上有鸟呢？大概他去敲门，惊动了树上的鸟，他才知道。"过桥分野色"，他来的时候，经过一座桥，桥的两头田野的景色不同，可能一头的田野里人家多些，一头的田野里人家少些。"移石动云根"，他走的是"草径"，即长草的小路。小路上有石块，他要把它移开才好走路。古人说山上的云是触石而起，因此称石为云根。他会见了李凝以后，暂时回去了，还要再来，约好的时期决不耽误，即决不食言。这样看来，贾岛到李凝家去，是敲门的。所以韩愈说"敲"字好，韩愈停了好一会才决定，大概也在了解情况，知道他在题李凝幽居，才决定"敲"字的。按照王夫之的话，也要看了全诗才好决定。

警 句

南唐中主李璟写了《山花子》词,说:"小楼吹彻玉笙寒。"写一位女子在小楼上吹玉笙,那是用玉装饰的笙;笙是一种乐器,这种乐器里面有簧,簧要暖,暖了,吹出来的音清而正确,簧冷了音就不清了。那位女子把曲子吹完了,吹得簧冷了,音不清了。这句写女子的苦恼。冯延巳写了一首《谒金门》词,有"风乍起,吹皱一池春水"。这些都是警句,即好句子。南唐中主曾经对冯延巳开玩笑道:"吹皱一池春水,关你什么事?"延巳说:"还不及皇上'小楼吹彻玉笙寒'。"南唐中主很高兴。(马令《南唐书·冯延巳传》)

南唐中主的《山花子》词:"菡萏香销翠叶残,西风愁起绿波间。"指荷花的香气消散了,荷叶凋零了,西风从绿波中间吹来,使人发愁。这两句很有众花零落、美人老去的感慨。可是古往今来的读者,只是欣赏"细雨梦回鸡塞远,小楼吹彻玉笙寒"。所以知道懂词的人不容易得到。(王国维《人间词话》)

在这里,南唐中主欣赏"吹皱一池春水",冯延巳欣赏"小楼吹彻玉笙寒",王国维认为"菡萏香销翠叶残"两句更好。究竟应该怎样看呢,应该看全篇。

警　句

　　先看冯延巳的《谒金门》："风乍起，吹皱一池春水。闲引鸳鸯香径里，手挼红杏蕊。斗鸭阑干独倚，碧玉搔头斜坠，终日望君君不至，举头闻鹊喜。"这首词，写一个女子在望她的爱人回来，听见喜鹊叫，认为报喜，说明迫切希望爱人回来。这个女子，本来心中是平静的，手揉红杏花的花蕊，来逗引鸳鸯。一看到鸳鸯的成双作对，就引起她对爱人的想念。这好比，风刚起来就吹皱了一池春水。这是一个比喻，比喻女子的心情被鸳鸯扰乱。这也是起兴，从春水的吹皱，引起春心的波动。这样的句子，是比和兴，又写得自然，所以成为名句。

　　再看南唐中主的《山花子》："菡萏香销翠叶残，西风愁起绿波间。还与韶光共憔悴，不堪看。细雨梦回鸡塞远，小楼吹彻玉笙寒。多少泪珠何限恨，倚阑干。"这首词写一个女子，她的爱人在鸡鹿塞的北方边关守边。她在梦中到边关去与爱人相会，醒来只是一梦，只好吹笙，吹到笙簧冷了。倚阑掉泪。她看到荷花零落，荷叶凋残，西风在绿波中起来，使她发愁。她跟花一样憔悴，不忍心看花的零落。王国维认为开头两句"大有众芳芜秽，美人迟暮之感"。屈原《离骚》说："哀众芳之芜秽"，指许多人变坏了。又说："老冉冉其将至矣"，即美人迟暮。王国维把这两句词来比《离骚》。但这里只讲荷花零落，不讲众芳芜秽；只讲"韶光憔悴"，即浪费美好时光而人憔悴，还与"美人迟暮"有点差距。因此王国维不免把两句话的意义拔高了。

夸 张

胡仔《苕溪渔隐丛话》讲杜甫的《古柏行》诗："孔明庙前有古柏,柯如青铜根如石。霜皮溜雨四十围,黛色参天二千尺。"胡仔说:"余游武侯庙,然后知《古柏》诗所谓'柯如青铜根如石',信然,决不可改,此乃形似之语。'霜皮溜雨四十围,黛色参天二千尺。云来气接巫峡长,月出寒通雪山白',此激昂之语,不如此则不见柏之大也。文章固多端,警策往往在此两体耳。"胡仔认为这首诗的警策句有两体:一为形似之语,即描写形象的,用青铜比枝色,用石比根,认为比得极确切,不能改动,这是描写。一为激昂之语,即夸张,认为"霜皮溜雨四十围,黛色参天二千尺"夸张古柏的高大,不可拘泥于"四十围""二千尺"对不对。说古柏上的云气可以向东接触巫峡的云气,古柏上的月色可以向西远通雪山上雪的白色。这些也是夸张,夸张古柏高到上接云气和月色的影响,这个夸张更大了,实际是想象。

还有一种夸张,清代文学批评家叶燮在《原诗》里讲的:"其更有事所必无者,偶举唐人一二语,如'蜀道之难难于上青天','似将海水添宫漏','春风不度玉门关'……决不能有其事,实为情至之语。"这种夸张,事实上决不能有的。蜀道难走,绝不会比上天还难。唐代大诗人李白的《蜀道难》,说"蜀道之难难于上青天",只是惊心动魄地表达出蜀道难走的强烈感情。夜不论怎样长,宫中计时器铜壶滴漏中的水不论怎样滴不完,总不会用海水添进去。可是中唐著名诗人李益《宫怨》:"似将海水添宫漏,共滴长门一夜长。"写失宠的宫女,在长门宫内觉得夜长得没完没了,好像有海水加到铜壶滴漏中去,水永远滴不完,写出"愁人知夜长"的愁苦的深切。玉门关外是有春风的,可是盛唐时代著名诗人王之涣在《出塞》里说:"羌笛何须怨杨柳,春风不度玉门关。"竭力描写关外的荒凉,以表达诗人强烈的感情。

  还有一种夸张是不正确的。刘勰在《文心雕龙·夸饰》里说:"又子云《羽猎》,鞭宓妃以饷屈原……而虚用滥形,不其疏乎!"认为西汉的辞赋家扬雄,在《羽猎赋》里说,鞭打宓妃要她给屈原去送饭。宓妃是洛神,洛水在北方,屈原投汨罗江自杀,在南方。要北方的洛神给南方汨罗江里的屈原送饭,不可能,这样的夸张,是不可行的。

夸张和跳跃

诗人写诗，运用夸张和跳跃手法，这是用得比较多的。有时在一首诗里，这两种手法并用。李白在一首诗里运用这两种手法，用得比较突出。先说一首诗里兼用这两种手法的，如顾况《宫词》："玉楼天半起笙歌，风送宫嫔笑语和。月殿影开闻夜漏，水精帘卷近秋河。"这里的"玉楼"，用"玉"来形容楼的装饰华贵，是夸张。"天半"，形容楼的高，是夸张。"水精帘"，用"水精"来形容帘子的质地精细而色泽莹润，是夸张。"近秋河"即近天上的银河，形容帘子的高高卷起是夸张。这四句诗里一共用了四个夸张格。上两句写玉楼中在奏乐，有宫嫔笑语，是一种欢乐景象。后两句忽然跳到月殿，写在那里的宫女闻夜漏，卷帘。从玉楼的欢乐，跳到月殿的冷寂，中间并无转接过渡的词，靠用两者的对照来构成跳跃，表达宫怨。这是一种夸张和跳跃。

再看李白的《北风行》："烛龙栖寒门，光耀犹旦开。日月照之何不及此，唯有北风号怒天上来。燕山雪花大如席，片片吹落轩辕台。"这里只是写思妇想念她丈夫戍守的北方极为寒冷，夸张地说那里的寒冷。一，用了"雪花大如席"的夸张；二，用"北风号怒天上来"的夸张；三，用"烛龙栖寒门"的"寒门"来夸张，《淮南子·地形训》的神话，说烛龙栖息的寒门，是极冷的地方；四，说那里是日月照不到的，靠烛龙的"视为昼，瞑为夜"(见高诱注)，所以极冷。这里说寒冷，一连用了四个夸张，这就跟一般的用夸张不同。比方顾况用了四个夸张格，一个夸张格指一样事物，四个夸张格指四样事物。这些夸张在情理之中，如用"玉"指美好，用"天半"指高，用"水精"指晶莹，用"近秋河"指高，都是。李白用四个夸张格来夸张那里的寒冷，即用四个夸张格来夸张一样事物，又出乎情理之外，如"雪花大如席"，如用神话，都是，这里显示出李白用的夸张格的特色。

《北风行》又说："倚门望行人，念君长城苦寒良可哀。别时提剑救边去，遗此虎文金鞞靫(盛箭袋)。……箭空在，人今战死不复回。"先说"念君"是就君已经去后说。下接"别时"句，就跳到君将去时说，这里还用"别时"来点明时间。"人今"句一跳跳到君战死了。"人今"指"今"，这个"今"，跟上文的"念君"，好像思妇的思念也在今时，"念君"和"人今"的时间其实不同，即"念君"是在君生时，"人今"是在君死后，这一生一死的跳动，在诗中没有用文字来点明。这样的跳跃，又跟上引顾况诗的跳跃不同。顾况诗的从玉楼跳到月殿，用两者来构成对比，在形式上很清楚。通过对比来表达作者的思想感情。李白诗从"念君"跳到"人今"，并不构成对比，因此，它的跳跃也跟顾况诗的跳跃不同，显得突出。

互文和互体

清人沈德潜,创诗的格调说,著有《说诗晬语》。这书里说:"边防筑城,起于秦汉。明月属秦,关属汉,诗中互文。"按盛唐著名诗人王昌龄《出塞》:"秦时明月汉时关",不是说明月属秦,关属汉,是秦汉时明月秦汉时关,即在秦汉时已派兵驻守的地方,到了唐朝,还是派兵驻守,所以说"万里长征人未还"。秦汉时明月秦汉时关,要省成七个字。前面的"秦汉"省去个"汉"字,后面的"秦汉"省去个"秦"字。因此前面的"秦"指秦汉,后面的"汉"字也指秦汉,所以称为互文。

宋人罗大经在《鹤林玉露》的卷七里说:"杜少陵(甫)诗云:'风含翠筱娟娟净,雨裛红蕖冉冉香。'上句风中有雨,下句雨中有风,谓之互体。"这里上句讲风,但"娟娟净"含有竹子经雨洗得美好洁净之意。下句有雨,但雨中有风,风把红荷花的香气渐渐送来。但上句的"风"字不等于"风雨",下句的"雨"字也不等于"风雨",因此不称为互文而称为"互体"。

又说:"杨诚斋(南宋著名诗人杨万里的号)诗:'绿光风动麦,白碎日翻池',亦然。上句风中有日,下句日中有风。"上句点明"风"

字,风吹麦动,但称"绿光",暗指日照在麦上有绿光。下句点明"日"字,日光照在池水上,但称"白碎""翻池",翻动池水,暗含"风"字。这也是互体,即上句暗含"日"字,下句暗含"风"字。

又如《木兰辞》:"雄兔脚扑朔,雌兔眼迷离,两兔傍地走,安能辨我是雌雄。"知道上两句是互文,即雄兔脚扑朔,眼迷离,雌兔眼迷离,脚扑朔,所以两兔傍地走,分不出哪一个是雌是雄。倘不知前两句是互文,认为雄兔是脚扑朔的,雌兔是眼迷离的,那两兔在地上走,不是可以分辨雌雄吗?

又如毛泽东《长征》诗:"五岭逶迤腾细浪,乌蒙磅礴走泥丸。"逶迤指绵延起伏,五岭山脉绵延起伏,可以比细浪的腾踊,细浪腾踊,水波也是起伏的。"磅礴"指大气磅礴,形容山的高大。"走泥丸",从《汉书·蒯通传》的"坂上走丸"来,山坡上滚下泥丸来,形成一条起伏跳动的线。五岭山脉大气磅礴,指山的高大。高大的山又怎么能比成一条起伏跳动的线呢?就不好讲了。知道这两句是互文,即五岭逶迤而磅礴,乌蒙磅礴而逶迤,乌蒙山脉是高大而绵延起伏的,所以可比"走泥丸",构成一条起伏跳动的线。知道它是互文,就可以讲通了。

曲　喻

　　《大般涅槃经》卷五《如来性品》第四之二讲分喻说："面貌端正，像满月；白象洁白，像雪山。"满月不同于脸面，雪山不同于白象。《翻译名义集》卷五第五十三篇加以申说道："雪山比象，哪儿有尾巴、象牙？满月比脸面，哪儿有眉毛眼睛！"讲道理是应该这样，至于诗人修辞，有奇幻的想法，用雪山来比象，不妨在雪山上长出尾巴、象牙来，用满月来比脸面，尽可以在满月上装出眉毛、眼睛。英国玄学诗派的曲喻多属于这一体。……李商隐最擅长这种写法，用的笔墨不多，写得极有神韵，像《天涯》说："莺啼如有泪，为湿最高花。"认真"啼"字，双关出泪湿也。（"莺啼"本是莺鸣，因为"啼"有啼哭的意思，所以引出"泪湿"。）《病中游曲江》曰："相如未是真消渴，犹放沱江过锦城。"坐实"渴"字，双关出沱江水竭也。（司马相如有消渴病，即糖尿病，口渴，要喝水。这诗夸张说，要真是口渴，应该把沱江水喝干，现在沱江水还流到成都，说明他并不真是口渴。）《春光》曰："几时心绪浑无事，得及游丝百丈长。"执着"绪"字，双关出百丈丝也。

　　李贺描写物象，他用比喻的方法还有曲折。二物相似，所以用

曲　喻

这物比他物，就这物似他物说，只有一端相似，不是全体相似。李贺往往因为有一点相似，推广到本不相似的另一点。像《天上谣》说："银浦（银河）流云学水声"，云可以比水，都是流动的，此外没有相似处，但到了李贺笔下，那末云像水那样流动，也可以像水的流动而有声音了。《秦王饮酒》说："羲和敲日玻璃声"，太阳像玻璃，都是光明的；但在李贺笔下，那末太阳像玻璃光，也必定有玻璃声了。同一篇说："劫灰飞尽古今平"（佛家说，世界被劫火烧成了灰），劫是时间中事，平是空间中事，但劫既有灰，那末时间也可以像空间那样扫平了。

　　这是钱钟书先生在《谈艺录》中讲到的曲喻。比喻只比事物的一边相像，如云像水的流动。曲喻则从云像水流动，再说像水的流动有声音。李贺为什么说流云学水声呢？因为他的《天上谣》说："天河夜转漂回星，银浦流云学水声。"他看天上的银河，想象银河里有水，银河里的水把星浮动了，星都可以飘浮，想象水势之大，自然想象银河水的有声了。李贺的《秦王饮酒》："秦王骑虎游八极，剑光照空天自碧。羲和敲日玻璃声，劫灰飞尽古今平。"李贺用骑虎来比秦始皇的威势，用"游八极"来比他统一天下。因此想象赶太阳的神羲和也顺着秦始皇的意思努力赶着太阳运行，想象神在鞭打太阳，因而想象鞭打得有声。写秦始皇使天下太平，所以说"劫灰飞尽古今平"。李贺不这样写，不能写出秦始皇的声威。李商隐一生遭遇不得志，所以听见莺的啼声，本是鸟啼，就想到啼哭。他想到司马相如的消渴，就感叹自己的渴望比他更深。从游丝的长，引起自己愁绪的长。这些都叫做曲喻。

博　喻

　　钱钟书先生在《宋诗选注》里讲苏轼的运用"博喻",说:"他在风格上的大特色是比喻的丰富、新鲜和贴切,而且在他的诗里还看得到宋代讲究散文的人所谓'博喻'(陈骙《文则》卷上丙的第六种'取喻之法'),或者西洋人所称道的莎士比亚式的比喻,一连串把五花八门的形象来表达一件事物的一个方面或一种状态。这种描写和衬托的方法仿佛是采用了旧小说里讲的'车轮战法',连一接二地搞得那件事物应接不暇,本相毕现,降伏在诗人的笔下。""我们试看苏轼的《百步洪》第一首里写水波冲泻的一段:'有如兔走鹰隼落,骏马下注千丈坡,断弦离柱箭脱手,飞电过隙珠翻荷',四句里七种形象,错综利落……"百步洪,在江苏铜山,水在峭石中急流有百多步。苏轼写船在百步洪里航行,用七个比喻来比船走得极快,用兔子逃跑得飞快,走指跑,像鹰从高空落下来抓猎物,飞得极快,又像好马从高山的山坡上奔下来那样快,又像琴弦断了离开系弦的短柱飞出去,像箭射出去,像闪电飞过,像露珠从荷叶上翻下来,用七个比喻来比船在百步洪中被急流冲下来的惊骇场面。一连用了七个比喻,所以称博喻。

再看李白《古朗月行》:"小时不识月,呼作白玉盘,又疑瑶台镜,飞在青云端。……蟾蜍蚀圆影,大明夜已残。……阴精此沦惑。去去不足观,忧来其如何,凄怆摧心肝。"这里写月,用白玉盘来比月的圆而色白,用瑶台镜来比月的圆而明亮。用蟾蜍蚀圆影来比月蚀,蟾蜍指癞蛤蟆,古代神话说月中有癞蛤蟆,它吃了月的光影,造成月蚀;圆影,指月的光影。"大明夜已残",月光已残缺了,大明比月光。"阴精此沦惑",古代称日为阳,月为阴,阴精比后妃。这句指杨贵妃得宠,包括她的家族杨国忠掌权,造成政治昏乱,所以作者非常担忧。这里用白玉盘、瑶台镜、圆影、大明、阴精来比月,也是博喻。用阴精来比月,又牵涉到政治问题上去了。

再看韩愈的《听颖师弹琴》,琴声不好描写,故多用比喻作比。诗说:"昵昵儿女语,恩怨相尔汝。划然变轩昂,勇士赴敌场。浮云柳絮无根蒂,天地阔远随飞扬。喧啾百鸟群,忽见孤凤凰。跻攀分寸不可上,失势一落千丈强。……"这首诗,用各种比喻来比琴声,琴声有细柔的,像小儿女在低声讲话,诉说他们的恩恩怨怨。琴声突然变得高昂,像勇士奔赴战场,慷慨激昂。像浮云柳絮飞到远处,比喻弹琴的泛声,泛声是弹奏时的一种虚声,虚声就是没有歌词的琴声,歌词好比根蒂,没有歌词的泛声,所以称"浮云柳絮无根蒂"了。"喧啾百鸟群,忽见孤凤凰",比喻在各种琴声中,忽然有一个声音特高。一般的声音,像百鸟啾啾;一个声音特高,比百鸟中的凤凰的鸣声。"跻攀分寸不可上",像百鸟啾啾的声音不能高昂,到凤凰的鸣声特高。特高的琴声忽然又从高处落下,转成低声,所谓"失势一落千丈强","千丈强"即超过千丈。这样用各种比方来比,即"博喻"。

喻之多边

比喻有两柄,又有多边。一样东西,不光是一种性质、一种功效,而且不限于一种性质、一种功效,可以用作多种比喻。比方月亮,月满时形体是圆的,又是发光的。用月来比镜子,像庾信《咏镜》:"月生无有桂",采取月像镜子一样明亮,也可兼取月像镜子一样圆。以月来比茶团、香饼,像王禹偁《龙凤茶》:"圆似三秋皓月轮",有的像苏轼《惠山谒钱道人烹小龙团》:"特携天上小团月,来试人间第二泉",只取月的圆,小龙团茶像月的圆,不取月的明亮。月亮也可以比眼睛,具有看明白、明察的意思,像苏轼《吊李台卿》:"看书眼如月",并不是形容李君的眼睛像睁大成圆的。月又可比女君,月亦称当空的太阴,像陈子昂《感遇》第一首:"微月生西海,幽阴始代生",陈沆(清文学家)《诗比兴笺》解释说,暗指武则天,那不是比圆和明亮,不可以附会说比武则天的面圆像月,容光照人。"月眼""月面"都是经常说的,眼取月的明亮,面取月的圆,各靠月的一边。王安石《记梦》:"月入千江体不分,道人非复世间人";黄庭坚《黄龙南禅师真赞》"影落千江,谁知月处",那是说月亮平等地普遍地照在千江里,虽分别照在不同的千江里,但月亮只是一个,这是讲水月的第二边(水中捞月捞不到是第一边,平等普照是第二边)。李白《溧阳濑水贞女碑铭》:"明明千秋,如月在水",那是另外主张皎洁不灭,光景常新,是水月的第三边。(译自钱先生《管锥编·周易正义·归妹》)。

对于比喻,本来只取事物中的一点来作比,如白居易《长恨歌》的"芙蓉如面柳如眉",用"柳"做比喻来比"眉",只取柳叶的细长这一点来比女人眉毛的细长,这是一边。又如元稹《生春诗》:"春生柳眼中",只取初生的柳叶,比人的睡眼初开,这是又一边,又如庾信《和人日晚景宴昆明池》诗:"上林柳腰细",只取柳条的柔软而细来比舞女的细腰,这又是一边。这里用"柳"做比喻,比三种含意,可称做喻的三边。

也有在一首诗里,用个相同的比喻,却有二边的。如韩愈的《海水》诗:"我鳞不盈寸,我羽不盈尺,一木有余阴,一泉有余泽。我将辞海水,濯鳞清泠池,我将辞邓林,刷羽蒙茏枝。……我鳞日以大,我羽日以修,风波无所苦,还作鲸鹏游。"在这首诗里,作者先把自己比作小鱼小鸟,小鱼在池里可以游,小鸟在一棵树上可以栖息,所以用不着到大海、大的树林中去。后来鱼鳞长大了,鸟羽长长了,池里嫌小了,一棵树不够栖息了,就想到大海、大树林中去了。先满足于池水和一棵树,是一边;后要到大海和大树林中去,是又一边。同一首诗里写的鱼鸟有变化,从小鱼小鸟变作大鱼大鸟,所以要求也不同了,成为喻之二边了。

喻之二柄

同一样东西,用作比喻,有的是赞美,有的是指斥;有的是喜欢,有的是厌恶,语气完全不同;在修辞学里,应该指出来。西方斯多葛派(希腊的一个学派说:"万物各自有二柄"),结合慎到(战国时法家)、韩非(战国末期哲学家,法家的主要代表)的"二柄"说(《韩非子》有《二柄》篇,"二柄"指刑与德),姑且借来说明我的意思,称它作"比喻之两柄"是可以的。

李白《志公画》赞:"水中的月,完全不可摘取",施肩吾(唐朝道士)《听南僧说偈词》:"和风吹尽六街尘,清净水中初见月",指高超美妙而不可接近,这是心中佩服赞美的话。黄庭坚《沁园春》:"镜里拈花,水中捉月,觑着无由得近伊";《红楼梦》第五回仙曲《枉凝眸》:"一个枉自嗟呀,一个空劳牵挂,一个是水中月,一个是镜中花",点化佛家的词藻,抒发绮丽的思想,那是撩逗人而不可接近,好比说"甜糖挂在鼻子上,只教他舐不着",这是心痒的恨词。《论衡·自纪》说:"像秤的平,像镜的打开";诸葛亮《与人书》说:"吾心像秤,不能为了人家忽轻忽重",都用秤来比喻没有成见私心,处理事务……《朱子语类》卷一六:"这心的公正,却像秤一样,没有东西时,秤没有不平的,才把一样东西放在上面,秤就不平了";周亮工(明末清初人)《书影》卷一〇:"佛家有'花友''秤友'的比喻,花指因为时间不同有开得好有衰落,秤指看东西忽高忽低;那是说那人的心不正,趋炎附势,是讥讽责备的比喻了"。"秤友"正是刘峻(南朝梁学者、文学家)《广绝交论》指斥做"量交",看朋友权势的大小做出不同态度的交往。(从钱钟书先生《管锥编·周易正义·归妹》中译出)同一个比喻,有时用来比赞美的事物,有时用来比指斥的事物,这就叫二柄。比方用月亮作比喻,可以比高超美好的事物,也可以比没法取得的事物,这就是两柄。再像秤,或天平,可比喻公正无私心,这是好的,也可比做趋炎附势的人,看见谁的权势大,就倒向谁,叫"秤友",使人厌弃。

喻之二柄,还可举几个例。如《史记·苏秦传》:"此所谓弃仇雠而得石交者也。""石交",指牢不可破的交情,是好的比喻。《管子·小匡》:"管子对曰:士农工商四民者,国之石民也。""石民",指作为国家柱石的人民,这个"石民"也是好的。《史记·魏其武安侯传》:"太后怒,不食,曰……且帝宁能为石人耶!""石人",指没有感觉,徒然具有人形,是责斥的词。再像"石女",指不通人道的女子;又有"石友",与"石交"同,也是好的词。好的与坏的相对,同一个"石"字,同作比喻,即成为喻之二柄。

通　感

　　故歌者上如抗,下如队(坠),曲如折,止如槁木;倨中矩,勾中钩,累累乎端如贯珠。《疏》:"上如抗"者,言歌声上响,感动人意,使之如似抗举也。"下如队"者,言声音下响,感动人意,如似坠落之意也。"曲如折"者,言音声回曲,感动人心,如似方折也。"止如槁木"者,言音声止静,感动人心,如似枯槁之木止而不动也。"倨中矩"者,言其音声雅曲,感动人心,如中当于矩也。"勾中钩"者,谓大屈也,言音声大屈曲,感动人心,如中当于钩也。"累累乎端如贯珠"者,言声之状累累乎感动人心,端正其状,如贯于珠,言声音感动于人,令人心想形状如此。(《礼记·乐记·疏》)

　　白居易《琵琶行》里传诵的那几句:"大弦嘈嘈如急雨,小弦切切如私语;嘈嘈切切错杂弹,大珠小珠落玉盘;间关莺语花底滑,幽咽泉流冰下难。"白居易只是把各种事物所发出的声音——雨声、私语声、珠落玉盘声、间关鸟声、幽咽水声——来比方琵琶声,并非说琵琶的大弦、小弦各种声音"令人心想"这样那样的"形状";他只是从听觉联系到听觉,并非把听觉沟通于视觉。……韩愈《听颖师弹琴》诗里的描写……那才是"心想形状如此","听声类形"……把听觉转化为视觉了。"跻扳分寸不可上,失势一落千丈强",这两句可以和"上如抗,下如队(坠)"印证,也许不但指听觉通于视觉,而且指听觉通于肌肉运动觉:随着声音的上下高低,身体里起一种"抗"、"坠"、"扳"、"落"的感觉。(钱钟书《通感》,载《文学评论》,1962[1])

"通感"是把听觉、视觉、嗅觉、味觉、触觉沟通起来。钱钟书先生提出这种"通感",给我们指出修辞上的一种手法,是很有意义的。《礼记·乐记》里指出音乐"感动人意","上如抗"像把声音举起来,举起来要用力,这就跟肌肉运动觉联系起来。"下如坠",声音从高变低,像从高处落下来,这就跟视觉联系。《老残游记》里记大明湖边听白妞黑妞说书,声音一层高似一层,用扳登泰山来作比,越升越高,也是从声音联想到扳登的肌肉运动觉与泰山的视觉。"曲如折",声音的转折,如表达音调的变化,引起听众情绪的变化。"止如槁木",声音止静,像枯木的止而不动,这如白居易《琵琶行》里说:"水泉冷涩弦凝绝,凝绝不通声渐歇,别有幽愁暗恨生,此时无声胜有声。"声音从高到低,从低到像泉水因冷而凝结那样越来越低沉,低沉到好像要停止那样,这就是如枯木之止而不动,但并不真的停止,在低沉中发出一种幽愁暗恨,所谓"无声胜有声"。这就从听觉引起视觉如槁木,引起触觉,如泉的冷涩。"倨中矩"指声音雅正,合乎规矩;矩指方正,规指圆规,圆规也就是"勾中钩"了。"累累乎端如贯珠",状声音的圆转像珠子,这个圆转的声音,一个接着一个联起来的,所以称"贯珠",这也就是听觉通于视觉了。从听觉引起人的视觉、触觉,也就是音乐不光使人感到悦耳,"声入心通",引起人的感情,所以会通于视觉和触觉,这样写,不光写出音乐之美,也写出音乐感动人的力量,写出音乐的作用。孔《疏》里阐发得深刻。《通感》里把白居易写音乐,跟韩愈的写音乐来对比,这就显出韩愈写得深刻,因为韩愈写出通感来,写出音乐的"感动人意"来。

有的写法,我们原来不理解的,是否可用通感来解释?《历代诗话》卷四十九《香》:"《渔隐丛话》曰:'退之诗云:"香随翠笼擎偏重,色照银盘泻未停。"樱桃初无香,退之以香言,亦是一语病。'吴旦生曰:'竹初无香,杜甫有"雨洗娟娟静,风吹细细香"之句;雪初无香,李白有"瑶台雪花数千点,片片吹落春风香"之句;雨初无香,李贺有"依微香雨青氛氲"之句;云初无香,卢象有"云气香流水"之句。妙在不香说香,使本色之外,笔补造化。'"为什么说樱桃、竹、雪、雨、云是香的呢?不好理解。吴景旭认为这是诗人笔补造化,这些东西天生都是不香的,诗人补天生之不足,给它们加上香。这样说还不能使人信服。诗人的创造只该反映生活真实,不香的东西说香,不是违反真实吗?这可能也是通感。鲜红的樱桃在诗人眼里好像花一样美,把樱桃看成是红花,于是就唤起一种花香的感觉,视觉通于嗅觉,只有用"香"字才能写出这种通感来,才能写出诗人把樱桃看得像花一样美的喜爱感情来。经过雨洗的竹子显得更其高洁,说"雨洗娟娟静",它是那样洁净,唤起诗人说的"天寒翠袖薄,日暮倚修竹",从修竹联想到佳人,所以用"娟娟"两字来形容它,娟娟不正是美好的佳人吗?佳人才有"风吹细细香"来。这个"香"正和"娟娟"联系,正和诗人把修竹比佳人的用意相联系吧。诗人把"雪花"和"春风"联起来,在他眼里的雪花,已像春风中的"千树万树梨花开"了,把雪说成春风中的花,自然要说香了。把雨和云跟"氛氲"和"气"连起来,这就同氛氲的香气连起来了,这大概和春天的氛氲花香结合着,所以雨和云都香了。这样,视觉通于嗅觉,写出这些事物的"感动人意"来。用通感来解释,是不是可以体会得更深切些。

林逋的名篇《山园小梅》:"众芳摇落独暄妍,占尽风情向小园。"《瀛奎律髓》卷二十纪昀批："冯（班）云'首句非梅'，不知次句'占尽风情'四字亦不似梅。"这样的批评也是不知通感所产生的。梅花开放时天还很冷，怎么说"暄妍"呢？"暄妍"是和暖而美艳，似不合用。用"风情"来指梅，好像也不合适。其实，这是诗人写出对梅花的感情来，既然李白可以把雪花看成春风中的香花，那末林逋为什么不可以把梅花看成春风中的香花呢？作者忘记了寒冷，产生了"暄妍"之感，觉得它很有"风情"，这正是从视觉联系到温暖的触觉，正写出梅花的"感动人意"来。写诗不是写科学报道，冯、纪两位未免太拘泥于气候了。

　　再像林逋的《梅花》诗："小园烟景正凄迷，阵阵寒香压麝脐。""香"是嗅觉，"压"是触觉，是嗅觉通于触觉，用的也是通感手法。再像"暗香浮动月黄昏"（《山园小梅》），"香"是嗅觉，"暗"是视觉，是嗅觉通于视觉，突出香的清淡。杨万里《怀古堂前小梅渐开》："绝艳元非着粉团，真香亦不在须端"，"真"是意觉，是嗅觉通于意觉。如韩愈《芍药歌》"翠叶红蕊天力与"，"温馨熟美鲜香起"，翠红是视觉，"温"是触觉，这是视觉通于触觉。韩愈的《南山诗》写南山的石头的各种形象，"或妥若弭伏，或竦若惊雊（雉叫）"，"或背若相恶，或向若相佑"，"或如火熺焰"。这就把写石头的视觉同听觉（惊雊）、触觉（火熺）、意觉（相恶）相通，不光写出各种石头的形状，也写出诗人对各种石头的感情了。

奇　偶

在先秦的古文里，一篇之中，有对偶句也有散行句，在散行句中也有句散而意偶和句偶而意偶的。对偶显得整齐，散行显得活泼。整齐的对偶或显得呆板，要用散行句来使它生动；散行句不整齐，要用对偶句来显出庄重。《尚书·尧典》中说："钦明文思，安安，允恭克让，光被四表，格于上下。"这是说，恭敬明白有礼能谋，安于安定，确实恭敬，能够谦让，光耀到达四方以外，至于上下。在这"允恭克让"里，"允恭"同"克让"相对，即一句中两字相对，但这句话跟上下文都不对（上文是"安安"，下文是"光被四表"），所以还是散行。这就是对偶和散行的交错。再像"钦明文思"中，"钦明"与"文思"相对；倘同"允恭克让"相接，就成为对偶了。再像"光被四表，格于上下"，指光耀照到四表和上下，两句不对，但意思说"光被四表，光被上下"，又是对的，即句奇而意偶。再像"允釐百工，庶绩咸熙"，指实治百官，众功皆成，两句不对，但意思是说管好百官，办好众事，是句奇而意偶。这些句子可以改为偶句，如"光被四表，德及上下"，"允治百官，实熙庶绩"。

《尚书》作例，还不容易说明奇偶变化的作用。试看李斯《谏逐客书》,他写这封信时,既不要求对偶,也不要求散行,顺着内容的需要,构成奇偶错综的变化,可以从中推究,哪儿需要偶,哪儿需要奇,哪儿需要奇偶错综:

臣闻吏议逐客,窃以为过矣。昔穆公求士,西取由余于戎,东得百里奚于宛,迎蹇叔于宋,求丕豹、公孙支于晋。此五子者,不产于秦而穆公用之,并国二十,遂霸西戎。孝公用商鞅之法,移风易俗,民以殷盛,国以富强,百姓乐用,诸侯亲服,获楚魏之师,举地千里,至今治强。惠王用张仪之计,拔三川之地,西并巴蜀,北取上郡,南取汉中,包九夷,制鄢郢,东据成皋之险,割膏腴之壤,遂散六国之纵,使之西面事秦,功施到今。昭王得范睢,废穰侯,逐华阳,强公室,杜私门,蚕食诸侯,使秦成帝业。此四君者,皆以客之功。由此观之,客何负于秦哉?向使四君却客而不纳,疏士而不与,是使国无富利之实,而秦无强大之名也。

一开头就点明驱逐客卿的做法是错误的。接下来讲为什么是错的,要是讲道理,怕秦王看不下去,所以列举具体事例,说明用客卿的好处,来打动秦王。既要举出事例,那末举得太少就没有力量,就得多举几个。这样,讲穆公用客卿举了五个。光举一个穆公,力量也不够,这样就举了穆公、孝公、惠王、昭公四个国君用客卿。举四个国君就够了,再多了要使人厌。这样举例,四个国君就构成两对了。讲穆公用客,从四个地方求贤,这又构成两对。这不是有意求对偶,要作出有力的论证,不能不这样。可见用对偶,是适应文章内容的需要,自然形成的。

构成对偶的句子,有时又有变化。如"西取由余于戎,东得百里奚于宛",这两句是对偶。下两句倘用同样写法,"东迎蹇叔于宋,东求丕豹、公孙支于晋",联用三个东字,太重复了,所以后两句不指明方向，在对偶中又有变化。这样对偶，不要求字数相同，像"由余"是二字，"百里奚"是三字；"蹇叔"是二字，"丕豹、公孙支"是两人五字。在对偶中又有参差，这种对偶比较自然。到后来，要求字数相同，就不够自然了。比方有人用班固同司马迁相对，改称"马迁"就是。这里"西取"四句两两相对，但"昔穆公求士"同"此五子者"以下几句不对，奇偶交错，也是自然形成的。"孝公用商鞅之法"是奇，但同"惠王用张仪之计"，是隔着几句相对。"移风易俗"，句奇而意偶，这句内"移风"同"易俗"相对。"民以殷盛，国以富强"相对，"百姓乐用，诸侯亲服"相对。"获楚魏之师，举地千里，至今治强"，又是奇句。"西并巴蜀，北取上郡"相对，同"南取汉中，包九夷，制鄢郢；东据成皋之险，割膏腴之壤"，句奇而意偶，即"西并""北取""南取""东据"在用意上相偶。"废穰侯，逐华阳，强公室，杜私门"，四句相偶。在可以构成对偶的地方相对，在不宜相对的地方不对。对偶的句子列举几个事例，显得有力；不对的句子，有助于说明事理。奇偶配合，说理同举例结合，文章就显得很有力量。

这种奇偶结合的写法，有时也可加强文章的气势。如贾谊《过秦论》上："秦孝公据殽函之固，拥雍州之地，君臣固守，以窥周室，有席卷天下、包举宇内、囊括四海之意，并吞八荒之心。"这里，"席卷天下、包举宇内"相对，"囊括四海之意，并吞八荒之心"相对。这四句不光相对，意思也相同。这样用对偶，就有加强气势的作用，是一种强调的说法。

质 语

质语即如实记载,不加文饰,一文饰怕走样。刘知幾《史通·言语》:

盖江芈(mǐ)骂商臣曰:"呼,役夫,宜君王废汝而立职!"(《左传》文元)汉王怒郦生曰:"竖儒,几败乃公(刘邦自称)事!"(《史记·留侯世家》)单固谓杨康曰:"老奴,汝死自其分!"乐广叹卫玠曰:"谁家生得宁馨(这样)儿?"斯并当时侮慢之词,流俗鄙俚之说,必播以唇吻,传诸讽诵。而世人皆以为上之二言,不失清雅,而下之两句,殊为鲁朴者,何哉?盖楚汉世隔,事以(已)成古;魏晋年近,言犹类今。已古者即谓其文,犹今者乃惊其质。而作者皆怯书今语,勇效昔言,不其惑乎?

这里举了四个例子,记的都是质语,即保持说话的原样,这样用质语是好的。不过在唐朝,认为前两例是楚汉的用语,时代久远,质语变成雅言;后两例是魏晋的用语,时代接近,质语太朴质,不雅了。其实记录语言应该用质语,不该加以文饰。后两语到现在也

是时隔久远,成了雅言,尤其是"宁馨"一词,更成了雅言了。浦起龙注释这篇说:

《梦溪笔谈》载庆历中,河北大水。有公事使臣到阙(京),仁宗召问水灾何如,对曰:"怀(包)山襄(淹)陵。"又问百姓何如,对曰:"如丧考妣(父母)。"上默然。既退,诏阁门(掌管朝廷赞礼的官),今后武臣奏事,并须直说。

这个公事使臣回答的话都从《尚书》中引来,不直说,显得可笑。

章学诚《文史通义·古文十弊》说:

记言之文,则非作者之言也,为文为质,期于适如其人之言,非作者所能自主也。其有未尝学问,或出乡曲委巷,甚至佣姬鬻(yù,被出卖的)婢,贞节孝义。每见此等传记,述其言辞,原本《论语》、《孝经》,出入《毛诗》、《内则》,刘向之传(《列女传》),曹昭之诫(《女诫》),不啻(无异)自其口出,可谓文矣。自文人胸有成竹,遂致闺修皆如板印,与其文而失实,何如质以传真也。

章学诚也主张记言要用质语,反对强加文饰。

司马迁《史记》记言,有用方言的,如《陈涉世家》记陈涉的老朋友曾经同他一起做雇农的,"见殿屋帷帐,客曰:'夥颐,涉之为王沉沉者。'楚人谓多为夥,故天下传之。"夥颐,犹"多啊",是方言。沉沉,犹"深"。又《周昌传》:"及帝欲废太子,而立戚姬子如意为太子。周昌争之强,上问其说,昌为人吃(口吃),又盛怒,曰:'臣口不能言,然臣期期知其不可。陛下虽欲废太子,臣期期不奉诏。'"这里把他的口吃都写出来了。

王若虚《滹南遗老集》记《新唐书》的改字。《旧唐书》:

李承嘉附(附和)武三思,诋尹思贞于朝。思贞曰:"公附会奸臣,将图不轨(法),先除忠臣耶?"……或谓思贞曰:"公平日讷于言,及廷折承嘉,何其敏耶?"思贞曰:"物不能鸣者,激之则鸣。承嘉恃威权相凌,仆义不受屈,亦不知言从何而至也。"

《新唐书》把它改成:"或问思贞:'公敏行何与承嘉辨?'答曰:'石非能言者而或有言。'"

王若虚指出:"子京(宋祁)以孔子有云:'君子欲讷于言而敏于行',遂以敏行代言讷,岂有行敏遂不当辨曲直者!且《左传》载'石言于晋(晋国有一块石头会说话,是有妖怪附在石头上)',盖物凭而为怪耳,亦岂激之而鸣之意哉!"按原文是有人问尹思贞:"您平时说话很迟钝……这次话怎么说得这样快利啊?"宋祁在《新唐书》中把"讷于言"改成"敏行",即行动敏捷,就全不对头了。又把"物……激之则鸣",改为"石……或有言";"石言于晋"是指有怪物附托在石上才能发言,跟原意完全不同了。原来是质言,宋祁改成用典,加以文饰,就改得文理不通了。

又,《旧唐书》:"杜正伦、虞世南等尝论事称旨,太宗谓之曰:'我闻龙可扰而驯,然喉下有逆鳞,触之则杀人。人主亦有逆鳞,卿等遂不避犯触,各进封事,常能如此,朕岂虑有危亡哉?'"王若虚说:"人主称鳞,亦取类云耳。子京(宋祁)辄云'遂犯吾鳞',不几指斥乎?"原作"人主亦有逆鳞",因为以君比龙,所以说"人主亦有逆鳞",是类比的说法,宋祁在《新唐书》中改作"吾鳞",变成唐太宗身上有鳞,就不对了。这是删节原来的质言而造成的毛病。

点　染

　　点染是画家手法,有些处加点,有些处渲染。这里借来指有些处点明,有些处烘托,点明后用景物来烘托,更有意味。柳永《雨霖铃》:"念去去千里烟波,暮霭沉沉楚天阔。"点明"去去",就用千里烟波、暮霭沉沉、楚天空阔三样景物来烘托,衬出远别的离情。接下去说:"多情自古伤离别,更那堪冷落清秋节",这里点明"伤离别",用"冷落清秋节"来渲染,再衬上多情,更觉难堪,所以说"更那堪"。这是一重渲染。再有这句点明在冷落的清秋节伤离别,说"今宵酒醒何处?杨柳岸晚风残月",用杨柳岸、晓风、残月三样东西构成一种凄清的意境,来烘托在清秋节伤离别的感情。这是又一重渲染。这里有两重渲染,显得感情的色彩更浓重。这样,先点明,后用景物渲染,烘托感情,收到情景相生的效果。

　　诗里用点染的,像韦应物的《闻雁》:"故园渺何处,归思方悠哉。淮南秋雨夜,高斋闻雁来。"点明归思,用秋雨、雁声来烘托。岑参《碛中作》:"今夜不如何处宿,平沙万里绝人烟。"点明无处投宿,用平沙万里来渲染。韦应物《休日访人不遇》:"怪来诗思清人骨,门对寒流雪满山。"点明诗思很清,用寒流和雪来渲染。全诗的意境都从烘托中表现出来。

设 彩

设彩即敷彩,南齐谢赫《古画品录》称"随类赋彩",就是指根据不同类别的物象来运用色彩。"赋彩"亦作"敷彩",即绘画中的着色。着色不光用彩色,像墨色由于分别各种浓淡晕染,也分成各种彩色。文章也这样,不光是用颜色的字是着色,就是不用颜色的字也可以着色,像画的用墨色来分浓淡那样。《文心雕龙·情采》里讲到文彩,指出"水性虚而沦漪结,木体实而花萼振",即水性流动所以有波纹,树体充实所以开花。花有各种色彩,波纹没有色彩,但两者都是文彩。它又指出:"铅黛所以饰容,而盼倩生于淑姿;文彩所以饰言,而辩丽本于情性。"即花粉黛石(画眉用)用来美化容貌,可是顾盼生情却依靠美好的风姿,辞藻用来美化语言,而文采照耀却依靠性情的真挚。有的人并没有修饰打扮,但他们在顾盼之间,却是神彩飞扬,这也是一种文彩,它比涂脂抹粉的彩色更为生动,更能吸引人。因此,文彩要和性情结合,在抒写真情中流露出来的文彩才是更好的文彩,这不是靠涂脂抹粉所能奏效的。

讲设彩当然要用颜色的字,最好要情彩结合。《文心雕龙·物色》里说:"至如《雅》咏棠华,'或黄或白';《骚》述秋兰,'绿叶''紫茎'；凡摛表五色，贵在时见，若青黄屡出，则繁而不珍。"即《诗经·小雅》里歌咏郁李花，"有的黄有的白"；《楚辞·九歌》里歌咏秋兰，"绿的叶"，"紫的茎"；一切颜色的描写，可贵在于及时看到，要是青黄等颜色屡次出现，便繁杂而不可贵了。这是说，用颜色字要用得恰当，多了并不可贵。它举的用得好的例，"既随物以宛转"，"亦与心而徘徊"，即既要把物象的形象曲折描绘，又要把作者的感情表达出来。像"'灼灼'状桃花之鲜，'依依'尽杨柳之貌"，用"灼灼"来形容桃花，是写桃花的红艳，是描绘物象，是有颜色的；同时也反映了新嫁娘喜悦的心情，有火样的热情。用"依依"来形容杨柳，是写柳条的柔软，是描绘物象，也反映了惜别者依依不舍的感情。这些词是彩，不论是有颜色或没有颜色，都是情貌结合的。可见所谓设彩，可以用颜色的词，也可以不用颜色的词，主要在于情貌结合，既描绘出物象，也表达了感情。

李斯《谏逐客书》中段，写秦王政（后来的秦始皇）喜爱的服玩之物：

今陛下致昆山之玉，有随、和之宝（随侯珠，卞和璧），垂明月之珠（夜明珠），服太阿之剑（宝剑），乘纤离之马（名马），建翠凤（用翡翠鸟羽作凤形）之旗，树灵鼍（用鼍皮作鼓）之鼓。此数宝者，秦不生（出产）一焉，而陛下悦之，何也？必秦国之所生然后可，则是夜光之璧，不饰朝廷；犀象（犀牛角、象牙）之器，不为玩好；郑魏之女，不充后宫；而骏马駃騠（马名）不实外厩（官外的马房）；江南金锡不为用，西蜀丹青不为彩。所以饰后宫、充下陈（犹后房陈设）、娱心意、悦耳目者，必出于秦然后可，则是宛珠之簪（用宛地珠镶的发簪），傅玑之珥（镶珠玑的耳饰），阿缟（东阿生产的薄绸）之衣，锦绣之饰，不进于前；而随俗雅化（既随俗又雅致）、佳冶窈窕（美艳而有风度）赵女不立于侧也。

这段话里要是不用词藻，文章就会显得贫乏而缺少动人的力量，作者反对秦王赶走客卿的感情，也不能在这段话里透露出来，这就说明设彩的重要。《谏逐客书》运用了这样多的词藻，文章显得内容丰富，色彩鲜艳；通过这段话的对比，指出秦王看重美女、宝物而看轻客卿，于是作者反对秦王赶走客卿的感情，就在字里行间透露出来，运用词藻同表达感情很好地结合起来。这里运用的词藻，虽说有点夸张，但还是结合秦王宫廷生活来写的，因为秦王平时服用的宝物和爱好的美女就是这样丰富的。这里运用词藻是自然的，并不做作，因而"设彩奇丽"。

在这段里也有颜色字，如"翠凤"的"翠"，"西蜀丹青"的"丹青"，只占极少数。主要的"设彩奇丽"不靠用颜色字。有的用著名的产地，如昆山玉、宛珠、阿缟，包括郑魏之女和赵女；有的靠名牌，如随和宝、太阿剑、纤离马、駃騠马；有的是质量好，如翠凤旗、灵鼍鼓、犀象器。通过这些珍宝，给人以琳琅满目、富丽珍奇的感觉，构成"设彩奇丽"、"葩艳陆离"。

柳宗元的《与崔连州论石钟乳书》，认为著名产地所出产的物品也有高下之分，不能认为一律都是好的：

必若土之出无不可者，则东南之竹箭，虽旁歧揉曲，皆可以贯犀革（穿过犀牛的皮）；北山之木，虽离奇液横（分泌很多液体），空中立枯（空心中枯）者，皆可以梁百尺之观（做百尺高楼的梁柱），航千仞之渊（做千仞深渊上的航船）；冀之北土，马之所生，凡其大耳短胆（项），拘挛（拳曲）蜿跌（失蹄），薄蹄而曳，皆可以胜百钧（一钧三十斤），驰千里；雍之块璞（土石），皆可以备砥砺（磨刀石）；徐之粪壤（土），皆可以封太社（作为封国用的五色土）；荆之茅，皆可以缩酒（滤酒）；九江之元龟（大龟），皆可以卜（占卜）；泗滨之石，皆可以考(作磬来敲击奏乐),若是而不大谬者少矣。

这些话倘不用词藻,就是说,要是认为著名产地所出产的物品都是好的,那就是大错了。这样说就显得内容贫乏,不能吸引人。这里列举许多例子来做说明,目的是使人信服,所以它的写法同《谏逐客书》的写法一致。

这段话是说,东南方以出产做箭用的竹子著名,但那里生产的竹子,也有弯曲不可做箭的,不能认为都可做箭;北山以出木材著名,但那里的木材也有渗液中空的,不能认为都可用来做大梁,造大船;冀北是产名马的,其中也有四条腿拳曲要跌倒的,不能认为都可以运百钧跑千里;雍州出产磨刀石,但不能认为那里的土石都可磨刀;徐州的五色土,可以用来分封各方诸侯做社稷坛,但不能认为那里的粪土也可以用来分封;荆州的茅草可以用来滤酒,但不能认为那里所有的茅草都可以滤酒;九江的大龟可用来卜吉凶,但不能认为那里的龟都可以卜吉凶;泗水边上的石头可以做磬,但不能认为那里所有的石头都可做磬来奏乐。柳宗元是著名的古文家,他这一段话确是用力写的,但它的效果不如李斯那一段,为什么?

李斯的那一段话是用来说明秦王看重美女和宝物而看轻客卿的错误,指出这是秦王的失策,这个失策对秦不利,关系较大。柳宗元说著名产地所出产的物品不一定都好,是对他的姊夫崔简说的。崔简服食石钟乳,不辨好坏,所以柳宗元去信告诫他,强调著名产地所产物品也有高下,劝崔简选择最好的石钟乳来服用。不过服用石钟乳对人的健康有害,即使最好的石钟乳也有害,因此他的劝告意义不大,崔简终因服了石钟乳丧身。再说他用的比喻也不恰当。他认为用中空的木头做正梁来造高楼要倒塌,用好的木料来建筑就稳固,比喻服用坏的石钟乳会受害,服用好的石钟乳有好处,实际上服用好的石钟乳也有害。

再说,李斯讲秦王爱好的美女和宝物,是结合秦王的宫廷生活来说的,话说得自然。柳宗元讲的未免生编硬造,是脱离生活实际的。东南是竹箭的产地,做箭的工匠自然会选挺拔的竹子来制箭,不会用弯曲的竹子的;北山是木材的产地,建筑师自然要选好的木材来做正梁,不会用中空的木材的。他这样说未免做作。所以前者的设彩是自然动人的,后者是不自然的,也缺乏动人的力量。

柳宗元的设彩也有极成功的,如《游黄溪记》:"祠之上,两山墙立,如丹碧之华(花)叶骈植,与山升降。"写两座山相对,都是峭壁,由低到高。加上"如丹碧之华叶骈植",就使画面色彩鲜明:红花绿叶互相映照,跟着山势高上去,两山的花叶遥遥相对,红得像丹朱,绿得像碧玉,形容花叶的美好。这个设彩就增加了画面的艳丽。写得既自然,也反映出作者对美景的喜悦的感情。再像《袁家渴(永州一带称水倒流的叫渴)记》:"每风自四山而下,振动大木,掩苒众草,纷红骇绿,蓊葧香气。"这里写风被旁边的大山挡住,形成风从四面山上刮来,摇动大树,使众草随风摇摆,香气浓重。这里用"纷红骇绿"来设彩,就显得色彩鲜明动人。不论是树上的花或草上的花,在风中摇摆时显得纷乱而惊骇,不论树叶和草叶,都是绿的,在摇摆时,也显得纷乱而惊骇,写出花和叶的感情,也是作者的感情,怕花叶受不了这种摇摆。这里的纷和骇都是兼指花叶说的。这两处,要是不用颜色的字就要减色得多,这是成功的设彩的例子。

衬垫和衬跌

衬垫是防止语气太直，一泻无余，用景物来旁衬；衬跌是正意先不说出，用一句话来衬托一下，再说出正意，经这一衬托，说出正意就更有力量。衬垫好比不让水直泻下去，所谓"走处仍留，急语须缓"；衬跌好像把水闸住，让水位提高了再跌落下去，就更有力。

先看衬垫。李白《早发白帝城》："朝辞白帝彩云间，千里江陵一日还。两岸猿声啼不住，轻舟已过万重山。"这话本于盛弘之《荆州记》："或王命急宣，有时朝发白帝，暮到江陵，其间千二百里，虽乘奔御风，不为疾也。"（《御览·地部》十八引）《荆州记》讲到从白帝到江陵，用乘奔马和驾着风都比不上，来形容船的速度极快。李白在诗里不用这些比喻，改用两岸猿声，这是他的高明处。假使第三句也用乘奔御风那样比喻，那末整首诗讲船行的快速，就不免单调，而且一直下来，直泻无余。现在第三句用两岸猿声来作旁衬，丰富了江行的景物；这句起了衬垫作用，来缓和语势，使全篇有起伏，不再直泻无余了。（《水经注·江水》中描写三峡的一段，就是从《荆州记》中节录的）

盛弘之《荆州记》里也提到三峡猿啼，作"每至晴初霜旦，林寒涧肃，常有高猿长啸，属引凄异，空谷传响，哀转久绝。故渔者歌曰：'巴东三峡巫峡长，猿鸣三声泪沾裳。'"写猿鸣是哀转的，听了使人下泪的。又它写"朝发白帝，暮到江陵"，因为"王命急宣"，是被逼冒险。李白诗中所表达的情绪和它完全不同，是豪迈的，在两岸猿声中轻舟已过万重山了，不仅没有愁苦的情绪，还有蔑视三峡艰险的气概，创造了作者特具的风格。

再说衬跌。文天祥《满江红·代王昭仪》，先说人情世态，翻云复雨，变化无常，比喻宋朝灭亡前后的世态变化，再说出自己像月亮那样分明，用世态的反复来衬出自己的坚贞不变，就更有力。文天祥《酹江月》，先说朱颜变尽，显得自己饱经忧患，国破家亡，再反衬出自己对国家的忠心永远不变，也更有力。

顿 挫

顿挫往往同抑扬连起来,说成抑扬顿挫,唱京戏的多讲究抑扬顿挫。唱腔避免平板,避免没有起伏,要有高低,是抑扬;要有缓急,唱到关键性的句子,要作小顿,唱得摇曳多姿,这就是顿挫。因此,顿挫在诗文中是小小停顿,用的是含蓄关锁的话。周邦彦《满庭芳》:"风老莺雏,雨肥梅子,午阴嘉树清圆。地卑山近,衣润费炉烟。"前三句讲景物美好,用"午阴嘉树清圆"作小顿。下面两句就来个转折,转到那儿土地低湿,衣服都潮润的,地方不好,"衣润费炉烟"是第一个转折的小顿。接下去说小桥绿水,可以泛船听歌,又来个转折,转到寻欢作乐上,"拟泛九江船"是第二个转折的小顿。接下去却说自己像社燕飘零,在外作客,只能借酒浇愁,没有听歌雅兴,是第三个转折,用结尾作顿。顿挫处含有对上文作小结转入另一意的意味,而这些顿挫写得很含蓄,所以说"顿挫中别饶蕴借"。

顿挫这种手法,诗文是相通的,林纾对这种手法,结合古文为例,作了很好的说明,道:

"凡读大家之文,不但学其行气,须学其行气时有止息处。由

顿　挫

之(好比)走长道者,惜马力,惜仆力,惜自己之脚力,必少驻道左,进糗(干粮)加秣(饲料),然后人马之力皆复。文之用顿笔,即所以息养其行气之力也。

"惟顿时不可作呆相,当示人以精力有余,故作小小停蓄,非力疲而委顿(困累)于中道者比。若就浅说,不过有许多说不尽阐不透处,不欲直捷宣泄,然后为此关锁之笔,略为安顿,以下再伸前说耳。不知文之神妙者,于顿笔之下并不说明,而大意已包笼于一顿之中。如《汉书·丙吉传》略谓:帝以郭穰夜到郡邸(一郡在京的寄宿处)狱;亡轻重(不论轻罪重罪),一切皆杀之,而皇曾孙亦在内。吉相守至天明,不听入。寻(不久)帝亦寤。班固于此处作一顿笔曰:'因赦天下,郡邸狱系者独赖吉得生,恩及四海矣。'试思吉一拒之恩,能及四海,则武帝残杀之威,一夕即可以普及四海,固不斥帝而但称吉,此等含蓄不尽之顿笔,浅人曾学得到否?就文势而言,似顿笔;就文理而言,是结笔。大家文字以小结作顿,往往有之,特(但)不如班氏于小顿小结处能神光四射耳。

"欧文讲神韵,亦于顿笔加倍留意。如《丰乐亭记》曰:"升高以望清流之关,欲求晖、凤就擒之所(赵匡胤擒南唐将皇甫晖、姚凤处),故老皆无在者,盖天下之平久矣。"又曰:"百年之间,徒见山高而水清,欲问其事而遗老尽矣。"或谓"故老无在"及"遗老尽矣"用笔似沓(重复),不知前之思故老,专问南唐事也;后之问遗老,则兼综南汉、吴、楚而言。本来作一层说即了,而欧公特为夷犹(迂回缓转)顿挫之笔,乃愈见风神"(林纾《春觉楼论文·用顿笔》)

《汉书·丙吉传》里讲到汉武帝听说监牢里有天子气,派郭穰到牢里去把所有犯人都杀死。当时汉武帝信任江充,江充陷害太子,太子被迫起兵,兵败自杀,汉武帝的曾孙因此陷在牢里。所以郭穰到来时,丙吉拒绝他不准他进来。所谓监牢里有天子气,可能是有人怕汉武帝的曾孙长大后要报仇,所以想借此来害死他。汉武帝也觉悟到不能杀死自己的曾孙,因此大赦天下。这里用"恩及四海矣"来作小结,从这小结中一方面赞美丙吉,一方面反衬出汉武帝的残杀之威,是很有含蓄的小顿。

正变和新变

汉儒讲《诗经》的分正变。《毛诗序》说:"至于王道衰,礼义废,政教失,国异政,家殊俗,而变风变雅作矣。"唐朝孔颖达《正义》说:"《诗》之风雅,有正有变,故又言变之意。"这里提出正变来。郑玄《诗谱序》称:"风有《周南》、《召南》,雅有《鹿鸣》、《文王》之属","谓之《诗》之正经"。"故孔子录懿王、夷王时诗,讫于陈灵公淫乱之事,谓之变风变雅。"正和变的说法,当是从《毛诗序》的"治世之音"、"乱世之音"、"亡国之音"来的,因此把《诗经》一分为二,治世之音称正经,乱世之音称变风变雅。其实《诗经》并不是这样编的。所以《诗谱序》里对于哪些是变风变雅就没有具体说,说"孔子录懿王、夷王时诗",好像"变风变雅"是孔子编定的也不确。孔颖达《正义》说:"懿王时诗,齐风是也。夷王时诗,邶风是也。"按《左传》襄公二十九年,吴公子季札聘鲁,听奏乐,先歌周南、召南,次歌邶、鄘、卫,三歌王风,四歌郑风,五歌齐风,六歌豳风,七歌秦风,八歌魏风,九歌唐风,十歌陈风,十一歌郐风。当时孔子还小,不可能编定《诗经》,后来《诗经》的次序,从周南到齐,同季札观乐时一样,可见从邶风到齐风不是孔子编定的。又季札称齐风,说:"美哉,泱泱乎,大风也哉！表东海者，其大公乎！国未可量也。"可见不是变风。再像豳风中的《东山》，讲周公东征的，应当不是变风，现在编在桧风以下。小雅中从《鹿鸣》到《菁菁》，大雅中从《文王》到《卷阿》，大都属于正雅；小雅中《六月》以后，大雅中《民劳》以后的诗大都属于变雅，但其中也有赞扬美政的，不属于变雅。因此正和变是汉儒的说法，不符合《诗经》原编的次序。再来看看汉儒分正和变的用意。

正和变的分别主要是根据政教的得失。《毛诗序》又说："周史明乎得失之迹，伤人伦之废，哀刑政之苛，吟咏情性以风其上，达于事变而怀其旧俗者也。故变风发乎情止乎礼义。发乎情，民之性也；止乎礼义，先王之泽也。"国史就是"太史陈诗以观民风"的太史。这位王官他把变风变雅的诗搜集起来，他看到这些诗是讥讽朝廷政教的违失，感叹人伦的变乱，刑罚的苛酷的。他并不认为这些诗是给周王朝抹黑的，他是认识到周王朝的种种变乱，是同意这些诗的。他把这些诗供给王者观听。当时的王者对于这些具有讽刺意味的诗，并不把它们删去，到吴公子季札在鲁国观乐时，这些变风变雅的诗还是好好保存着。在《毛诗序》里，指出这些诗的产生，是由于王朝的变乱造成的。这些诗"是达于事变而怀其旧俗"的，看到了这种政教违失的事变，在怀念政教没有违失时的风俗，正是想纠正这种违失，所以"发乎情，止乎礼义"。就是在经历这种事变中发出来的真实感情，要求回到这种事变前的正常秩序。从太史对于这种变风变雅的看法，和他怎样对待这种诗，以及周王朝怎样对待这种诗，直到《毛诗序》的看法，看来是比较合理的。

诗的有正变，跟政教密切相关。《文心雕龙·时序》里称："逮姬文之德盛，《周南》勤而不怨；大王之化淳，《邠风》乐而不淫"，这是指周朝未衰乱时的诗；"幽厉昏而《板》《荡》怒，平王微而《黍离》哀"，这是指周朝衰乱时的诗。"故知歌谣文理，与世推移，风动于上，而波震于下者。"政教同诗歌的关系，就像风同水的关系那样密切。

要是脱离时代,根据一种理论来写诗。像东晋时代是乱世,人民遭到苦难。当时的玄言诗,用老庄的思想来写诗,写得词意平和,那就完全脱离时代,成为失败的诗。因此,这种反映时代的诗,正是写出了人民的真实感受,统治者可以从中吸取教训,是有价值的诗。这是结合时代和政教来看诗的。这样讲比汉儒分正和变好,因为他不是把整部《诗经》来分正和变,只是结合时代的治乱,举出几首诗来说,就比较确切些。

《诗经》以后的《楚辞》是战国时代的作品,汉儒对于战国时代当然不会分正变了。汉乐府诗也没有分正变。刘勰讲"变乎骚",只讲变,不讲正和变了。他讲的变,是正和变的发展。《时序》称:"文变染乎世情,兴废系乎时序。"这个"文变",正像汉儒分正和变的变,不过称为"文变",这个变又具文学史发展的观点,作品由于时代不同而变了,这个变同时代有关,但又是文学的发展。萧子显《南齐书·文学传论》:"习玩为理,事久则渎,在乎文章,弥患凡旧,若无新变,不能代雄。"作品写得陈陈相因,就是凡旧(平凡而陈旧),这是创作的大忌,所以要提出新变,提出代雄来,即代替以前的作品称雄。新变同正变就它都是反映时代生活的变化说,是相通的,但两者在观察的角度上不一致。正变是结合时代政教的角度来看诗的变化的,新变是结合诗歌的内容和形式来看诗的创新的;前者着眼于变,后者着眼于新。《楚辞》的创作是新变,它代《诗经》称雄,从内容到形式都变了,而且是新的。《文心雕龙·序志》称"变乎骚",正指这种新变。

《楚辞》怎样造成新变的呢?《文心雕龙·时序》说:"屈平联藻于日月,宋玉交彩于风云。观其艳说,则笼罩雅颂。故知炜烨之奇意,出乎纵横之诡俗也。"这里指出《楚辞》盖罩《诗经》,即代《诗经》称雄。它的特色,有艳说和奇意,艳说即文采,奇意包括想象,在文采和想象上都超过《诗经》。它的艳说是从哪里来的呢?是从纵横之诡俗来的。《楚辞》产生于战国,战国时代的纵横家,他们游说各国君主,运用各种夸张手法,把这种夸张手法用到写作中去,构成了《楚辞》的艳说。《文史通义·诗教上》说:"战国者,纵横之世也。""至战国而抵掌揣摩腾说以取富贵,其辞敷张而扬厉,变其本而加恢奇焉,不可谓非行人辞命之极也。"这里指出纵横家的游说,铺张扬厉,是外交辞令发展到极点。"纵横者流,推而衍之,是以能委折而入情,微婉而善讽也。"这是说,纵横家的游说,显得更曲折婉转。《楚辞》吸收了纵横家铺张扬厉、曲折婉转的手法,比《诗经》的形容或比兴手法有了进一步发展。《楚辞》在这方面比《诗经》有什么发展呢?《文心雕龙·物色》里指出:"'皎日''嘒星',一言穷理;'参差''沃若',两字穷形。"《诗经》里用的形容词,有时用一个字,像"皎"和"嘒",有时用两个字,像"参差"、"沃若"。"及《离骚》代兴,触类而长,物貌难尽,故重沓舒状。"《离骚》运用的形容词,就更复杂了。如"佩缤纷其繁饰兮,芳菲菲其弥章"。这里的佩,就是"纫秋兰以为佩",用秋兰香草编成的佩带,"缤纷"、"繁饰"、"芳菲菲"、"弥章"都用来形容这个佩带,同《诗经》用一两个字来做形容的,有了很大的发展。再像比兴手法,《诗经》中的比兴,都是用一物来比喻或兴起另一物,如用关雎来兴起淑女,用雪来比喻麻衣。《离骚》里的比兴就变了。王逸在《离骚经章句》里说:"《离骚》之文,依《诗》取兴,引类譬喻。故善鸟香草以配忠贞,恶禽臭物以比谗佞,灵修美人以媲于君,宓妃佚女以譬贤臣,虬龙鸾凤以托君子,飘风云霓以为小人。"《离骚》中的比兴,只写了比喻和起兴的东西,对于比什么、兴起什么都没有写出。如"恐美人之迟暮",美人比什么却没有说。像这些都是所谓"艳说",属于文采方面的新变。

这里还指出宓妃、佚女、虬龙、鸾凤、飘风、云霓,这些都属于神话。《离骚》里运用了不少神话,像"吾令丰隆(云神)乘云兮,求宓妃(女神)之所在",表示求贤臣。这就是所谓"奇意",属于想象方面的新变。所以《辨骚》里称为"奇文郁起",正指出这种"奇意"。把这种艳说和奇意结合起来,造成"气往轹古,辞来切今。惊采绝艳,难与并能"。既能压倒过去的作品,又能切合当时的情况,造成惊采绝艳。假如没有这种艳说和奇意,还是摹仿《诗经》的写法,就不可能创造出伟大的作品《离骚》来了。

但光有艳说和奇意,还不能创造出《离骚》来。《史记·屈原传》里指出:"明道德之广崇,治乱之条贯,靡不毕见。其文约,其辞微,其志洁,其行廉,其称文小而其指极大,举类迩而见义远。其志洁,故其称物芳;其行廉,故死而不容自疏。濯淖污泥之中,蝉蜕于浊秽,以浮游尘埃之外,不获世之滋垢,皭然泥而不滓者也。推此志也,虽与日月争光可也。"就是要有高洁的志趣,正直的操行,懂得道德的广崇,关心国家的治乱。因此作品虽然写得文辞简练,虽然称文小、举类近,但它的意义远大。这里说明创作要求新变,从文约辞微看,这种新变的创作写得是含蓄的,并不浅露;写得是深沉的,并不一眼能看清楚。但它同朦胧而使人看不懂还是不同。它的含义,不论是道德的,治乱的,"靡不毕见",没有不是完全显露的。因此,用一种使人完全看不懂的词句来夸耀新变,夸耀创新,恐怕是不符合"变乎骚"的新变的要求的。《辨骚》里指出"酌奇而不失其贞",据唐写本作"贞",贞是正。即作品的奇意要不失其正。"玩华而不坠其实",花和实结合,有文采也有内容,这才符合新变的要求。

再回到萧子显讲的新变,同《辨骚》里讲的"变乎骚"不同。《离骚》的变,从内容到形式都变了,文辞也不同。萧子显讲的新变,从建安到晋宋文学的变化,主要是内容和风格的变化,不是文辞的变化。这说明有新的内容和新的风格,也可以构成新变。

从历代文学的流变看,不外乎正变和新变吧,这两种变都和时代有关。只是变风变雅,由于政教违失所造成的,着重在讥刺这种违失。新变着重在创作的内容风格甚至文辞的创新。对于变风变雅,《诗谱序》指出"吉凶之所由,忧娱之萌渐,昭昭在斯,足作后王之鉴"。就是这种诗的讥刺,是从政教违失来的,要是引以为戒,改正政教的违失,就是吉,就可以使人民欢娱;反过来加以压迫,像周厉王的监谤者,就是凶,就会造成忧患。这是历史的镜子。另一方面,《文心雕龙·通变》里讲的,就是新变,是讲创作的。它提出"文辞气力,通变则久",是着重在文辞风格上说的。它提出这种演变,也有由盛到衰的。"予见新进丽文,美而无采",即创作的衰落。怎样防止衰落,使新变能够向上发展,"先博览以精阅,总纲纪而摄契",要求博观和精研,还要抓住纲要。这个纲要是什么呢?那还得归结到"酌奇而不失其贞,玩华而不坠其实"吧。

文　采

　　文章要讲究文采,这在曹丕《典论·论文》以前和以后一段时期,似乎稍有不同。在曹丕以前,文和质往往并提,不主张偏重文采。如《论语·雍也》引孔子说:"质胜文则野,文胜质则史(史官记事有些浮夸),文质彬彬,然后君子。"又《卫灵公》引孔子说:"辞达而已矣。"主张表达情意,不主张偏重文采。《毛诗序》提出"情动于中而形于言","主文而谲谏,言之者无罪,闻之者足以戒",还是以情意为主,所谓"主文",即托于文辞,不是以文采为主。司马迁《史记·自序》:"《诗》三百篇,大抵贤圣发愤之所为作也。"提出发愤著书,也以内容为主。《史记·屈原传》论《离骚》称"其文约,其辞微,其志洁,其行廉",文辞与志行并提,并不偏重文采。扬雄《法言·吾子》:"女恶华丹之乱窈窕也,书恶淫辞之淈法度也。"华丹指脂粉,窈窕指本身的美,淫辞指浮华,淈指搅乱,反对文采掩盖本质。王充《论衡·书解》:"德弥盛者文弥缛,德弥彰者文弥明。"以德为主,以文为次。到《典论·论文》里提"诗赋欲丽"就偏重文采了。陆机《文赋》里提法有些不同,虽理和文并提,但有些话已偏重于文采了。"理扶质以立干,文垂条而结繁",是理和文并提。"诗缘情而绮靡，赋体物而浏亮"，讲缘情和体物，不提言志和说理，就有把缘情体物看得重于言志和说理了。这还可以，因为志和理可以含蓄在情和物中，不必说出。"或藻思绮合，清丽芊眠（草木茂盛，状光采），炳若缛绣，凄若繁弦"，这就专讲文采了。陆机虽有些看重文采，究竟还是理和文并提的。真正偏重文采的，当推葛洪的《抱朴子》。

葛洪在《钧世》篇里提出今胜于古的主张，这个主张，王充《论衡·超奇》里也提出来了。葛洪主张今胜于古，是指文采说的，认为今文的文采胜于古作，所以今胜于古，这就偏重文采，与王充不同。本来王充、葛洪今胜于古的主张，要破除崇古非今的迷信，有助于解放思想，是有积极意义的。倘能从文学发展角度来说今胜于古，就完全是正确的。就具体作品说，那就很难说明问题。王充、葛洪还不可能从文学发展来说，尤其是葛洪的偏重文采，还有不确切处。因此，除了充分肯定这种今胜于古的积极作用外，也要看到它的不足处。王充《超奇》认为"前人之业，菜果甘甜，后人新造，蜜酪辛苦"，这是说，俗人以古为高，王充认为古人好比菜果甘甜，今人好比蜜酪，蜜酪比菜果更为甘甜，所以今人胜过古人。又说："优者为高，明者为上。实事之人，见然否之分者，睹非却前，退置于后，见是推今，进知于古，心明知昭，不惑于俗也。"这是说，他同俗人不同，他是实事求是，认为优者明者是高的，能分别是非。看到古的不好，就把它放在后面，看到今的好，就认为今胜于古。他要分别是非优劣，这是他胜过葛洪处。他说："班叔皮续太史公书百篇以上，记事详悉，义浅理备。观读之者以为甲，而太史公乙。子男孟坚文比叔皮，乃夫周召、鲁卫（犹兄弟）之谓也。苟可高古，而班氏父子不足纪也。"这是说，班彪续《史记》，超过《史记》，班固继续作成《汉书》，他的水平跟班彪差不多，也超过《史记》。要是以古为高，一定认为《史记》好，班氏父子不足论了。现在看来，王充的评价还是不确的。我们只能说，《汉书》有些篇可能超过《史记》，总的说来，不论作为贯串在历史中的历史哲学说，作为传记文学说，对政治学术的评价说，《汉书》都不如《史记》。王充就个别作家的作品来论今胜于古，就容易出毛病。

葛洪讲今胜于古，指文采说，就不恰当了。《抱朴子·钧世》说：

> 且夫《尚书》者，政事之集也，然未若近代之优文诏策军书奏议之清富赡丽也。《毛诗》者，华采之辞也，然不及《上林》、《羽猎》、《二京》、《三都》之汪涉博富也。

说《尚书》中的文诰、奏议、宣言等不如魏晋，这样说是对的，但说成是清富赡丽不及就成问题了。清，当指《尚书》的语言古奥难懂，魏晋以来的语言好懂，这是时代关系。赡丽即富丽，即富有文采，从文采来立论。曹丕《典论·论文》说："奏议宜雅，书论宜理。"雅即正确，理即合理。这类文章不要求富丽，因此从富丽的角度来评判优劣是不恰当的。就这类文章说，多用文采，就不免浮夸，反而不如《尚书》中的质实了。像潘勖写的《魏公九锡文》，写得很有文采，但对曹操极力吹捧，很多是浮夸不实的话。后代的文诰、奏议、宣言胜过《尚书》的不在文采，还在宜雅宜理上，如诸葛亮的《出师表》就是。葛洪偏重文采来立论，不够确切。他又说《诗经》不及《上林》、《羽猎》等等汪涉博富，汪涉博富是承上文"华采之辞"说的，即认为《诗经》在华采方面不及《上林》《羽猎》等的华采的广博丰富，还是从文采说的。但陆机就指出"诗缘情而绮靡，赋体物而浏亮（指清明）"。诗是抒情的，宜于短篇；赋是体物的，可以写大篇。篇幅大，自然文采丰富；篇幅小，自然辞藻也少，不能用辞藻的多少来评汉赋和《诗经》的优劣。《法言·吾子》里说："诗人之赋丽以则，辞人之赋丽以淫。"《诗经》多数是丽以则的，汉大赋多数是丽以淫的，恰恰同葛洪的论述相反。《诗经》的抒情,在文学上胜过汉大赋的体物。

若夫俱论宫室,而奚斯路寝之颂,何如王生之赋灵光乎?同说游猎,而《叔畋》、《卢铃》之诗,何如相如之言上林乎?并美祭祀,而《清庙》、《云汉》之辞,何如郭氏《南郊》之艳乎?等称征伐,而《出车》、《六月》之作,何如陈琳《武军》之壮乎?则举条可以觉焉。近者夏侯湛、潘安仁并作《补亡诗》——《白华》、《由庚》、《南陔》、《华黍》之属,诸硕儒高才之赏文者,咸以古诗三百,未有足以偶二贤之所作也。

奚斯作的《诗·鲁颂·閟宫》,有"路寝孔硕(正寝很大)"句,这一句自然比不上王延寿《鲁灵光殿赋》,不过这篇颂是歌颂鲁僖公的,作者从寝殿想到鲁国的祖先,从鲁国的祖先讲起,讲了好几代,一直讲到封在鲁国,再讲到鲁僖公,它不是写寝殿的。那怎么能和专写鲁灵光殿的相比呢?《诗·郑风·叔于田》与《大叔于田》与《齐风·卢令》这三首诗,都是赞美大叔和另一个人打猎的,它们不是描绘打猎,是结合打猎来对打猎者的赞美,是抒情的。司马相如的《上林赋》写打猎是体物的,描写打猎的车骑、场面、情况。这两者还是抒情和体物的不同,不好相比。《诗·周颂·清庙》是在文王庙里歌颂文王之德的诗,它不是写祭祀的。《诗·大雅·云汉》是赞美周宣王在大旱时忧急的心情,都不是描写祭祀。郭璞《南郊赋》是描写祭天的盛典的,这两者也不好相比。《诗·小雅·出车》写周大将南仲出兵作战和胜利归来,结章说:"春日迟迟,卉木萋萋,仓庚(黄莺)喈喈,采蘩祁祁(众多)。"王夫之《薑斋诗话》称这几句诗的艺术性。他称大军归来,鼓乐竞奏,"仓庚何能不惊飞,而尚闻其喈喈?六师在道,虽曰勿扰,采蘩之妇亦何时暴面于三军之侧耶?征人归矣,度其妇方采蘩,而闻归师之凯旋。故迟迟之日,萋萋之草,鸟鸣之和,皆为助喜。而南仲之功,震于闺阁,室家之欣幸,遥想其然,而征人之意得可知矣。乃以此而称南仲,又影中取影,曲尽人情之极至也"。认为这几句描写,是写归来士兵的想象,通过这种想象,透露出士兵欣喜的心情,和想念妻子的心情;不仅这样,也透露对南仲功勋的赞颂。换言之,《出车》是抒情的,它的抒情的手法是很高明的。至于陈琳的《武军赋》是写袁绍进攻公孙瓒的,是夸耀袁军的武力,在写景抒情方面远远不能和《出车》相比。《六月》也有抒情成分。再像《补亡诗》,把《诗经》中有题目而没有诗的,加以补作。《诗经》是反映那个时代的生活和人们的思想感情的,要求真实。补作的人生在晋代,他怎么了解《诗经》时代的生活和当时人们的思想感情呢?怎么能作出真实的反映呢?所以补作的诗不可能和《诗经》中的诗相比。

　　这样看来,葛洪所举今胜于古的例子几乎都不确切。问题在什么地方呢?他着眼的"清富赡丽"中的"赡丽",指文采,他讲的"汪涉博富"是指华采说的;他讲"艳"是文采,讲"壮"是夸张,也是文采;那末他讲的《鲁灵光殿赋》、《上林赋》也是看重文采;他讲《补亡诗》称为"赏文",也着眼在文采。光从文采角度来分高下,跟前人的兼重文质的不同,所以评论不确了。

　　葛洪在《钧世》里也讲内容:"今诗与古诗,俱有义理,而盈于差美。"即今古都讲义理,但盈缩即好坏分别在于文辞之美,可见他是把文采放在义理之上。他有时也反对采饰,如《应嘲》:"夫制器者珍于周急(满足急用),而不以采饰外形为善。"他反对什么采饰呢?是"阿顺谄谀,虚美隐恶","违情曲笔,错滥真伪","鸡卵有足,犬可为羊",即反对说假话,混淆真假,阿谀诡辩,并不是贬低文采。他也贵实用,在《辞义》里说:"古诗刺过失,故有益而贵;今诗纯虚誉,故有损而贱也。"但又说:"文贵丰赡,何必称善如一口乎?""丰赡"指丰富的文采;"称善如一口",都讲善的,如出一口,没有丰富的文采。他认为有益的比无益的强,这话是不错的。但他认为都是有益的以文采为胜的看法,还是偏重文采,认为文重于质,对于不同文体的要求,诗贵抒情等都没有考虑。这种偏重文采的看法,也是当时文风所造成的。

词采精拔

魏晋六朝时代的诗文讲究辞藻，所谓辞藻，主要指对偶、辞采、声律，包括运用典故、比喻、夸张等修辞手法在内，这样才算有文采。要是不用辞藻，是不是有文采呢？当时人就不认为有文采。从不追求辞藻的文章里，看出它的文采的，要推梁代昭明太子萧统的《陶渊明集序》："其文章不群，词采精拔；跌宕昭彰，独超众类，抑扬爽朗，莫之与京（比），横素波而傍流，干青云而直上。语时事则指而可想，论怀抱则旷而且真。"对陶渊明的诗文极为推重，认为词采精练卓越，文情跌宕，意有抑扬，色调鲜明，风格爽朗。像素波的洁净而浩荡，像青云的高超而直上。这样的评价同当时人的看法不同。陶渊明的好友颜延之，在《陶征士诔》的序里，称他"文取达旨"，只是能表达他的意旨，根本看不到他的"词采精拔"。钟嵘《诗品》称他"文体省净，殆无长语（多余的话）。笃意真古，辞兴婉惬，每观其文，想其人德，世叹其质直"。当时人认为陶的诗文是质直的。钟嵘还看到他有的诗句是"风华清靡"的，这是钟嵘胜过当时人的看法。但主要认为他的"文体省净"。萧统怎么从当时人认为质直、省净中看出它的词采精拔和跌宕抑扬来呢？

这里牵涉到对词采的看法。《文心雕龙·情采》说："夫铅黛所以饰容,而盼倩生于淑姿;文采所以饰言,而辩丽本于情性。"这里指出:(一)以铅黛为文采,要求浓妆艳抹,即把运用典故、词藻、比喻等作为文采;(二)以淑姿的美,加上"巧笑倩兮,美目盼兮"的一笑一顾盼的传情作为文采。即把文章内容的精采加上运用各种强调、映衬等修辞手法作为文采。说陶渊明的文章只是达旨或质直,就是认为他不大用辞藻。认为他的文章"词采精拔",即虽不用藻采,只是白描,在白描中显出神采来。陶文的词采精拔应该属于后者。

萧统生在梁代,他对文采的看法,免不了要受当时的影响,不过他能看到后一种词采,从而推重陶渊明的诗文,这是难得的。他在《文选序》里说:"若其赞论之综辑辞采,序述之错比文华,事出于沉思,义归乎翰藻。"这里的翰藻,就指辞藻。又说:"诗者,盖志之所之也,情动于中而形于言。"又说:"退傅有在邹之作,降将著河梁之篇。"《诗经》中的诗,有的是白描;退傅指韦孟作的《讽谏诗》:"如何我王,不思守保。不惟履冰,以继祖考。"降将指李陵,相传李陵与苏轼诗:"携手上河梁,游子暮何之。徘徊歧路侧,悢悢(怅惘)不能辞。"萧统能赏识这样的诗,其中就有白描的句子,赞美后一种文采。他在序里说:"有疑陶渊明诗篇篇有酒,我观其意不在酒,亦寄酒为迹者也。"在这里,他看到迹和意,迹是写出来的形迹,意是含在形迹里的用意,这样看得深,所以能看到陶诗的辞采精拔来。

渊明的诗文,他的文采表现在哪里呢?苏轼《东坡题跋》说:"陶靖节云:'平畴交远风,良苗亦怀新。'非古之偶耕植杖者,不能道此语;非余之世农,亦不能识此语之妙也。"张表臣《珊瑚钩诗话》解释道:"仆居中陶,稼穑是力,秋夏之交,稍旱得雨,雨余徐步,清风猎猎,禾黍竞秀,濯尘埃而泛新绿,乃悟渊明之句善体物也。"这两句白描,写出良苗含有新的生机,这是从农耕的劳动中得到的体会，从这种体会里表达了对良苗的喜爱的感情。这是不用词藻而写得词采精拔的一例。

《东坡题跋》："'采菊东篱下，悠然见南山。'因采菊而见山，境与意会，此句最有妙处。"这是《饮酒》五："结庐在人境，而无车马喧。问君何能尔，心远地自偏。"心远于名利，贵人的车马不来，地自偏僻。"境与意会"，悠然中见南山，即写出幽静之境，与"心远"之意相合，正写出渊明高洁的志趣，见得词采精拔。

苏轼《与苏辙书》："渊明作诗不多，然其诗质而实绮，癯而实腴，自曹、刘、鲍、谢、李、杜诸人，皆莫及也。"这里进一步说明陶诗的词采精拔，语言质朴，而情思深远；因为质朴似枯淡，所谓癯；因为情思深远，志趣高洁，意味无穷，所以是绮丽，是腴美。渊明的诗文，不光借景物来抒情述感，还把他高洁的志趣，真淳的心地，卓越的品格，都含蓄在诗里。就这些方面说，曹、刘、鲍、谢、李、杜都不及他。不是说他的诗超过曹、刘、鲍、谢、李、杜，是说他的诗中所含蕴的一切，包括崇高的品德、真淳的心地等超过他们，也即是质而实绮、癯而实腴等超过他们。这样的词采精拔，是同作者的品德、心情密切结合的，所以更为可贵。

朱熹又从另一角度来谈，《朱子语类》说："渊明诗平淡出于自然，后人学他平淡，便相去远矣。""陶渊明诗，人皆说是平淡，据某看他自豪放，但豪放得来不觉耳。其露出本相者，是《咏荆轲》一篇，平淡底（的）人，如何说得这样言语出来。""作诗须从陶柳门中来，乃佳。不如是，无以发萧散冲淡之趣，不免于局促尘埃，无由到古人佳处。"这里从表面看是平淡冲和，出于自然，骨子里却是豪放。龚自珍《己亥杂诗》："陶潜却似卧龙豪，万古浔阳松菊高。不信诗人竟平淡，二分梁父一分骚。"这也是说平淡中含豪放，并不真正平淡。豪放含蕴在平淡里面，从平淡中体会到它的豪放，这也是词采精拔的一因。

像"结庐在人境,而无车马喧。问君何能尔,心远地自偏",写得平淡自然。为什么心远于荣利呢?他在《感士不遇赋》的序里说:"自真风告逝,大伪斯兴,闾阎懈廉退之节,市朝驱易进之心。怀正志道之士,或潜玉于当年;洁己情操之人,或没世以徒勤。"在这里有很深的感慨,他看到官场的恶浊,因此他辞官归隐,不愿同统治者合作。这种愤激的心情,通过平淡自然的笔调写出来。接下去是"采菊东篱下,悠然见南山。山气日夕佳,飞鸟相与还。此中有真意,欲辨已忘言",写得也平淡自然。为什么见南山就赞美晚上山气的美好,因为看到飞鸟相与归巢。这就是《归去来兮辞》中的"云无心兮出岫,鸟倦飞而知还",正是写辞官归隐。这种归隐里正有愤慨在内。他的诗就这样在平淡自然中含蓄着愤激的感情。

萧统又称他的文章"跌宕昭彰","抑扬爽朗",像《归去来兮辞》就是这样。开头提到"归去来兮,田园将芜胡不归!"是因为田园将荒芜要回去。接下去又说做官是"以心为形役",是陷入迷途,所以要辞官归去,另起一意。接下去又抛开心为形役,想象自己坐船回去。因为文章是阴历十一月写的,写回去"松菊犹存","木欣欣以向荣",显然不是十一月中的景象,所以写的是想象。在想象回家后,插入"云无心以出岫,鸟倦飞而知还",又借景抒情,写自己的出仕和归隐。忽然又来一个"归去来兮,请息交兮绝游",同上文的"门虽设而常关"相应。忽然又转到"悦亲戚之情话","农人告余以春及",见得息交绝游是指官场人说的,跟亲戚和农人还是交好的。"已矣乎"是结尾,提出"曷不委心任去留,胡为遑遑欲何之",又回到"心为形役",责问何为出仕。这就是跌宕,他不是平直地叙述,而是有起伏波澜的。这种起伏又同抑扬配合。一开头指出"胡不归"和"心为形役",针对出仕说,是抑;接下去赞美归隐,赞美想象中的田园生活,是扬。再来个"归去来兮",从息交绝游,世与我违,对官场的交游和世道是抑；接下来赞美亲戚、农人等是扬。最后"已矣乎"的结尾，责备自己的"胡为遑遑"是抑，赞美躬耕和啸歌是扬。抑和扬互相配合，抑的是出仕，扬的是归耕，所谓抑扬爽朗。抑扬既构成起伏，在抑中又构成波折，从"田园将芜"到"心为形役"就是；在扬中也有波折，如写"木欣欣以向荣"，写外物的生机，却"感吾生之行休"，又有感慨。这使本文命意卓越，技巧也是很高的。

萧统对陶渊明的推重，还在于陶的胸襟、志趣、品德，这种"旷而且真"的怀抱，"贞志不休"的志趣，"安道苦节"的品德，都引起他的敬佩。这一切都在陶的诗文里自然流露出来，这也构成陶的诗文的词采。从这里，可以学习萧统怎样从世俗的眼光中超脱出来，欣赏陶的诗文的独特成就。一定要从他的诗文中所写的行迹，看到其中所含的用意；从他的诗文中看到他的胸襟、志趣、品德；从他的质朴的语言中看到他的思想内容的光采；从他的自然平淡的语言中，看到含蓄深沉的情味。

尚文与崇质

葛洪在《抱朴子·钧世》里认为"古者事事淳素,今则莫不雕饰,时移世改,理自然也"。指出事物古代朴素,今则讲究文采,作为文章要崇尚文采的理由。萧统《文选序》采纳了这种说法,认为"若夫椎轮为大辂(音赂,古代的一种大车)之始,大辂宁有椎轮之质?""盖踵其事而增华,变其本而加厉;物既有之,文亦宜然。"认为文章同事物一样,从质朴转向文采。萧统对于文章的思想内容又怎么看呢?他讲赋,提到荀况、宋玉、贾谊、司马相如,接着特别提出屈原来,认为"含忠履洁","深思远虑","耿介之意既伤,抑郁之怀靡诉",特别强调他的辞赋的思想内容。讲到诗,他说:"诗者,志之所之也",还是用"诗言志",不用陆机《文赋》的"诗缘情而绮靡"。又提:"《关雎》《麟趾》,正始之道著;桑间濮上,亡国之音表。"这是结合政治来论诗了。

他的选文,既注重文采,又注意思想内容和政治倾向,这是一方面。还有另一方面,他说:"老庄之作,管孟之流,盖以立意为宗,不以能文为本",不入选。"若贤人之美辞,忠臣之抗直,谋夫之话,辨士之端,冰释泉涌,金相玉振",也不选。史书不选,"若其赞论之综辑辞采,序述之错比文华,事出于沉思,义归乎翰藻",入选。这两方面有矛盾。从第一方面讲,只要有文采和思想内容的可以入选,那末像《诗经》、《庄子》、《孟子》就都该入选;那些金相玉振的贤人美辞,辨士之话也该入选。史书中的人物传记,也是文采跟思想内容结合,也该入选。那就同刘勰的"论文叙笔"相近了。就后一方面说,就是从内容看,经、子、史都不入选,只选诗文,是对文学有了认识的时期。那末对史书中的赞论,像班固《汉书·公孙弘传赞》、干宝《晋纪总论》是属于史书中的一篇或传中的一赞,属于史,也不该选。再像书中的序述,像孔安国的《尚书序》、杜预的《春秋左氏传序》,近乎以立意为宗的子,也不该选。为什么又选了呢?原来《后汉书》创立《文苑传》,对列入《文苑传》中人,末了往往著明他著诗、赋、颂、赞、铭、诔、箴、吊、论、碑等若干篇,已经把这些称为文,拿来同经、史、子分列。早在三国时魏荀勖分书籍为甲、乙、丙、丁四部,晋李充分经、史、子、集四部,已经把集部和经、史、子分开。萧统的《文选》,只是根据传统的分四部书,专选集部罢了。那末所谓当时对文学的觉醒其实还比较朦胧,并不是很清醒的,只是承袭四部的分法,他专选集部再加上史部中的赞论和其他的序述而已。因此跟他以文采和思想内容相结合为文的说法相矛盾了。刘勰打破了四部分法,他贯彻了以有文采和思想内容为文,把经、史、子都划入文内,同萧统把经、史、子都划在文外的相反。

　　刘勰和萧统讲文虽有不同,但都认为文要文采同思想内容相结合。萧统把经、子、史排斥在文外,自然会向偏重文采方面发展,这就引起了崇尚文采和崇尚思想内容的争论了。萧统本人并不忽略思想内容。他在《答湘东王求文集等书》里说:"夫文典则累野,丽则伤浮,能丽而不浮,典而不野,文质彬彬,有君子之致。"他看到偏重文采不免浮华,偏重思想内容,不免朴野,文采不够。又称自己"集乃不工而并作多丽",那末他的文还不免多丽而质朴不够。

它的流弊就是偏重文采而缺乏思想内容，引起了裴子野写《雕虫论》来提出批评。

　　裴子野认为《诗经》"既形四方之风，且彰君子之志，劝美惩恶，王化本焉"。既反映各地民风，又是言志，有美刺作用。"后之作者，思存枝叶，繁华蕴藻，用以自通。若悱恻芳芬，楚骚为之祖，靡漫容与，相如扣其音。"这里讲辞赋，楚骚是感情真挚，富有文采；司马相如赋是华靡而从容描绘，以体物为主。它的流弊："由是随声逐影之俦，弃指归而无执。赋诗歌颂，百帙五车，蔡邕等之俳优，扬雄悔为童子。圣人不作，雅郑谁分？"指出只追求文采的，抛弃了正路而无所依据。作品写得很多，但有的类似玩笑，有的认为童子才作这些，正确和淫靡混杂不分。又批评当时的文风："罔不摈落六艺，吟咏情性。学者以博依为急务，谓章句为专鲁。淫文破典，斐尔为功，无被于管弦，非止乎礼义。深心主卉木，远致极风云。其兴浮，其志弱。巧而不要，隐而不深。"就是抛开了反映各地民风与言志及美刺的传统，专写感情。"博依"指多用比喻，"章句"指学习经书，即指多用词藻，不讲求思想。文词淫靡，破坏内容的雅正，以有斐然的文采为成就，不是归结到礼义。用心于写草木风云，兴趣浮靡，言志薄弱。文辞巧妙而不扼要，用意隐晦而不深刻。最后说："荀卿有言，'乱代之征，文章匿（慝）而采'。斯岂近之乎？"乱世的特征，文章邪辟而有文采，这就接近它吗？认为这是近于乱世的文风，是对当时文风极严厉的抨击。《梁书》本传称："凡诸符檄，皆令草创，子野为文，典而速，不尚靡丽之词。其制作多法古，与今文体异。"梁武帝请他起草各种符檄，符檄属于文，那末他也会作文，不光会作史。不过他的文章内容典雅正确，不尚华藻。

　　梁简文帝萧纲对裴子野的论点提出批评，裴的文章雅正而不尚辞藻，萧纲《与湘东王书》称："未闻吟咏情性，反拟《内则》之篇；操笔写志，更摹《酒诰》之作；迟迟春日，翻学《归藏》；湛湛江水，遂同

《大传》。"这里举的《内则》、《酒诰》等都指经传中的篇名,是比较质朴的。他认为抒情、写志、描绘景物的作品,不能学经传那样质朴,这是批评裴子野的崇尚质朴的。又说:"又时有效谢康乐、裴鸿胪者,亦颇有惑焉。何者谢客吐言天拔,出于自然,时有不拘,是其糟粕。裴氏乃是良史之才,了无篇什之美。是为学谢则不屆其精华,但得其冗长;师裴则蔑绝其所长,惟得其所短。谢故巧不可阶,裴亦质不宜慕。"认为裴子野是个良史,不会写文章。不承认他编的《宋略》中有文,也不承认他写的符檄是文,都因为他不尚辞藻的缘故。又称"竟不精讨锱铢,覼量文质,有异巧心,终愧妍手",认为对文采或质朴要作极细致的研究。裴的质朴,同作家的巧心妍手,还是不同。这里也反映他对当时文风的看法,认为"比见京师文体,懦钝殊常,竟学浮疏,争为阐缓"。毛病在懦弱迟钝,浮疏迂缓,即缺乏鲜明紧健的风骨,不精彩,与裴子野讲的"淫文破典",尚辞藻而淫靡,即缺乏思想内容的不同。裴着眼在思想内容,萧纲着眼在艺术风格,他是主张辞藻的。因此,《梁书》本纪里引他的自序:"伤于轻艳",正是裴子野指出的崇尚辞藻而忽略思想内容所致。

　　总观三家的论点,对于尚文和尚质的不同,看看哪种说法比较符合文学发展的趋向。萧统提出从质朴趋向文华,如由《诗经》到《楚辞》到汉赋便是一例,体制风格"随时变改"。裴子野也注意到由《诗经》到楚骚、汉赋的变化;又称五言诗"曹(植)刘(桢)伟其风力,潘(岳)陆(机)固其枝叶"。萧纲提出"远则扬(雄)、马(司马相如)、曹(植)、王(粲),近则潘(岳)、陆(机)、颜(延之)、谢(灵运),而观其遣辞用心,了不相似"。认为文学是跟着时代变化,作家各具特色。在这点上,三家虽有侧重,但意见是一致的,这是正确的。就思想内容说,萧统认为诗是言志的,反映了政治倾向,特别赞扬屈原的思想品德,还提到各种文体的功用。裴子野强调诗的言志和美刺作用,批评那种偏重文采的缺点,认为"淫文破典"是乱世的现象。萧纲强调文采,认为裴子野只是良史,不会作文。在这里,强调思想内容的说法是对的,强调文采而忽略思想内容是不正确的。像萧统能够从不追求辞藻的陶渊明的诗文中看到它的"辞采精拔",即从比较朴素的文章中看到他所表达的思想内容中含蕴的词采,这就看得高,超过了萧纲的偏重词藻。萧统认为"姬公(周公)之籍,孔父(孔子)之书,与日月俱悬",看到"谋夫之法,辩士之端","金相玉振",这些具有日月的光采和金相玉振的,也是一种不尚词藻的文采,可是萧统把它们排斥在文外,是不够确切的。因为不光讲究辞藻的是文,不讲究辞藻而它的思想内容发出光彩的也是文,在这点上萧统的看法是跟他赞美陶渊明的"词采"不一致的。裴子野要求"止乎礼义",批评"深心主卉木,远致极风云",是不确切的。文章要不要归结到礼义,要看内容而定,不能要求所有的文章都归结礼义,只要有思想内容就可以了。因此,写卉木风云而有深心远致的也可以成为名篇,不必一定要归结到礼义。在这点上,萧纲的批评是对的。

实中文外

朱熹文论见于《朱文公全集》及《朱子语类》的相当多。《语类》卷一三九称:"三代圣贤文章皆从此心写出,文便是道。今东坡之言曰:'吾所谓文,必与道俱。'则是文自文而道自道。待作文时旋去讨个道来,入于里面,此是它大病处;只是它每常文字华妙,包笼将去,包笼将去到此不觉漏逗,说出他本根病痛所以然处。"这是他反对文与道分为二的说法。文和道的关系,即形式与内容的关系,内容通过形式来表现,没有内容就没有形式,没有形式也就没有内容。因此"文与道俱"的说法把文与道分为二了。他又说:"这文皆是从道中流出,岂有文反能贯道之理。""道者文之根本,文者道之枝叶。惟其根本乎道,所以发之于文皆道也。"这是反对文以贯道说,贯道好比用绳贯钱,绳与钱分为二,所以他也反对。这里他以道为根本,即以内容为根本,内容变了,形式跟着变,新内容可以利用旧形式,但要使旧形式适应新内容的表达,都说明内容是根本。他在《全集》卷七十《读唐志》里说:"有是实于中,则必有是文于外。不必托于言语,著于简册,而后谓之文;但自一身接于外事,其语默动静,人所可得而见者,无所适而非文也。""实于中"是内容,"文于外"是形式,这种内容和形式的关系,既表现在文章上,也表现在语言和行动上。他本着这样的观点来发挥他的文论。

他的文论,首先注意人的品质。《全集》卷七十五《王梅溪文集序》里,举出诸葛亮、杜甫、颜真卿、韩愈、范仲淹,称:"此五君子,其所遭不同,所立亦异,然求其心,则皆所谓光明正大、疏畅洞达、磊磊落落而不可掩者也。其见于功业文章,下至字画之微,盖可以望之而得其为人。"首先看人的光明磊落,再看他们的文章表达光明磊落的胸怀,显示疏畅洞达的文辞的,才是好文章。本着这种看法,他论《诗经》,《全集》卷三十九《答杨宋卿》说:"诗者志之所之(向,往),在心为志,发言为诗,然则诗皆复有工拙哉!亦视其志之所向者高下如何耳。是以古之君子德足以求,其志必出于高明纯一之地,其于诗固不学而能之。"认为志向高,有道德,他们的诗就工,诗的工拙由作者的品德决定。那他对《诗·郑风·溱洧》怎样看呢?他在《诗经集传》里说:"此诗淫奔者自叙之辞。"他在《全集》卷七十《读吕氏诗记桑中》称:"彼虽以有邪之思作之,而我以无邪之思读之,则彼之自状其丑者,乃所以为吾警惧惩创之资耶?"作者虽有邪思,读时要看他的丑态来自我警戒。又《语类》卷八十称:"好底意思令自家善意油然感动而兴起,看他不好底,自家心下如著枪相似。如此看方得诗意。"看到好的意思要引起感动,学好,看到不好的意思,要好像自己被刺中,要从自己身上除去这种不好的。还是从品德修养着眼。再看他对《楚辞》的看法,在《楚辞集注序》里说:"(屈)原之为人,其志行虽或过于中庸","然皆出于忠君爱国之诚心;原之为书,其辞旨虽或流于跌宕怪神怨怼激发而不可以为训,然皆生于缱绻恻怛、不能自已之至意。""此予之所以每有味于其言,而不敢直以词人之赋视之也。"他以儒家的道来衡量屈原,指出他的不足处,但肯定他的忠君爱国的诚心和缱绻恻怛的至意,所以对他还是尊崇的。

自屈原以后,他在《楚辞辩证》里说:"自原之后,作者继起,而宋玉、贾生、相如、扬雄为之冠。然较其实,则宋、马(司马相如)辞有余而理不足,长于颂美而短于规过;雄乃专为偷生苟免之计,既与原异趣矣,其文又以摹拟掇拾之,故斧凿呈露,脉理断续,其视宋、马,犹不逮也。独贾太傅以卓然命世英杰之材,俯就骚律,所出三篇,皆非一时诸人所及,未易以笔墨蹊径论其高下浅深也。"在这里,他贬低扬雄,主要认为他以汉臣而事新朝的王莽为失节,特别推重贾谊,推重他的人品学识。那他讲的道比儒家的道宽,贾谊讲的一套并不同孔孟相同,也受到推重。他在《全集》卷三十九《答王近思》中说:"又多用庄子语,虚浮无骨。"又《语类》卷一三九说:"司马迁文雄意健,意思不帖帖,有战国文气象,贾谊文亦然,老苏文亦雄健,似此皆有不帖帖之意。"不帖帖即不妥帖平正,这里对贾谊文认为也有不足处。大抵他从孔孟之道着眼,认为贾谊也有不足处;从文辞看,还是赞美贾谊文的杰出的。这里贬低庄子虚浮无骨。这样说,与韩愈《进学解》称:"下逮庄骚,太史所录。子云相如,同工异曲。"突出地推重《庄子》、《史记》及扬雄的不同。韩愈推重古文,所以称《庄子》、《史记》,朱熹推重辞赋,所以称宋玉、相如。韩愈文论,并不看重扬雄的节操问题,这与朱熹贬低扬雄失节说不同。就文论,朱熹对《庄子》、《史记》在创作上的杰出成就是认识得不够的,没有把它们突出来,在这点上,他的见识落后于韩愈。他在《全集》卷七十六《楚辞后语目录序》批评宋玉"《高唐(赋)》卒章,虽有'思万方,忧国害,开圣贤,辅不逮'之云,亦屠儿之礼佛,倡家之读礼耳,几何其不为献笑之资,而何讽一之有哉?"按《高唐赋序》讲了先王尝游高唐梦见神女的事,引出楚襄王命宋玉作赋,赋里只写山水,所以钱钟书先生《管锥编》870页称:"此赋是写巫山风物,而入《文选·情》门,实与《神女》、《好色》,不伦非类;当入游览门,与孙绰《游天台山赋》相比。"宋赋要襄王去巫山游览、打猎,又讲到山里有贤人在隐居,即"有方之士,羡门高谿",结处讲到"思万方,忧国害,开贤圣,辅不逮",当跟山中隐士有关。朱熹认为这篇赋写楚王与神女荒淫的,所以提出那样批评,其实这篇赋不是写神女,这个批评是不确的。又说:"至于扬雄,则未有议其罪者,而余独以为是其失节,亦蔡琰之俦耳。然琰犹知愧而自讼,若雄则反诎前哲以自文,宜又不得与琰比矣。"按:蔡琰被虏北去,入南匈奴,生二子,曹操遣使将她赎回,嫁与董祀。她在《悲愤诗》里写被虏后"欲死不能得,欲生无一可"的痛苦;写被赎时"已得自解免,当复弃儿子"的痛心;写再嫁时"流离成鄙贱,常恐复捐弃"的担忧。根本没有失节的问题,也没有什么"自讼"。这个批评也是不对的。《汉书·扬雄传》称扬雄悲屈原,认为"遇不遇命也,何必沉身哉!乃作书,往往摭《离骚》文而反之,自岷山投诸江流以吊屈原,名曰《反离骚》"。那他的《反离骚》还在四川写的,当时他还没有出来做官,说他"反诎前哲以自文(过)"也是不对的。这里反映道学家论文的苛刻而失实。

这种苛刻的文论还有,如《语类》卷一四〇:"东坡晚年诗固好,只文字也多是信笔胡说,全不着道理。"这里没有指出是哪些篇,是泛指晚年诗,试举《儋耳山》作例:"突兀隘空虚,他山总不如。君看道傍石,尽是补天余。"这大概是所谓"胡说",其实这是指贬官到海南来的人,正因为他们想补天,补救朝廷的缺点,提了意见,因而被贬,并非胡说。再像《全集》卷三十七《与芮国器》:"苏氏之学,以雄深敏妙之文,煽其倾危变幻之习。"这里当包括苏轼文章,其实苏洵、苏轼的文章并不是这样。像苏轼《志林》评柳宗元《封建论》,称:"柳宗元之论出,而诸子之论废矣,虽圣人复起,不能易也。"又说:"故吾以为李斯、始皇之言,柳宗元之论,当为万世法也。"即赞成郡县制,反对分封制,这是完全正确的。就是苏洵的《管仲论》,提出管仲临死前应该考虑他的继承人选,这也是一个重大问题,提出这个问题也是正确的。当然,苏氏的论文也有可以商榷的,但这样一笔抹杀，也是不对的。

　　朱熹的文论虽有不恰当处，但也有精辟的见解。如论陶渊明，《全集》卷七《陶公醉石归去来馆》："每寻高士传，独叹渊明贤"，赞美渊明的品格高尚。《全集》卷五十八《答谢成之》："以诗言之，则渊明所以为高，正在其超然自得，不费安排处。"这里反映他的文论，人品高，见界也高，有他的心得，这种心得也是高超的，写出来的诗像肺腑中流出，不费安排，自然是高超之作。《全集》卷七十六《向芗林文集后序》："其（陶诗）高情逸想，播于声诗者，后世能言之士，皆自以为莫能及也。""大者既立，而节概之高，语言之妙，乃有可得而言者"，也指出根本在品格高了，才有高情逸想，有语言之妙。又《语类》卷一三六："渊明所说者庄老，然辞却简古。"只要人品高超，虽然接受庄老思想，还加推重，这样论作品也是好的。《语类》卷一四〇："渊明诗平淡出于自然"，这是一方面，好在自然平淡。又："渊明诗人皆说是平淡，据某看他自豪放，但豪放得来不自觉耳。其露出本相者是《咏荆轲》一篇，平淡底（的）人如何说得这样言语出来。"这是陶诗的另一方面，看到这方面，见得他看得深。又："陶却是有力，但语健而意闲。隐者多是带性负气之人为之，陶欲有为而不能者也，又好名。"这里指出他有力而意思闲适，是又一方面。又指出他的带性负气，给豪放做补充。《楚辞后语》卷四《归去来辞》："欧阳公言两晋无文章，幸独有此篇耳。然其词义夷旷萧散，虽托楚声，而无其尤怨切蹙之病云。"这里又指出夷旷萧散的一面。这样论陶，好处是贯彻他的文论，首先从根本着眼，即看到人品的高超，从人品看到识力、胸怀，再看到文辞。对文辞又看到多方面的特色，平淡自然，豪放负气，夷旷萧散；从写作说，自然流露，不待安排。这里显示他文论的特点和成就。

　　类似这样的见解还有，像他论欧阳修，《语类》卷一三九："六一文一唱三叹"，"纡馀曲折，辞少意多，玩味不能已者"。指示欧阳修文富有情韵之美,又是委婉曲折的,含蓄的。又:"尝有(《唐崇徽公主手痕和韩内翰》)诗云:'玉颜自古为身累,肉食何人为国谋?'以诗言之,是第一等好诗;以议论言之,是第一等议论。'"这是从议论得好、表达得好来说的。又:"欧公文章及三苏文好处,只是平易说道理,初不曾使差异底字换却寻常底字。"这里指出欧、苏文的一个特点,同韩愈、柳宗元的文不同,就是欧、苏平易畅达。又"欧公文字敷腴温润",即平易而不枯燥,是有滋味的,即有情韵之美。又"谢表中自叙一段只是自胸中流出,更无些窒碍,此文章之妙也"。这里也指出从胸中流出的妙处。又论欧阳修文"虽平淡,其中却自美丽有好处,有不可及处"。他的美从平淡中来。

又论柳宗元,《全集》卷六十四《答巩仲至》:"柳州《南涧》等诗最是放不下者,但其气格高远,旨趣幽深,故读之者若不甚觉,此亦古今文字言语得失利病之所由。"这里论柳的《南涧中题》:"秋气集南涧,独游亭午时。回风一萧瑟,林影久参差。始至若有得,稍深遂忘疲。羁禽响幽谷,寒藻舞沧漪。"这首诗在描绘景物中寄托他贬官永州的孤苦寂寞心情,所以说"旨趣幽深";又用力描绘景物,旨趣含蓄在内,所以说"气格高远"。读时只看到景物,所以说"不甚觉",这正是它的妙处。又《语类》卷一三九:"柳子厚看得文字精,以其人刻深。"柳的论文,探讨事理,看得深刻,最著名的《封建论》,得到苏轼的大力推崇。又:"柳文亦自高古,但不甚醇正。""子厚说封建非圣人意也,势也,亦是,但说到后面有偏处。"按:《封建论》在后面驳斥"夏殷周汉封建而延,秦郡邑而促";又驳斥"殷周,圣王也,而不革其制,固不当复议也",都驳得有理。最后提出"夫天下之道,理安斯得人者也",指得民心在治安,治安在建立郡县制,都很有理,说他"有偏处"不确。又说:"柳学人处便绝似,《平淮夷雅》之类甚似诗;诗学陶者便似陶。"又说:"如相如《封禅文》模仿极多,柳子厚见其如此,却作《贞符》以反之,然其文体亦不免乎蹈袭也。"按柳文《平淮夷雅》叙平淮西吴元济事:"(李)愬拜即命,于皇之训。既砺既攻,以后厥刃。"用四言叙事,写得简练,说他模仿《诗经》,只是就作四言诗说,其实不一定是模仿。又柳的写景诗,像《南涧中题》,或《登蒲洲石矶望横江口潭岛》:"隐忧倦永夜,凌雾临江津。猿鸣稍已疏,登石娱清沦。"总的说来,柳诗里含有的忧幽孤伤的情绪同陶诗的心情不同,说他学陶似陶恐亦不确。至于柳的《贞符》,一反司马相如《封禅文》的讲符瑞,"言类淫巫瞽史,诳乱后代",他提出"受命于生人(民)之意,累积厚久",从主旨到文辞皆不同于相如,朱熹这样说不确。不过他能看到柳文的用思深刻,以及气格旨趣的特点还是可取的。

文小指大

班固作《离骚序》，说淮南王刘安作《离骚传》。这篇传的部分内容，保留在《史记·屈原列传》里面："其文约，其辞微，其志洁，其行廉，其称文小而其指极大，举类迩而见义远。""其文约"，就是"其称文小而其指极大"；"其辞微"，就是"举类迩而见义远"。"文约"指文章说出来的少。"指大"指文章没有说出来的意思多。"辞微"，即用的辞比较简单，"义远"即含义深远。

王逸《楚辞章句序》说："'夕揽洲之宿莽'，则《易》'潜龙勿用'也。"《离骚》里说，晚上去采水边地上的宿莽草，宿莽是经冬不枯的草，采宿莽草，王逸注："屈原以喻谗人虽欲困己，已受天性，终不可变易。"即虽受打击，还是保持他的坚贞不可改变。"潜龙勿用"，比喻这时只好潜伏在地下，不可以用世。照王逸的解释，"夕揽洲之宿莽"有两个意义，一个说自己虽遭人陷害打击，依旧保持坚贞，好比宿莽的经冬不枯。一个说自己被流放在野，不能用世，好比宿莽，只生长在水边地上。这就是"文约"，就是"称文小而其指极大"，说出来的少，没有说出来的意思多。当然，"夕揽洲之宿莽"有没有"潜龙勿用"的意思，还可讨论。即使抛开这一点，光就被打击而保持坚贞这一点说,也是"文小指大"。王逸《离骚经序》说:"《离骚》之文,依诗取兴,引类譬喻。故善鸟香草以配忠贞;恶禽臭物以比谗佞。"这里就是指"辞微",辞即指善鸟香草等辞,微即用来比喻忠贞等意义。这是引类譬喻,把善鸟香草跟忠贞作为一类来比。善鸟香草比较普通,比做忠贞,含义深远,所以说"举类迩而见义远"。文小指大就成为《离骚》的表达方法之一。

这种文小指大,即《文心雕龙·隐秀》中所说的隐。《隐秀》说:"隐也者,文外之重旨者也","隐以复意为工"。"文外重旨"即言外含蓄的重要意义,"复意"即两重意思,一是字面的意思,一是言外的意思。《隐秀》篇有残缺,黄侃在《文心雕龙札记》里补作一篇,补文里说:"《易传》有言中事隐之文,《左氏》明微显志晦之例,《礼》有举轻以包重,《诗》有陈古以刺今。"这里举的四个例子,都见于《文心雕龙》的《征圣》、《宗经》两篇里。"言中事隐",话说得得当,事理不说明白,见于《易·系辞下》。如《易·坤卦》"履霜,坚冰至"。踩着霜,就知道大冷要来了,坚冰要来了。这话说得得当,但这话的含意是什么,它没有说,所以说事隐。"微显志晦",杜预《春秋左传序》:"一曰微而显,文见于此而起义在彼。"如《春秋》僖公十九年:"梁亡。"从文字看是梁国亡了;它的意思是说梁国弄得人民离心,自取灭亡。又"志而晦,约言示制,推以知例"。志是记载,记的话简单,要推求《春秋》笔法才知道它的意义,也是话说得少另有含意的意思。"举轻包重",《礼记·曾子问》:"缌不祭。"缌(音思)是轻丧服,用熟麻布制的丧服。穿轻丧服的不参加祭祀,那末穿重丧服的更不能参加了。后一句就含蓄不说出来。"陈古刺今",《诗经》有借古事来刺今的,讲的是古事,刺今的意思没有说出来。这四例都讲的含蓄手法。前面讲《言不尽意》中谈到含蓄,这里从另一角度谈这个问题。

作者有用意,为什么不明白说出,要保留言外之音呢?这有各种原因。

作者从生活中有所体会,他把所接触到的生活反映出来,让读者同样接触到那种生活,同样从那种生活中得到体会,这样所得来的体会,就比较深刻。作者不把所得到的体会说出来,就是含蓄。这样写,要读者自己从所读的作品中得到体会。由于各人的生活经验不一样,读者读了作品,引起了自己的生活经验,那他所产生的体会,可以比作者的体会更丰富,那他读作品,不光在欣赏,还可以再创造,赋予作品以新的意义。所以,作者从生活中所得到的感受,有时不宜于说出来,不说出来对读者更有利,这就造成言外之音,造成含蓄的手法。

比方《论语·子罕》:"子在川上曰:'逝者如斯夫,不舍昼夜。'"孔子只说流去的像这样吧,昼夜不停。究竟他的意思是什么,没有说。孔颖达在《正义》里说:"孔子感叹时事,既往不可追复也。"事情过去了不可追回来。朱熹注:"天地之化,往者过,来者续,无一息之停,乃道体之本然也。然其可指而易见者,莫如川流,故于此发以示人,欲学者时时省察,而无毫发之间断也。"这是指品德修养说的。两家对这句话的体会各有不同。孔子的原意是什么,是研究孔子思想时要考虑的。就再创造说,二家可以凭各自的生活经历来再创造。像朱熹的注就可以用来研究朱熹的思想。经过了这样的再创造,实际上是丰富了这个生活感受。这种再创造,如晏殊《浣溪沙》:"无可奈何花落去,似曾相识燕归来,小园香径独徘徊。"他写出了看到花落去、燕归来时的"无可奈何"的心情,究竟他说这两句话的意思是什么,在这首词里无法说明,因为词就是这样表现的。但有一度曾经给两句词赋予新意,认为有的东西的变坏似曾相识,即过去也有过。有的东西的变坏,正像花的落去,真是无可奈何。这个意思,作者不可能有的,完全是再创造。这说明有的作品只适于这种含蓄的表现手法,这种手法自有它的好处。

有时作者的用意不好说明白,像"魏晋之际,名士少有全者"。当时掌权的司马氏非常猜忌,说了触犯司马氏的话,就有杀身之祸。不好明说,只好说得隐约含蓄,使人抓不住把柄。如阮籍《咏怀》诗,《文选注》称他"身仕乱朝,常恐罹(遭受)谤遇祸。因兹发咏,故每有忧生之嗟。虽志在刺讥,而文多隐避"。像:"朱华振芬芳,高蔡相追寻。一为黄雀哀,涕下谁能禁。""高蔡"和"黄雀",用《战国策·楚策》的故事。黄雀啄白米,栖茂树,正在得意,不知公子正拿着弹弓要打它。蔡圣侯左视幼妾,右拥嬖(宠幸)女,与之驰骋高蔡之中,不知楚国子发正准备俘虏他。"涕下"引《孔丛子》:"吾念周室将灭,涕泣不禁。"那末暗指魏君的荒淫,不知危亡在后,为魏的灭亡掉泪。由于话说得隐约,可以无事。

有时作者的用意不便说明,如韩愈《送董邵南序》。董邵南在京城不得意,要到河北去投靠藩镇。当时藩镇横暴,不服从唐朝命令。韩愈不赞成他去,可又无法留住他。韩愈在送别的序里,不便说反对他去,先说他去"必有合也";同时巧妙地分出"古""今"来,认为"燕赵古称多感慨悲歌之士","慕义强仁"是"燕赵之士"的本性,所以他去"必有合也"。但这一切都是古代的燕赵之士。下面立刻转到"今",怎么知道"今不异于古",因为"风俗与化移易"。这里就含有今天去不一定有合了,今天的燕赵同古代的不同了。这些意思都含蓄在内,不明说。最后要他吊乐毅墓,呼应古。要他看看市上再有像荆轲的朋友屠狗者吗,要劝他们"出而仕矣",这是反衬,反衬他不该到河北去。这是赠序,不便说反对朋友的话,所以用婉转曲折的手法,也就是含蓄的写法来透露正意。

有时不须明说,只要点一下,让有关的人自己去考虑。像司马光《谏院题名记》:"天禧中,真宗诏置谏官六员,责其职事。庆历中,钱君始书其名于版。光恐久而漫灭,刻著于石。后之人将历指其名而议之曰:某也忠,某也诈,某也直,某也曲。呜呼,可不惧哉!"作者写这篇记,用意在褒贬以前的谏官,即刻名在石上的谏官,引起现在和未来的谏官的警惕。但这个意思没有说出,对刻名石上的谏官也不加褒贬,只是把人们的议论点一下:"某也忠,某也诈,某也直,某也曲",从中透露他的用意。在这种场合,他的用意不须明说。

  对于含蓄的写法,司空图《二十四诗品》里有《含蓄》,可供参考。"不著一字,尽得风流。"既要写文,怎么能不著一字呢?这大概指言外之意不说,所以不著一字。虽不说,已含蓄在所说的话内,所以尽得风流。主要是写形象,反映生活,对自己的意见一字不说。"语不涉己,若不堪忧。"自己的意见不说,但自己的倾向性还是表现出来。好像不胜忧愁,表现自己的倾向性。像"无可奈何",像《离骚》的志洁行芳。"是有真宰,与之沉浮。"有个真正的主宰,跟着它或沉或浮。主意虽不说,但作者还是有一个主意在内,文章就跟着这个主意起伏。像《送董邵南序》,有个反对他去河北的主意。"浅深聚散,万取一收。"生活中的现象或浅或深,或聚或散;观察得很多,是万取;从万取中只选其中一种收入文中,即看得多写得少。从一收中反映万取,即从写得少中含蓄着很多言外之音,或从形象中含蓄着多种多样的意义。

劝百讽一

《汉书·司马相如传赞》:"相如虽多虚辞滥说,然其要归,引之节俭,此与《诗》之风谏何异?扬雄以为靡丽之赋,劝百讽一,犹驰骋郑卫之声,曲终而奏雅,不已戏乎?"这是讲司马相如的赋,虽然有许多浮夸的说法,但结论还是回到节俭,跟《诗经》的讽谏一致。扬雄却批评他的浮靡华丽的赋,劝诱人家去追求浮靡奢侈的生活的占百分之九十九,讽刺人家要归到节俭的占百分之一,好比奏靡靡之音,在结束时奏点雅乐。这样说,不是太贬低了相如的赋吗?班固不同意扬雄的批评,提出了扬雄说的"劝百讽一"问题。

扬雄是怎样讲的呢?《法言·吾子》:"或问:吾子少(年轻时)而好赋?曰:然。童子雕虫篆刻。俄而曰:壮夫不为也。"汉朝时候,不满二十岁的称童子。当时十七岁以上的学童考八种字体,有刻符、虫书,这两种字体是雕刻用的,好比现在刻图章的字体同手写体不一样,是童子学的。扬雄认为赋好比童子学的雕刻用的字体。壮夫(指三十或以上的人)不做这些了。"或曰:赋可以讽乎?曰:讽乎?讽则已;不已,吾恐不免于劝也。"有人不同意他的说法,问:赋可以进行讽刺吗?他说:讽刺吗?讽刺就好了;不好,我怕免不了是劝诱。有人提的问题是个关键：假使赋可以讽刺，那就同诗一样，不该贬低了。扬雄对赋的批评，就不能成立了。所以扬雄认为赋的毛病在于劝百讽一，实际上是劝诱，讽刺只是用来装门面的。

《汉书·扬雄传》里作了更明白的说明："雄以为赋者，将以讽之，必推类而言，极丽靡之辞，宏侈巨衍，竞于使人不能加也，既乃归之于正，然览者已过矣。往时武帝好神仙，相如上《大人赋》欲以讽，帝反缥缥有凌云之志。由是言之，赋劝而不止明矣。"他认为汉朝的大赋，是要讽谏。但大赋的写法，一定要用极为艳丽浮靡的文辞，写得夸大扩展，争取使人不能再超过，然后归结到正论。可是读的人已经接受了前面的夸张描绘，已经不对了，结尾的正论已不起作用。以前汉武帝爱好神仙，司马相如写了《大人赋》，要进行讽谏。武帝读了，反而使他飘飘然好像在游仙，只起到加强他迷信神仙的作用。所以赋是起到劝诱他向坏的方面发展，起不了讽谏作用。

司马相如在《大人赋》里怎样劝百讽一呢？他先说："世有大人兮在于中州，宅弥（满）万里兮，曾不足以少留。悲世俗之迫隘兮，朅（去）轻举（轻身飞行）而远游。"那个大人以万里为窄，要腾空远游。下面写他在空中排起了各种仪仗，像用虹作绸子，用应龙驾车，配上赤螭、青虬（都是龙一类）等。游览东极北极，使五帝开路，经过了许多地方，一直进入上帝宫，带了玉女回来。那样作了夸张的描绘，所以使武帝读了有些飘飘然。下面进行讽谏，说看到仙人西王母头发白了，住在山洞里，幸而有只三足鸟供她差遣。"必长生若此而不死兮，虽济万世不足以喜。"他想通过写西王母的老而穷困，来讽谏武帝的迷信神仙。可是他写的大人实际上是更大的神仙，让武帝看得飘飘然。他写大人是具体生动的，能吸引武帝；他用来讽谏的西王母，写得简单，不能给人留下什么印象。所以武帝读了《大人赋》只是劝诱他去爱好神仙，不能起到讽谏作用。因此,扬雄提出"诗人之赋丽以则,辞人之赋丽以淫"。

诗人之赋指屈原的赋,像《离骚》,由于他用铺叙的手法来写的,是赋;他用来怨刺怀王,有诗人讽谏的意味,所以是诗人之赋。它的讽谏,贯串全篇,并不是装门面的,所以同诗的讽谏一致,不是劝百讽一,因此是丽以则。铺张的写法,运用辞藻,是丽;有诗人的讽谏,是则。辞人的赋,像司马相如,有辞藻,是丽;浮夸而缺少讽谏,是淫。"则"是符合诗人讽喻的法则;"淫"是浮靡而生失去讽喻的意义。这个"丽以则"和"丽以淫"就成了诗人之赋和辞人之赋的分别。这个分别实际上表现在讽喻之义是贯串在全篇,还是作为末了的装点门面。贯串在全篇的就起到讽喻作用,才是丽以则;在文末装点门面的,起不到讽喻作用,是丽以淫的。丽以淫的赋,像司马相如的《上林赋》,极力描绘上林苑的巨丽,写那里的水和山,那里的虫鱼鸟兽,写巨大的打猎场面,写宴会歌舞,这些描绘是具体形象的。到了后来,写天子感叹说:"此太奢侈","恐后叶(代)靡丽,遂往而不返(不回到节俭)非所以为继嗣创业垂统也"。说了一些正论,作为讽喻。前面的描绘是具体的,后面的正论是抽象的。对读者来说,具体的描绘是有吸引力的,抽象的正论是不起作用的。因此,劝百讽一有两方面:一方面劝诱的话多,讽喻的话少,所以讽喻只是装点门面,不起作用。一方面是劝诱的话是形象生动的,吸引人的;正面的话是抽象的,不起作用的。这好比古代有的小说,作了淫秽的描写,是非常具体形象的,末了说了一些批评,是抽象空洞的。淫秽的描写起坏作用,抽象的批评不起作用的。

刘勰在这个问题上作了进一步的探索。《文心雕龙·情采》里说:"昔诗人篇什,为情而造文;辞人赋颂,为文而造情。何以明其然?盖风雅之兴,志思蓄愤,而吟咏情性以讽其上,此为情而造文也;诸子之徒,心非郁陶,苟驰夸饰,鬻声钓世,此为文而造情也。"这里指丽以则和丽以淫的分别,是在有没有情意上。作者有情意,怀忧愤,把情意表达出来,进行讽喻,这是为情而造文。要是没有表达的情意,随便运用夸张手法,沽名钓誉,为创作而虚构情意,这是为文而造情。因此这两种写作态度,关键还在是不是有迫切需要表达的情意。

表达的情意从哪里来呢?《时序》里讲:"逮姬文(周文王)之德盛,《周南》勤而不怨……幽厉昏而《板》、《荡》怒,平王微而《黍离》哀。故知歌谣文理,与世推移,风动于上而波震于下者。"看来诗人的情意同政治有关,像风吹波起那样。政治清明,民间是一种勤而不怨的歌声,政治昏乱,民间产生怒而哀的歌声。这一切像风起波兴,是自然形成的。但学术风气也会影响创作。像东晋时是乱世,但讲老子、庄子的清谈影响创作,形成了一种脱离时代的玄言诗,作品不反映时代,那是没有生命的。文风也会影响创作,像汉朝的大赋,要求"极丽靡之辞,宏侈巨衍,竞于使人不能加也"。要用极华丽的辞藻,大量地描写事物,像写山水、虫鱼、鸟兽、打猎、宴会等,这样把作者的情意淹没了。这种写法成了一种文风,自然要遭到劝百讽一的批评了。这样看来,要使作品真实地反映生活,反映时代,反映作者的真实感受所构成的情意,就不宜用一种学术思想来代替作者从生活中来的思想感情。不论老庄的思想怎么辩证,怎么玄妙,用来破坏作者真实的生活感受,是妨碍创作的。也要纠正不正确的文风妨碍作者正确地表达自己的思想感情,更要反对劝百讽一,具体生动地描绘不正确的东西,却用一些正确的道理来装点门面,来做掩饰。

最后再回到论赋上,挚虞《文章流别论》里说:"古诗之赋,以情义为主,以事类为佐;今之赋,以事形为本,以义正为助。情义为主,则言省而文有例矣;事形为本,则言富而辞无常矣。"这里讲写赋究以什么为主,还是以情义为主,还是以事形为主。情义为主,是作者从生活中受到感触,有了认识,产生激情,要把这种认识和激情表达出来,这样的作品就是有内容的,有意义的。以事形为主,就是着重在写事物,描形象,在这里没有多少感受,谈不上有深刻的认识,没有什么激情,那末写得即使很有文采,但内容空洞,没有什么意义,是不可取的。

挚虞又说:"夫假象过大,则与类相远;逸辞过壮,则与事相违;辩言过理,则与义相失;丽靡过美,则与情相悖。此四过者,所以背大体而害政教。"这里提出写赋的四种毛病:一种叫假象过大,借用的形象过于夸大,跟同类的事物离得很远。比方描写宫殿,作者可以把所有的宫殿概括起来描绘,但描绘的形象不能过于夸大,夸大到超出所有的宫殿,那就违反生活的真实,不像宫殿了。写人物也一样,可以把同类的人物集中概括起来写,但也不能过于夸大,夸大到离开所有同类的人物,反而违反生活的真实了。二是逸辞过壮,这是指写事件的,用豪言壮语把事件写得过于突出,跟生活中的同类事件相违背,就不真实了。辩言过理,像赋里写主人和客人的辩论,辩论的话要合理,超过了合理的限度变成不合理了,就失掉了写作的意义。四是丽靡过美,这是指违反感情说的。用了华丽浮靡的辞藻来写真挚朴实的感情,把感情的真挚朴实破坏了。这四种错误,就会造成作品的浮夸,这种浮夸作品不反映生活的真实。读者读了这种浮夸作品,错误地认为生活就是这样的,那就会受害。比方描写战争,把敌人写得愚蠢软弱,处处挨打,把我方的战士写成百战百胜,把残酷的战争写得像儿戏那样非常容易取胜。要是读者误信了这种描绘,到真的碰上了战争时,就要弄到惊慌失措,这就是害政教。再像写历史人物,把他们拔高,写成已经马列主义化了,写得违反历史上的生活真实,也会造成读者认识上的混乱。挚虞指出这四种毛病,他的认识是深刻的,值得借鉴。

蕴玉怀珠

后汉王充在《论衡·自纪》里提出有人批评"《论衡》之书""形露易观"。认为"盖贤圣之材鸿,故其文语与俗不通。玉隐石间,珠匿鱼(当作蚌)腹,非玉工珠师,莫能采得。宝物以隐闭不见,实语亦宜深沉难测"。《论衡》之书,"不能为覆,何文之察,与彼经艺殊轨辙也?"有人认为圣贤的书,深隐难晓,像玉隐珠匿,要经过注解,像玉工破石取玉,珠师破蚌取珠,才能懂得。《论衡》之书写得浅露易懂,何以同圣贤的书不同?王充认为我文"藏于胸臆之中,犹玉隐珠匿也;及出肤露,犹玉剖珠出乎?烂若天文之照,顺若地理之晓,嫌疑隐微,尽可名处","观读之者,晓然若盲之开目,聆然若聋之通耳。"

照王充的说法,他的文章的命意像玉和珠那样珍贵。他没有把这种命意写出来,藏在脑中,像玉隐石间,珠匿蚌腹。他把这种命意通过文章写出来,像剖玉出珠。他所说的珠玉,不指文辞,是指文章的命意。文辞越浅露,文章的命意越明显。这种命意光采照耀,"烂若天文之照",像天上日月的照耀;这种命意很有条理,"顺若地理之晓",像地上山川的条理。这种命意对读者起到振聋发聩的作用。这是王充对文章命意提出的要求。早在前汉的刘安作《离骚传》，称屈原的《离骚》"虽与日月争光可也"。但没有像王充那样强调文章的命意可以"烂若天文之照"。说这种命意可以使盲人开眼，聋子通耳，这样强调命意，是很少见的。在后汉的散文史上，王充的散文并没占有突出地位，根本谈不到与日月争光。《自纪》里也说"充书不能纯美"。有人认为他的文章"又不美好，于观不快"。但他的文章确实抓住了写作上的主要之点，即命意。

他在命意上怎么能达到那样的效果呢？第一，他写《论衡》，是有针对性的，不是无的放矢。《自纪》里说："又伤伪书俗文，多不诚实，故为《论衡》之书。"当时人"以为昔古之事，所言近是，信之入骨，不可自解，故作实论。其文盛，其辩争，浮华虚伪之语，莫不证定"。他是针对当时流行的伪书俗文说的，针对浮华虚伪之语说的。这些话所言近是，被一般人所信奉，信之入骨。一般人受到这些伪书伪语的蒙蔽，看不到真实的情况，听不到真实的话，像盲人和聋子。《论衡》驳斥了这些伪书伪语，莫不证定，证实了它们的谬妄，使人们看到了真实情况，听到了真实的话，所以能起到使盲人开眼，聋子通耳的作用。这种伪书伪语，像乌云遮住了天空，使日月无光。《论衡》拨开了这种乌云，使日月重光，所以起到了"烂若天文之照"的作用。第二，这种命意不求迎合世俗。《自纪》说："事尚然而不高合。论说辩然否，安得不谲常心，逆俗耳？众心非而不从，故丧黜其伪而存定其真。如当众顺人心者，循旧守雅，讽习而已，何辩之有？"由于伪书伪语的流行，使一般人受到迷惑，和民间传说合成了一种世俗的看法。这种世俗的看法和民间的正确的意见混杂着。要是按照世俗的看法来写文章，那就是人云亦云，迁就其中的谬论。他要把世俗的看法加以分别，错的不能从，要指斥其中的伪说，保留其中的真话，要辩然否。因此，他的话逆俗耳，不求迎合世俗。第三，这种命意要求说真话，讲文德。他在《超奇》里说："实诚在胸臆，文墨著竹帛，内外表里，自相副称。"心里怎么想的，文章要如实地表达出来，心里怎么感受的，文章要把这种感受确切地表达出来。使内心所想所感的，即思想与感情跟所写的文章，两者像天平那样没有偏轻偏重，才说得上"自相副称"。"精诚由中，故其文语感动人深。"这样把思想感情如实表达出来，才有感动人的力量，才说得上有"文德之操"。他在《书解》里说："《易》曰'圣人之情见乎辞。'出口为言，集札为文。文辞施设，实情敷烈。夫文德，世服也。空书为文，实行为德，著之于衣为服。故曰：德弥盛者文弥缛，德弥彰者文弥明。"这里指出情和辞，即"实诚在胸臆"，还要通过文辞来表达感情，要充分地表达出来，称为"实情敷烈"。这跟文德有关，即品德高尚的具有美好的情操，才能充分地表达自己的感情，才能感动读者。第四，这种命意要求为世用。《自纪》说："为世用者，百篇无害；不为用者，一章无补。如皆为用，则多者为上，少者为下。累积千金，比于一百，孰为富者？"《超奇》里说，"陆贾消吕氏之谋，与《新语》同一意；桓君山易晁错之策，与《新论》共一思。"陆贾为陈平画策，消除了吕氏篡夺政权的危害，同他著作的《新语》是一致的。桓谭上疏给汉光武帝讲晁错的策略，同他著作的《新论》一致。这两人的著作和建议，都是为世用的。

  王充强调写作的命意，有以上四个特点，所以能像珠玉的光耀，起到振聋发聩的作用。讲写作的这样注意命意是极为少见的。

  这个玉隐珠匿的比喻，后来有了发展，即不光指命意了。陆机《文赋》里说："石蕴玉而山辉，水怀珠而川媚。彼榛楛之勿剪，亦蒙荣于集翠。"这是讲写作中有了苕发颖竖的警句，可是没有可以跟它相对的句子来配合。警句好比珠玉，好比翡翠鸟；一般的句子好比石和水，好比榛楛。有了警句，一般的句子给它映照得也有光采；有了珠玉，山川也显得光辉；有了翡翠鸟，榛楛也蒙受荣耀。这是讲写作上突出的警句所起的作用。同王充讲命意的卓越不同。

刘勰在《文心雕龙·隐秀》里说："夫隐之为体，义主文外，秘响旁通，伏采潜发，譬爻象之变互体，川渎之韫珠玉也。故互体变爻，而化成四象；珠玉潜水，而澜表方圆。"隐，指含蓄，含蓄有言外之意，像秘密的音响从旁传来，潜伏的文采暗中闪耀。好比《易经》里爻象的变化含蕴在卦的互体里，川流里含蕴着珠玉。珠玉藏在水里，波澜就有各种变化。上面陆机用珠玉来比警句，这里刘勰用珠玉来比含蓄中的言外之意。有了言外之意，文辞就显得不同。这样，玉隐珠匿就成了写作上的隐秀了，即隐和秀这两种修辞手法了。

作为修辞手法，自然同王充讲的强调命意不同，但两者有相通处。黄侃《文心雕龙札记·隐秀》说："玉在山而草木润，渊生珠而岸不枯，秀之喻也。然隐秀之源，存乎神思。意有所寄，言所不追，理具文中，神余象表，则隐生焉；意有所重，明以单辞，超越常音，独标苕颖，则秀生焉。此皆功存玄解，契定机先，非涂附之功，非雕染之事。若意本浅露，语本平庸，出之以廋辞（隐语），加之以华饰，此乃蒙羊质以虎皮，刻无盐（丑妇）为西子，非无彪炳之文，粉黛之饰，言异本质，则伪迹章明矣。故知妙合自然，则隐秀之美易致，假于润色，则隐秀之实已乖。"

不论是隐的含蓄或秀的警策，先要有杰出的命意，这就是所谓"神思"。有了杰出的命意，作为言外之意，通过形象来表达，不加说明，这就是隐。把杰出的命意，用精练的话来表达，成为警句，这就是秀。隐和秀都离不开杰出的命意。这个杰出的命意就是珠玉。这个杰出的命意在于"玄解"，要有深入的理解；安于"机先"，机就是《易经》里说的"几者动之微，吉之先见者也"。事物还没有显著时的苗头，一般人都没有看到，作者凭他的敏感感觉到了，这样才能构成杰出的命意。黄侃讲得不够具体，王充讲构成杰出的命意的四点，讲得具体，这两者用意是一致的。这种杰出的命意，不是靠粉饰辞藻所能造成的。要是意思平庸,想用谜语那种写法来造成隐,用辞藻来造成秀,那是羊披虎皮,丑妇扮成西施,装假是不行的。有了杰出的命意,自然会造成隐秀;缺乏杰出的命意,就背离了隐秀所具备的实质。这段话,明白地指出隐秀的修辞手法同王充着重命意的一致性。

言不尽意

言不尽意,语言不能把情意完全表达出来,《庄子·天道》里就提到了。他编了一个轮扁砍轮的有名寓言。齐桓公在堂上读书,轮扁在堂下砍轮,他放下椎子凿子,上堂去问桓公:"请问公读的是谁的话?"桓公说:"圣人的话。"问:"圣人活着吗?"公说:"已死了。"说:"那末您所读的,是古人的糟粕吧了!……拿我的工作来看,砍轮,松了滑而不牢固,紧了涩而砍不进;不松不紧,得心应手,其中是有道理的,可是口里说不出来,我不能告诉我的儿子,我的儿子不能从我那里得到。"这就是所谓言不尽意,这个老工人的体会不能用言语说出来。庄子用这个寓言来说明道是不可用语言来传达的,这个观点对后代文论有影响。

这个观点先影响到思想界,产生了王弼的"言不尽意"说。他在《周易略例·明象章》说:"言生于象(《易》象),故可寻言以观象;象生于意,故可寻象以观意。"他认为圣人根据自己的用意来制定《易》象,本着《易》象用言语来解释,所以可以根据言来观察《易》象,根据《易》象来观察圣人的用意。"然则忘象者,乃得意也;忘言者,乃得象也。得意在忘象,得象在忘言。"他认为从言里可以理解

《易》象,认识了《易》象,言就可以忘掉。从《易》象里可以求得圣人的用意,得到圣人的用意就可以忘掉《易》象。这里宣扬言不尽意的观点,即言不能完全表达圣人的用意,只有忘言可以得象,忘象可以得意。象比言丰富,意比象丰富,停留在言上,对象的认识就有局限;停留在象上,对意的认识就有局限。忘言忘象,认识超过了言和象,才能得到对意的全面认识。这里提出言、象、意来,就跟文艺论很接近了。

文艺论也有言、象、意,作者有了情意,通过形象用言语来表达,这就是文艺。这里不过把《易》象改为形象吧了。用形象来表达情意,由于情意的丰富和复杂,常苦于表达得不够或不确切,这就言不尽意了。这是就作者说。就读者说,从言语认识所写的形象,从形象体会作者的用意,也苦于体会得不全面、不确切,这也感到言不尽意了。

陆机《文赋》里谈到物—意—文的关系(见"意不称物,文不逮意")。刘勰在《文心雕龙·神思》里谈到:"是以意授于思,言授于意,密则无际,疏则千里。"提出从思到意,从意到言,有时密合,有时疏远。那末思从哪里来的呢?"故思理为妙,神与物游。神居胸臆,而志气统其关键;物沿耳目,而辞令管其枢机。枢机方通,则物无隐貌;关键将塞,则神有遁心。"情思是从精神同外物接触产生的。外物通过耳目跟精神接触,受到志气的统率。人在接触外物时,产生喜爱或厌恶的感情,这种感情同志趣有关。跟志趣相合的就喜爱,跟志趣相反的就厌恶。它跟体气也有关,体气坚强的,敢于攀登险峰,看到惊险的场面。心气粗浮的,看不到细微曲折的变化。根据不同的志趣和体气,在同外物接触时,产生不同的情思。这里有时枢机方通,经过观察,对外物确有体会;有时关键将塞,心不在焉,就不可能产生体会。这样看,作者的情思还是可以表达出来的。但他又说:"至于思表纤旨,文外曲致,言所不追,笔固知止。

至精而后阐其妙,至变而后通其数,伊挚不能言鼎,轮扁不能语斤,其微矣乎?"那末上面讲的还不是最微妙的部分。最微妙的,像轮扁砍轮,有体会而说不出来,像伊尹煮菜,怎样把菜煮得味道极好,它的妙处也说不出来。那是属于文思以外的细微的旨趣,文字以外的曲折的含意。这些创作甘苦,有体会,却说不出来,就像庄子讲的言不能尽意了。他在《序志》里说:"但言不尽意,圣人所难",明白提出"言不尽意"来了。不过刘勰的话本身好像有些矛盾。他先说"意授于思,言授于意,密则无际",从情思经过意匠经营构成文意,再用语言来表达,达到密则无际的地步,那末言不是可以尽意吗?又说"言所不追",言不能表达,言不尽意了。看来刘勰的意思,认为从接触外物引起情思,到构成文意,是可以用语言来表达的。只有"思表纤旨,文外曲致"才不能表达。但刘勰又写了《隐秀》,认为"隐也者,文外之重旨者也;秀也者,篇中之独拔者也"。所谓"文外重旨",即言外之音。

那末刘勰还是认为言是可以尽意的。所谓"言所不追",虽然言外之音没有用语言来说出来,但通过隐秀的表达法,使人从语言以外去体会,于是言不尽意变成了意在言外,可以用含蓄的表达法表达出来,同言不能尽意的原意不同了。

这种意在言外的表达法,如陶渊明《饮酒》:"采菊东篱下,悠然见南山。山气日夕佳,飞鸟相与还。此中有真意,欲辨已忘言。"这里提到真意和忘言,大概从王弼的得意忘言来的,也就是有真意而没有说出,义同于有真意不说出,通过含蓄的手法来表达的隐了。那就是通过"山气日夕佳,飞鸟相与还"来表达。山气为什么日夕佳呢?因为飞鸟相与还。即《归去来兮辞》里说的"云无心兮出岫,鸟倦飞而知还"。在诗里,"云无心兮出岫"这话没有说,但既说"山气",气即云气,那就含有这个意思。云无心出岫,暗示自己出去做彭泽令,并不为了追求功名,只像云的无心出岫;自己辞官归来,正像鸟的倦飞知还。从山气和飞鸟里产生这种想法，所以感到"日夕佳"，这种想法就是"真意"；这种"真意"在脑子里一闪就过去了，所以"欲辨已忘言"。那末在这个"真意"和"忘言"里，作者是有好多想法，这些想法没有说出来，或者说出来的少，没有说出来的多，因此是言不尽意。但诗的好处，就在说出来的少，没有说出来的多，而没有说出来的话，可以从说出来的话里去体会，经过一体会，就觉得富有诗意，成为佳作了。要是作者把没有说出来的话都说出来了，那就没有含蓄，不耐体味，就缺少诗味，反而不好了。于是既要言不尽意，又要让不尽的意可以从说出来的话中体会出来。像诗里点明"有真意"和"欲辨"，自然使读者去辨，一辨，真意和忘言之意都体会出来了。它的方法就是写形象，没有说出来的话从形象中透露出来，让读者体会。这样言不尽意就成了意在言外的表达法了。

这种言不尽意，即意在言外的表达法，刘知幾《史通·叙事》里也谈到了。"故其纲纪而言邦俗也，则有士会为政，'晋国之盗奔秦'。'邢迁如归，卫国忘亡'，其款曲而言人事也，则有'使妇人饮之酒，以犀革裹之，比及宋，手足皆见'；'三军之士皆如挟纩'。斯皆言近而旨远，辞浅而义深，虽发语已殚，而含意未尽。使夫读者，望表而知里，扪毛而辨骨，睹一事于句中，反三隅于字外。"这里指出言外之意的写法。《左传》宣公十六年，"晋国之盗奔秦"，用一句话写出了士会把晋国治理得政治清明，盗匪无处容身。《左传》闵公二年，"邢迁如归，卫国忘亡"，这两句写出邢国卫国灭亡以后，齐桓公帮它们迁都，安置得极好。《左传》庄公十二年，写了"使妇人饮之酒"几句，显出宋万的勇力过人，虽用犀牛皮把他捆住，他还把手足从犀牛皮中挣出来。《左传》宣公十二年，写了"三军之士皆如挟纩"，指出在楚王的安抚下，三军感到极大温暖。话说完了，还有没有说出的话含蓄在内，有言外之意。话没有把言外之意说出来，也可以说言不尽意,但没有说出来的意思,使人于言外得之,又是意在言外了。

　　欧阳修在《六一诗话》里引梅尧臣的话:"必能状难写之景,如在目前;含不尽之意,见于言外。"点明要在言外见到不尽之意,要是见不到那就不是含蓄了。怎么"状难写之景,含不尽之意"呢?"若严维'柳塘春水漫,花坞夕阳迟',则天容时态,融和骀荡(骀,音殆。骀荡,使人舒畅),岂不如在目前乎?又若温庭筠'鸡声茅店月,人迹板桥霜',贾岛'怪禽啼旷野,落日恐行人',则道路辛苦,羁愁旅思,岂不见于言外乎?"这里指出含不尽之意见于言外的写法,就是把作者的情意通过形象来表达,有时透露一点,像用"漫"和"迟",有时连这一点也不透露,只从景物的安排中暗示,像温庭筠的诗句就是。这样,言不尽意就成为含不尽之意于言外了。

意不称物，文不逮意

　　陆机《文赋》是讲写作的，他在赋前的小序里提到"恒患意不称物，文不逮意"。物指客观事物，是我们观察的对象。写作同照相不同，照相可以把自己赞赏的景物直接照下来，写作却要转个弯，对自己赞赏的事物，先要化成意，即文思，再用文词表达出来。把事物化成意，往往要加以选择，要着上感情色彩。其实照相也要选择，选择美好的镜头，用一定的角度，拍摄远景或近景或某一部分。写作要把赞赏的景物化成意，这里就有"意不称物"的问题。作者的文思是从外界美好的景物来的，但这个文思能不能反映美好的景物呢？要是景物很美，作者把它构成文思，却不能和美景相称，要打个折扣；到根据文思写成文章，再打一个折扣。这就是意不称物，文不逮意。作家的本领，就在于能够抓住景物之美，把它表达出来。怎样避免意不称物，文不逮意，确是写作中的一个问题。陆机提出了这个问题，他又是怎样解决的呢？

　　先是观察，引起感受。"遵四时以叹逝，瞻万物而思纷；悲落叶于劲秋，喜柔条于芳春。心懔懔以怀霜，志眇眇而临云。"观察各种物象，看到它们的变化，像春天的柔条，秋天的落叶，引起喜或悲的感情，还要注意心里懔懔危惧，志趣高远，像怀霜临云那样的高洁。这是说在观察景物时，先要对景物著上感情色彩。在着上感情色彩时要谨慎，不要把不健康的感情色彩着上去，要保持高尚纯洁的志趣。又说："情瞳昽而弥鲜，物昭晰而互进。"看到的物象不一定都能进入文思，要着上感情色采的物象才行。给物象着上感情色彩，开始时，比较模糊，由模糊而越来越鲜明，这时物象和感情色彩结合，构成意象。"抱景者咸叩，怀响者毕弹。"景物有光彩的，有音响的，要叩和弹，即不要轻轻放过，要把它融为意象，使得所构成的意象有光彩，有音韵。"体有万殊，物无一量，纷纭挥霍，形难为状。"物象丰富多彩，没有一定的限量，挥霍指物象变化得快，难于描绘它的形状。"其为物也多姿，其为体也屡迁。其会意也尚巧，其遣言也贵妍。"物象有多种多样的姿态，构成意象时要巧妙地吸取这种姿态。避免意不称物，不在于把物象完全描绘出来，在于所构成的意象能够把物象的美充分表达出来，在于作者的情趣同物象的美好相应。要是物象是鲜明的，作者所构成的意象是灰暗的，物象是高洁的，作者所构成的意象带有不健康情绪，那就是意不称物了。

　　意象构成以后，再构成文思，用文词来表达，怎样避免文不逮意呢？物象丰富多彩，各有特色，再加上作者的感情，所构成的意象更是变化无穷。但要是观察的时候，不抓住它的特色，使构成的意象和文思一般化，那也就是意不称物了。所以要"谢朝华于已披，启夕秀于未振"。不用朝上已经开过的花，要晚上未开的花。假使这个文思前人已经写过了，就得另外构思，避免重出。"辞呈才以效伎，意司契而为匠，在有无而僶俛（勉强），当浅深而不让。虽离方而遁圆，期穷形而尽相。"在选词时，要衡量词的含义色彩来加以选择，要靠意匠经营，决定有的用，有的不用，注意斟酌；用意或浅或深，都由命意来决定。即使打破旧的框框，只要能够穷形尽相就好。"其为物也多姿,其为体也屡迁。"结合物象的丰富姿态,文体也可以相应地变化。在用文词来表达文思时,要注意选择词汇,要考虑文体,要靠意匠经营。

刘勰在《文心雕龙·神思》里也谈到了这个问题。他把意和物的关系说成:"故思理为妙,神与物游。"先是精神同外物接触,再形成构思。"神居胸臆,而志气统其关键;物沿耳目,而辞令管其枢机。"精神同外物接触,靠耳目来观察和听。精神由内心来主宰,志气统率着它的枢纽。就是在观察外物构成思理时,由志气来统率,也就是"心懔懔以怀霜,志眇眇而临云"的意思。

从观察物象到构成文思又是怎样呢?《文心雕龙·物色》篇里讲:"窥情风景之上,钻貌草木之中。吟咏所发,志惟深远,体物为妙,功在密附。故巧言切状,如印之印泥,不加雕削,而曲写毫芥,故能瞻言而见貌,即字而知时也。"他讲到描写景物,"窥情"同"钻貌"并提,"志"和"体物"并提,就是在描写物象的形貌时,一定要同情志结合,不是为描写形貌而描写形貌,是为了表达情志而描写形貌。也就是对物象的描写是有选择的,选择能够表达情志的物象来描写。所要表达的情志要深远。描写物象要求贴切,像在印泥上打印,不用雕琢,却把细微处都写出来了。在观察物象时要细致,要注意它的细微处,才能在描绘时把细微处都写出来。但并不是把所看到的物象都这样细致地描写,只拣能够表达情志的物象来描绘,让读者通过物象的形貌,感受到作者的情志。

又说"物有恒姿",《文赋》讲"其为物也多姿",这不是不一致吗?原来多姿是指各种物象说,是丰富多彩的;恒姿是指一定时期的物象说,有一定的姿态,两者所指不同。又说:"是以四序纷回,而入兴贵闲;物色虽繁,而析辞尚简";因此四季虽然变化纷繁,可是引起诗人的兴味需要心地闲静;物色虽然繁复,用辞却要简练。这里指出描绘物象的词要简练,不要用许多话。上面指出要"曲写毫芥"，把细微处都写出来，不又像矛盾吗？原来写物还是以情志为主，所以写得细致与用词简练可以统一起来。

怎样统一呢？"写气图貌，既随物以宛转；属采附声，亦与心而徘徊。故'灼灼'状桃花之鲜，'依依'尽杨柳之貌。"《诗经·桃夭》的"灼灼其华"，用"灼灼"来写桃花；《诗经·采薇》的"杨柳依依"，用"依依"来写杨柳，用词极为简练。它又是"图貌"，描绘形象的，是"随物宛转"，写得细致曲折的；也是"与心徘徊"的，写心情的曲折的。原来诗人心目中的桃花，是红艳的，又是具有火样的热情的，"灼灼"正好表达出这种色彩和情绪。诗人心目中的杨柳，是枝条柔软的，又是多情的，依依不舍的。"依依"正好写出这种形貌和柔情。所以既是写出这种形貌和情思，又是很简练的。这也许是古代描绘形貌又加上抒情的特点。这里光讲写景物，实际上写人写事也都一样，也要求写得简练、贴切、生动。像《史记·项羽本纪》写汉将赤泉侯追项羽，"项王瞋目叱之，赤泉侯人马俱惊，辟易（倒退）数里"。也用极简练的话，写出项羽的英雄气概，不用一大段描写。

上面是刘勰讲的从物到思理，即到意。再看从意到文，《神思》说："是以意授于思，言授于意，密则无际，疏则千里。"刘勰提出由思（思理或意象）到意（文思），由意到言（文词）。有时密切得像天衣无缝，有时疏漏得相差千里。原来在观察外物时，"登山则情满于山，观海则意溢于海"，情思腾涌。但这种情思不一定都能构成文思。因为"意翻空而易奇，言征实而难巧"，开始时腾涌的情思还不可靠，再要经过意匠经营，构成文思，才好用语言来表达。在意匠经营时，可能就抓住涌起来的情思，构成文思，立即用语言写出，这就是密则无际。可能在意匠经营时，觉得这也不合，那也不宜，无法构成文思，只好搁笔，这就是疏则千里。

密和疏的关系，因为"心总要术，敏在虑前，应机立断"，心里熟悉创作方法,感觉锐敏,并无疑虑,当机立断,所以密。"情饶歧路,鉴在疑后,研虑方定。"情思纷乱,徘徊歧路,要经过怀疑研究后才决定,决定不下就无法写,这是疏。因此在写作前还需要"博见为馈贫之粮,贯一为拯乱之药"。经过观察以后,看到了好多材料,对这些材料应该用什么论点来统率,这就是"贯一"。要是想不好一个统率材料的论点,文章就不好写。要是知识贫乏,光看到一些现象,写出来内容空洞,不动人,那就需要"博见"。有了博见和贯一,通过观察,掌握了材料,立刻可以凭贯一来确定主旨,构成文思,写成文章。或者依靠博见,凭着丰富的知识,跟掌握的材料结合起来,写出内容丰富的文章来,避免"意不称物,文不逮意"的毛病。

别立新机杼

南宋洪迈《容斋随笔》提出别立新机杼说，是针对摹仿说的。他说："枚乘作《七发》，创意造端，丽旨腴词，上薄骚些。盖文章领袖，故为可喜。其后继之者，如傅毅《七激》，张衡《七辩》，崔骃《七依》，马融《七广》，曹植《七启》，王粲《七释》，张协《七命》之类，规仿太切，了无新意。傅玄又集之以为《七林》，使人读未终篇，往往弃诸几格。"（卷七）这里赞美枚乘《七发》的创造，后来摹仿《七发》所作的"了无新意"，都不成功。说《七发》的创造，"上薄骚些"，即逼近《楚辞》。《楚辞》中像《卜居》、《渔父》和宋玉《对楚王问》都是对问体，一问一答。《七发》也是一问一答，但内容不同，用意不同。《卜居》是屈原跟太卜郑詹尹两人的一问一答，通过问答来表达屈原高洁的情操和不肯同流合污的志趣。《渔父》是屈原跟渔父两人一问一答，通过问答来表达屈原宁死不屈的崇高节操。宋玉《对楚王问》是通过宋玉和楚王一问一答来表达宋玉曲高和寡的用意。《七发》里讲吴客和楚太子两人一问一答，太子有病，精神委靡不振，吴客用七件事来启发太子，使他振作起来。第一件讲音乐，第二件讲美味，第三件讲坐马车奔驰，第四件讲游观名胜，第五件讲打猎，第六件讲观涛,第七件讲要言妙道,太子听了,出了汗,病就好了。这样写,跟《楚辞》中的一问一答用意不同,写法不同,是创造。他举出七件事来启发太子,又同《楚辞·招魂》有点相似。《招魂》招楚王的魂回来,说回来有什么好处。说楚王的故居里面有高堂层台,还有川流,种着香草兰蕙,还有美人侍候。又说魂兮归来,有多方美味。又说魂兮归来,有美好的歌舞等。《招魂》里讲的宫室景物美味音乐等,跟《七发》分别讲音乐、美味、游观名胜有点相像,但《招魂》里写的不像《七发》分为七件事那样清楚,描写得也不如《七发》。再像《七发》中的观涛的描写极为生动形象。总的说来,《七发》从命意到写法有创造性,加上"丽旨腴词",更富有文采。

再就摹仿《七发》的《七激》、《七辩》等作品说,《文选》里选了曹植《七启》、张协《七命》两篇,萧统认为这两篇比较好,所以入选。《七启》说,玄微子在隐居,镜机子用七件事去劝他,玄微子听了就不再隐居了。《七启》里先讲游侠,没有讲完,玄微子称善,镜机子接下来再讲,讲一件事中间被打断,分两次讲,这是变化。《七命》写冲漠公子在隐居,殉华大夫用七件事来劝他,冲漠公子听了就奋起了。这两篇摹仿的痕迹太显露,虽然在文采上各有特点而入选,但洪迈还是认为不行。

洪迈贬低这类摹仿,提出别立新机杼。他说:"柳子厚《晋问》,乃用其体,而超然别立新机杼,激越清壮,汉、晋之间,诸文士之弊,于是一洗矣。"柳宗元的《晋问》是吴子同柳先生的一问一答,吴子问晋地的形势、物产等,柳先生讲了晋地的七件事,一是山河险固,二是甲兵坚利,三是名马,四是木材,五是河鱼,六是盐,七是民风。它比《七发》,"用其体",即用一问一答和讲七件事;"超然别立新机杼",有新的机构组织,表现在几个方面。一、主旨,《七发》和《七启》等,目的都在启发对方,使对方觉悟。《晋问》是讲晋地有什么优点,在中唐藩镇割据时,晋地可以守,不受强藩的侵占;晋地的甲兵、名马、木材、盐，都可以为朝廷所用；晋地的民风，在吴子的结尾说："夫俭则人用足而不淫，让则遵分（本分）而进善，谋则通于远而用于事，和则仁之质，戒则义之实，恬以愉则安而久于其道也。"讲晋地民风的好处，可以推广到天下以求太平。它的主旨是针对当时的弊政说的，有命意，结尾写得有力量。《七发》的结尾，讲"要言妙道"，说："使之论天下之释微，理万物之是非，孔老览观，孟子持筹而算之，万不失一"，讲得空洞无力。太子说"一听圣人之言"就汗出病愈，也不可信。就主旨说，《晋问》超过了《七发》。二、就内容说，《七发》所讲的七件事，没有有机的联系，这七件事要说明什么问题也不明确。《晋问》的内容集中在晋地，结合晋地的物产财富和民风，可以有助于国，有利于民。内容和主旨密切结合，这点也胜过《七发》。因此题目称《晋问》，集中在晋地。所以是"超然别立新机杼"，不是机械的摹仿，即有新的主旨和新的内容。

洪迈又说："东方朔《答客难》，自是文中杰出，扬雄拟之为《解嘲》，尚有驰骋自得之妙。至于崔骃《达旨》、班固《宾戏》、张衡《应间》，皆屋下架屋，章摹句写，其病与《七林》同。"东方朔的《答客难》也是创作，它同宋玉《对楚王问》，都是一问一答，也是回答对方的疑问，但主旨不同，内容不同，所以是创作。《对楚王问》，楚襄王问宋玉是不是有"遗行"（不好的行为），所以士民对他不满。宋玉提出曲高和寡，用凤凰自比，说士民不了解他，说明自己志趣的高超。东方朔的《答客难》，客问东方朔，苏秦、张仪做到卿相，你博闻辩智，忠心事君，何以官小位低，是不是有"遗行"呢？东方朔用彼一时此一时来问答，说明他身处汉朝，与苏秦张仪身处战国，时代不同，不好相比。他同宋玉的夸耀自己不同，只是用来替自己辩解。扬雄作《解嘲》，是摹仿《答客难》，但也有不同。客人嘲笑扬雄著作《太玄经》，玄是推重白的，因此只能做个小官吧。扬雄说："客人只要朱漆我的车，不知一跌将要使我赤族（灭族）。"这里结合太玄的崇尚白，大官的滚朱红车，再跟赤族联系，来作解嘲。下面也讲战国时代和汉代不同来替自己解释。讲到汉代，提出"言奇者见疑，行殊者得辟（罪），是以欲谈者卷舌而同声，欲步者拟足而投迹"。这里揭露封建统治思想控制的严密。这也是有创见的，所以说"有驰骋自得之妙"。班固《答宾戏》，称"或讥以无功，又感东方朔、扬雄自喻以不遭苏（秦）张（仪）范（雎）蔡（泽）之时，曾不折之以正道，明君子之所守，故聊复应焉"。客人讥笑他无功，即官小位卑。他用守正道来折服客人，即当守正道，不当追求功名。按东方朔《答客难》也说，"君子有常行，君子道其常"，也是守正道。这不是什么创见，所以洪迈对它不满。

又说："及韩退之《进学解》出，于是一洗矣。"韩愈《进学解》也是"超然别立新机杼"。《进学解》本于《答客难》和《解嘲》，但主旨和内容都有新意。就自己的学问、言论、文章、行为来看，都不适用或不出名，做个国子先生已经很幸运了。就内容说，结合国子先生的教导和学生的提问来作解，学生赞先生"记事者必提其要，纂言者必钩其玄，贪多务得，细大不捐"，说明韩愈做学问的方法，对有用的材料不论大小都搜集，越多越好。对材料都作了札要，对理论把它的论点勾出来，这样做学问的方法，是比较重要的。又赞先生之作为儒家的贡献，排斥佛老，找寻坠绪，挽回狂澜，这在当时都很有影响。三赞先生的文章，特别提出韩愈文论的见解，"下逮庄骚，太史所录，子云相如，同工异曲"。韩愈把《庄子》、《离骚》同《史记》并提，这是独出的见解，刘勰在《文心雕龙》的《诸子》里没有突出《庄子》，在《史传》里没有突出《史记》，刘知幾在《史通》里推重《汉书》，贬低《史记》，都没有韩愈推重《庄子》、《史记》的特识。这些内容都很突出。从这里显出韩愈不是摹仿，有新见解，是别出新机杼，是有创新的。

洪迈《容斋五笔》卷七《唐人赋》称："唐人作赋，多以造句为奇。

杜牧《阿房宫赋》云：'明星荧荧，开妆镜也。绿云扰扰，梳晓鬟也。'其比兴引喻，如是其侈。然杨敬之《华山赋》又在其前，叙述尤壮，曰：见若咫尺，田千亩矣；见若环堵，城千雉矣；见若杯水，池百里矣；见若蚁垤，台九层矣。醯鸡往来，周东西矣；蠛蠓纷纷，秦速亡矣；蜂窠联联，起阿房矣；俄而复然，立建章矣；小星奕奕，焚咸阳矣；累累茧栗，祖龙藏矣。"这里讲杜牧《阿房宫赋》本于杨敬之《华山赋》，看看有没有别立新机杼。《华山赋》的描写是夸张的，实际是简单的比喻，如田千亩像咫足小，城千雉（城长三丈高一丈为一雉）像环堵（墙），池像杯水，台像蚁封，造阿房宫像联蜂窠，烧咸阳宫像小星闪光，秦始皇坟像小牛角。这样的比喻比较简单。《阿房宫赋》的比喻不是这样。"明星荧荧，开妆镜也；绿云扰扰，梳晓鬟也；渭流涨腻，弃脂水也；烟斜雾横，焚椒兰也；雷霆乍惊，宫车过也。"这里是用"明星荧荧""绿云扰扰"比"开妆镜""梳晓鬟"的动作，加上"荧荧""扰扰"的形容词。把"渭流涨腻"比"弃脂水"，除了用"腻"比"脂水"外，还有脂水流入渭水使渭水上涨的夸张。用"烟斜雾横"来比"焚椒兰"，还用横斜来比香的浮动。用"雷霆乍惊"来比"宫车过"，加"乍惊"写出人的吃惊来。这样的比喻超过《华山赋》，是别立新机杼的。再像"长桥卧波，未云何龙；复道行空，不霁何虹"，把静止的长桥、复道，写成动的"长桥卧波"、"复道行空"，再结合"龙"联系到"云"，结合"虹"联系到"霁"，摆出"未云何龙"、"不霁何虹"的疑问，是比喻的创新了。

经诰指归,迁雄气格

"指归"是就文章的思想说的,"气格"是就文章的艺术说的。《旧唐书·韩愈传》:"经诰之指归,迁雄之气格。"刘熙载《艺概》里引了这两句话,说:"推韩之意以为言,可谓观其备矣。"认为这两句是全面地概括了韩愈论文的意思,即在思想上是根据儒家经书的意思,在艺术上是吸收司马迁、扬雄的气势和格调。这里想从这两方面来谈谈韩愈的文论。

先说指归,即韩愈论文的思想性。他在《答刘正夫书》里,说到"师古圣贤人",要"师其意,不师其辞"。"师其意"就是学习古圣贤人的思想。他在《题欧阳生哀辞后》说:"愈之为古文,岂独取其句读(逗)不类于今者耶?思古人而不得见,学古道则欲兼通其辞,通其辞者,本志乎古道者也。"他的作古文,不是学古人的语句,要学古道,志在古道。古道即古圣贤人之意。怎样学古道呢?他在《答李翊书》里说:"始者非三代两汉之书不敢观,非圣人之志不敢存,处若忘,行若遗,俨乎其若思,茫乎其若迷。"他要读古代圣贤人的书,要保存古代圣贤人的志趣。但古代圣贤人的志趣和当时人不一样,所以"处若忘,行若遗",忘掉和抛弃当时人追求功名利禄的念头,认真地思考,又显得迷茫,这正说明他学古道时的心情。

这里发生一个问题,他在《答尉迟生书》里说:"古之道不足以取于今,吾子何其爱之异也。"古道有两方面:一方面跟唐代士人的追求利禄不合,讲究修身齐家治国平天下,讲求用世,这方面还是好的;一方面古道是适应古时的需要,对唐代已不适用。那末韩愈的学古道,究竟学些什么呢?他在《读仪礼》里说:"考于今,诚无所用之。"他学古道,不是学当时没有用的道理。在《答李翊书》里,他提出:"仁义之人,其言蔼如也。"有了仁义的人,说出来的话和蔼可亲。他讲的学古道,是不是专学儒家的仁义之道呢?他在《原道》里说:"凡吾所谓道德云者,合仁与义言之也。"他学的古道,是以仁义为主,但又不限于儒家讲的仁义。他在《读〈鹖冠子〉》里说:"使其人遇时,援其道而施于国家,功德岂少哉!"《鹖冠子》是道家,跟儒家不一样。他却赞美《鹖冠子》,即又赞美道家。原来他是从对当时是否有利来看的,他认为《鹖冠子》讲的,对国家有利,就加赞美。他在《与孟尚书书》里,讲他和老僧大颠来往,称赞大颠"颇聪明,识道理","实能外形骸以理自胜,不为事物侵乱"。大颠讲的道理,"外形骸","不为事物侵乱",排除个人的种种欲望,是佛家的道理,他也加以赞美,这也不是儒家之道。那末他在《原道》里为什么要排斥道家和佛教呢?他说:"古之为民者四(士农工商),今之为民者六(加道僧),农之家一,而食粟之家六;工之家一,而用器之家六;贾之家一,而资焉之家六:奈之何民不穷且盗也。"他是从经济角度来反对道佛的。从道的角度看,他对于道家佛教,有反对,也有认为可取。再看《读墨子》:"孔子必用墨子,墨子必用孔子。不相用不足为孔墨。"这说明他的所谓古道,不限于孔子之道,也包括墨子之道。为什么他的道这样杂乱呢?原来他考虑的是对国家或自己有用。他认为《鹖冠子》的道对国家有用,大颠的道对他贬官到潮州排解自己的苦闷有用,所以都加赞美。那末他说的道,虽以仁义为主,实际上也是对国家和自己有用的道理。

他在《原道》里说:"由是而之焉之谓道,足乎己无待于外之谓德。"由是而之焉,即从此往彼能走得通的是道;足乎己无待于外,即自己已经有所得而不求于外的是德;那末他的道是要行得通的,他的德是自己所得的。这才是他写古文的道。当然,这个道有个原则是儒家的仁义,但要能够行得通的,自己有所得的,这才是他作文的旨归,所谓"经诰之旨归"。《尚书》中有《召诰》、《洛诰》,指告戒的话,经诰就指经书,指儒家思想。但韩愈作文,以儒家的道为主,兼采其他各家能够为当时所适用的,结合当时的实际有所自得的来写。因此,他的文章有自己的见解,能打动人。

怎样以儒家思想为主,结合具体实际有所自得来写呢?试举《上张仆射第二书》来看,这是劝张建封不要击球的。当时击球,坐在马上,用棒击球比胜负。这是年轻人的运动。张建封是徐泗濠节度使,以他的年龄已不适宜搞这种运动。韩愈劝他不要击球,还是本于儒家明哲保身的道理。但他在信中结合击球来讲他的体会,说:"马之与人情性殊异,至于筋骸之相束,血气之相持,安佚(逸)则适,劳顿则疲者同也。乘之有道,步骤折中,少必无疾,老必后衰;及以之驰球于场,荡摇其心腑,振挠其骨筋,气不及出入,走不及回旋,远者三四年,近者一二年,无全马矣。然则球之害于人也决矣。凡五脏之系络甚微,坐立必悬垂于胸臆之间,而以之颠顿驰骋,呜呼,其危哉!"他先讲马,骑马不使它过于劳累,年轻的马一定无病,老马一定后衰。骑它击球,使马过于劳累,过不了三四年,这马就不能用了。从马讲到人,这种颠顿驰骋对他的年龄说来是受不了的。这就是他结合当时情况提出来的文章的思想。

他的思想还有一分为二的,如《圬者王承福传》,他给泥水匠作传。这个泥水匠,在天宝之乱时,被征发去当兵,当了十三年,有功勋,却回来当泥水匠。泥水匠说:"吾操镘(泥水刀)以入富贵之家有年矣,有一至者焉,又往过之,则为墟矣。有再至三至者焉,而往过之,则为墟矣。问之其邻,或曰:噫,刑戮也;或曰:身既死而其子孙不能有也";"吾以是观之","非强心以智而不足,不择其才之称否而冒之者耶?"他自认为"能薄而功小",养不起妻子,过着独身生活。韩愈说他"以有家为劳心,不肯一动其心以畜其妻子,其肯劳其心以为人乎哉?虽然,其贤于世之患不得之而患失之者,以济其生之欲,贪邪而无道以丧其身者,其亦远矣!"一方面批评他不肯一劳其心来养妻子,一方面赞美他胜过为了追求享受而触犯刑法。这是一分为二来看问题。这些就是韩愈作文的思想性。那末所谓"经诰之指归",不是用经书中的理论来写文章,还是结合具体的人和事来考虑,怎样比较合理,要作具体分析,所以写得能感动人,有说服力。

再看韩愈的"迁雄之气格",指他的文章的气势和格调。他在《进学解》里说:"下逮庄骚,太史所录。子云相如,同工异曲。"钱钟书先生《管锥编》467页称:"刘勰不解于诸子中拔《庄子》,正如其不解于史传中拔《史记》。"称韩愈的推重《庄子》、《史记》,"文章具眼,来者难诬,以迄今兹,遂成公论"。指出韩愈论文章确实很有眼光。他在《答李翊书》里讲到文章的气势说:"当其取于心而注于手也,汩汩然来矣。其观于人也,笑之则以为善,誉之则以为忧,以其犹有人之说者存也。如是者亦有年,然后浩乎其沛然矣。吾又惧其杂也,迎而距之,平心而察之,其皆醇也,然后肆焉。"有了丰富的积累,卓越的见解,文思像风发泉涌,这就是"汩汩然来矣"。还要避免庸俗的见解,怕"有人之说者存也"。这样以后,才"浩乎其沛然矣",像大河的奔流了。再加以审察,认为确实是正确的,才可以纵肆了,从风发泉涌到浩乎沛然,这里都有旺盛的气势。

又说:"气,水也;言,浮物也。水大而物之浮者大小毕浮。气之与言犹是也,气盛则言之短长与声之高下者皆宜。"这个气指气势,气势旺盛,说出来的话,有长句有短句,有声高有声低,都合适。这个旺盛的气势是从深厚的积累中来的,有了深厚的积累,接触到当前的事物,激发出强烈的感情,就有很多话要说,这就"汩汩然来矣"。这时再考察一下,这种话是不是正确,有没有人云亦云,认为是正确的,没有人云亦云,于是非吐不快。这时,适应激动的心情和说话的场合,有时激昂慷慨,有时娓娓清谈,声音语句的高下长短适应情绪和内容的需要。《史记》的文章像长江大河,气势旺盛,这是内容的丰富和情感的强烈造成的。这是韩文气盛言宜的一方面。

韩愈论文,提到司马相如、扬雄,这两家是辞赋家,讲究辞藻音节,同古文家讲气盛言宜的不同,那末韩愈为什么又有取于相如、扬雄呢?韩愈的学生皇甫湜在《韩文公墓志铭》里说:"鲸铿春丽,惊耀天下。"他的学生李汉《昌黎先生集序》里说:"诡然而蛟龙翔,蔚然而虎凤跃,锵然而韶钧鸣。"这里指出,韩愈的文章,除了像长江大河的气势奔放以外,还有像"鲸铿春丽"的惊人色彩,像怪诡的鲸铿、蛟龙翔、虎凤跃以及韶钧鸣。苏洵《上欧阳内翰书》里说:"韩子之文,如长江大河,浑浩流转;鱼鼋蛟龙,万怪惶惑,而抑遏蔽掩,不使自露,而人望见其渊然之光,苍然之色,亦自畏避,不敢迫视。"这里说的鱼鼋、蛟龙,即上文说的鲸、蛟、龙、虎、凤。不过韩文的特点,是加以掩蔽,不显露,但人望见它的光和色,也不敢迫视。这些艺术上的特点是怎样造成的呢?

刘开《与阮芸台宫保论文书》里说:"韩退之取相如之奇丽,法子云之闳(宏)肆;故能推陈出新,征引波澜,铿锵锽石,以穷极声色。""宋贤则洗涤尽矣。""宋诸家迭出,乃举而空之,子瞻(苏轼)又扫之太过,于是文体薄弱,无复沉浸浓郁之致,瑰奇壮伟之观。"这是说,韩文从相如扬雄文中学习奇丽闳肆的风格,加强他的文章的声色之美,造成韩文的沉浸浓郁、瑰奇壮伟。不过他同相如、扬雄稍有不同,相如扬雄的奇丽闳肆是表现在外的,从文字上表现出来,用了不少奇特的字。韩愈的奇丽闳肆是含蓄在内的,加以掩蔽,也用奇特的字,用得不多。他的文章又有瑰奇壮伟的风格。这种风格,到宋朝的散文家洗涤完了,这是宋代和唐代散文的不同。

雄深雅健

韩愈称柳宗元的文章："雄深雅健,似司马子长。"(刘禹锡《唐故柳州刺史柳君集》一文中引)又在《柳子厚墓志铭》里称柳宗元贬官前的文章："俊杰廉悍,议论证据今古,出入经史百子,踔厉风发。"又称他贬为永州司马时："居闲,益自刻苦,务记览,为词章,泛滥停蓄,为深博无涯涘(水边),而自肆于山水间。"这些话,说明柳宗元的散文,它的特点是"雄深雅健",深雅是指它的内容深刻正确,雅是正的意思;雄健是指它的风格雄伟刚健。这是就他的散文的总的成就说的。这个总的评价,又可跟另外的评价结合："俊杰"是见识高超杰出,这同"议论证据今古"有关,不仅引证古事,还根据今天的情况来发议论,这就通贯古今,引证过去的经验教训,结合今天的情况,才构成识见的高超杰出。"出入经史百子",经史百子泛指过去的经验总结,既能入,又能出,这才能构成文章的内容深刻雅正。假使能入而不能出,这就不免把古人的经验当作教条,假使不能入而只会根据今天的情况来论事,这就不免限于经验,都不可能做到深刻雅正,正因为能出能入,所以"深博无涯涘",加上议论的廉悍踔厉,杰出而有锋芒,这才构成雄健的风格。

试结合柳宗元的文论来看。他说:"古今号文章为难",为什么难?"非为比兴之不足,恢拓之不远,钻砺之不工,颇颣(音累,缺点)之不除也。"不是由于比兴用得不够,内容狭窄,钻研不深,毛病不去。是什么?"为文之士,亦多渔猎前作,戕(音腔)贼文史,抉其意,抽其华,置齿牙间,遇事蜂起,金声玉耀,诳聋瞽之人,徼一时之声。虽终沦弃,而其夺朱乱雅,为害已甚,是其所以难也。"(《与友人论为文书》)就是从前人的著作中,摘取它的用意,采取它的华辞,挂在口头,碰到议论时,就用到它,显得光彩照耀,用来欺骗无识之徒。这种文章,经不起时间考验,终于淘汰。但它扰乱正色雅音,害处很大。因此讲文章要反对"夺朱乱雅",要求得雅正。这是说,在读书时,只注意从书中摘取警句华词,用来装饰自己的议论和文章,这是读书时不能入,也不能出。这样的文章只是表面上光彩照耀,不能解决实际问题,是没有价值的。他因此感叹真正有价值的文章难得。

他讲当时的文章:"其言本儒术,则迂回茫洋而不知其适;其或切于事,则苛峭刻覈,不能从容,卒泥乎大道;甚者好怪而妄言,推天引神,以为灵奇。"一种是根据儒家学说来立论,那末迂阔不适用;一种是根据当前的情况来立论,又过于苛刻;一种是怪诞妄言。这些都不合乎道。在这里他认为儒家迂阔,法家苛刻,都不合乎道,这是他的识见卓越处。原来他对道有一种看法,说:"凡吏于土者,若知其职乎?盖民之役,非以役民而已也。"(《送薛存义之任序》)当时的统治者,阳儒而阴法,口头上讲仁义,实际上用严刑峻法来剥削压迫人民,所以他认为当时的儒家、法家以及阳儒阴法的都不合乎道。从道讲,官吏是受人民的雇用来为人民服役的。根据这种看法,他讲的明道,是从为人民打算来立论,这点突出地表现在他的《封建论》里。从儒家讲,夏商周三代实行分封制,秦坑儒,废分封制,实行郡县制,儒家是主张分封制的。秦实行法治,法家是赞成郡县制的,但又主张严刑峻法来压迫人民。柳宗元既不赞成儒家,也不赞成法家,他认为分封制是当时形势造成的,分封的侯国,"奸利浚财,怙势作威,大刻于民",对民有害,所以反对分封制。但他也不赞成秦的法治,认为"亟役万人,暴其威刑,竭其货贿"。他为国家和人民打算,认为还是郡县制对国家和人民有利。他这样来明道,考虑到国家和人民的利益,结合历史的发展进行比较,因此他的文章内容深刻雅正。他敢于不顾三代圣王实行分封制,敢于明确肯定秦的郡县制,显出他的文章的雄健。他生在封建社会,能发出这种议论,真是石破天惊。

柳宗元论文,主要见于《答韦中立论师道书》。他说:"文者以明道,是固不苟为炳炳烺烺,务采色、夸声音而以为能也。"他认为文的根本在明道,但他讲的道,既不同于儒家,又不同于法家,所以说:"凡吾所陈,皆自谓近道,而不知道之果近乎,远乎?"实际上说明他对道的认识不同于一般人。文以明道,道是根本,要求对道有正确认识。"故吾每为文章,未尝敢以轻心掉之,惧其剽而不留也;未尝敢以怠心易之,惧其弛而不严也;未尝敢以昏气出之,惧其昧没而杂也;未尝敢以矜气作之,惧其偃蹇而骄也。抑之欲其奥,扬之欲其明,疏之欲其通,廉之欲其节,激而发之欲其清,固而存之欲其重,此吾所以羽翼夫道也。本之《书》以求其质,本之《诗》以求其恒,本之《礼》以求其宜,本之《春秋》以求其断,本之《易》以求其动,此吾所以取道之原也。"

这里讲到"取道之原",就是从《五经》中取得道,以《五经》为道的源头。但他又说:"文以行为本,在先诚其中。其外者当先读六经。"(《报袁君陈秀才避师名书》)这是说以诚实的行动为根本,《五经》为外。既以行动为源头,不以《五经》为源头,这个说法更正确。他主张文以明道,先要懂得道,他从五个方面来认识道:道有它的本质,所以求质;道有它不变的部分,所以求恒;道要合理,所以求宜；道要明确，所以求断；道有变化，所以求动。这样，从明道角度来写文章，就要从这五方面来考虑，才可以通过每一件事来认识道，才可以使所写的文章达到明道的目的。《封建论》可以借来说明。他说明《论》的本质在从国家和人民的利益来肯定郡县制，也指出从国家和人民的利益来考虑是不变的，指出郡县制的合理性，作出了明确的论断，说明从分封制到郡县制的变化。这篇划时代的《封建论》解决了多少年代争论不休的问题，他不是根据哪一家的理论来写的，是根根文以明道来写的。他对道的认识，不是从当时的儒家或法家里来的，不是从《五经》里来的，《五经》没有这样现成的答案。是从出入《五经》里来的，由于他能入，从经书中体会到要为国家和人民的利益着想，由于他能出，又不拘守经书中的教条，并结合对历史和实际的研究中得出这个结论。从这里看到文以明道不是一句空话，明道和写作确实有密切关系。他在这里结合《五经》从五个方面来讲"取道之原"，既要说得更具体，也有从《五经》中取得借鉴的意思。

他又讲"羽翼夫道"，就是在对待写作上，要端正态度，未敢掉以轻心，怕文章浮滑而不庄重；未敢出以怠慢，怕文章松弛而不严肃；未敢出以昏昏沉沉，怕文章昏暗而杂乱；未敢出以骄气，怕文章高傲而骄横。对文章的内容，还要加以抑制，使它深入；对文章的命意要加以发扬，使它鲜明；文气要疏畅，使意思通畅；语言要精练，使文章有节制；情绪要激发，使文章清明；风格要固定，使文章庄重。这里在讲写作时要注意态度和修辞手法，为什么说"羽翼夫道"呢？原来端正态度，既是讲写作，也是讲认识。写作所以掉以轻心，写得浮滑而不庄重，也就是对道的认识掉以轻心，浮滑而不庄重，这两者是密切结合的。道是通过各种事物来显现的，写作描绘各种事物，说明各种道理，都和道有关，都是明道。因此写作时讲究各种态度和修辞手法，正是羽翼夫道。这里从认识道到用文来明道都讲到了。在认识道方面,需要借鉴,即通过《五经》来取得借鉴。下面谈到写作,也讲到借鉴。

通过《穀梁传》使文气简练,《穀梁传》写得短小简练;通过《孟子》、《荀子》使得文章枝叶畅茂,《孟子》、《荀子》的文章善用比喻,《荀子》用得更多,所以称枝叶畅茂;通过《庄子》使文章奔放恣肆,由一端引出另一端,变化无穷;通过《国语》使文章丰富有趣味,通过《离骚》使文章幽深,通过《史记》使文章洁净。这里举出的书不包括《五经》,因为《五经》已经在上面谈过,所以不谈了。这里举的《穀梁传》是结合历史事实来说明《春秋》的,《孟子》、《荀子》、《庄子》是说理的,《国语》、《史记》是叙述历史的,《离骚》是抒情的。这些书,或者通过说明、说理,通过叙述、抒情,都是明道的,因为道是通过各种各样的事物来表达的。在表达各种不同的事物中产生各种不同的风格。以上列举的不同风格表现在不同的著作中,所以从不同的著作中可以取得对各种不同风格的借鉴,这是一方面。另一方面用文章来表达各种不同的事物中也会产生各种不同风格。这两方面是相通的,因此可以从不同的著作中取得借鉴。所以称为"旁推交通而以为之文也"。交通指两方面的相通,旁推即推求到《穀梁传》等书,因为写作主要是表达各种事物,借鉴是旁推。

柳宗元在《报崔黯秀才论为文书》里对道与物与文的关系作了明确说明:"道假辞而明","道之及,及乎物而已耳,斯取道之内者也。今世因贵辞而矜书,粉泽以为工,遒密以为能,不亦外乎?"这里他认为"道及物",即道是通过各种不同的事物来表现的,道借辞来说明,即用文章来表现各种事物,这就是取道之内。讲究辞藻结构都是道之外。那末文以明道怎样取道之内呢?他在《与史官韩愈致段秀实太尉逸事书》:"窃自冠,好游边上,问故老卒吏,得段太尉事最详。今所趋走州刺史崔公,时赐言事,又具得太尉实迹,参校备具。"他要写段太尉逸事,就要进行实地调查,访问了解段太尉的故老卒吏,得到了详尽的材料,再请求永州刺史崔能对这些材料进行参校,经过这样调查掌握材料,从而认识段太尉的性格德行,这就是取道之内。再借鉴《史记》,写出《段太尉逸事状》这样的名篇,才能做到雄深雅健似司马迁。司马迁的《史记》,也是通过实地调查研究,掌握可能找到的文献资料,结合他的比较进步的观点才写成的。

柳宗元的文章,从《封建论》的议论,到《段太尉逸事状》的写人物传记,从《永州八记》的记山水,到《三戒》的寓言,都是通过各种不同的事物来明道的。要明道先要认识道,先要认识各种事物。他用严肃的态度,深入了解各种事物,掌握它的本质,观察它的变化等,再借鉴前人的各种艺术手法,创作出杰出的散文。所以它的内容深刻而正确,风格雄伟而刚健,这是就总的趋势讲的。具体到某一篇文章,根据不同的内容又有不同的特色,像他讲到多方面的借鉴那样便是。

风行水上

苏洵有《仲兄字文甫说》:"故曰'风行水上涣',此亦天下之至文也。"他引《易·涣》卦:"象曰:风行水上涣。"风流动在水上,激动波涛,使平静的水散开,涣是散开的意思。他认为这是天下最好的文章。他称:"今夫风水之相遭乎大泽之陂也,纡徐委迤,蜿蜒沦涟,安而相推,怒而相凌,舒而如云,蹙而如鳞,疾而如驰,徐而如徊,揖让施辟,相顾而不前,其繁如縠,其乱如雾,纷纭郁扰,百里若一。"这是说,风和水在大的湖里相接触,风有时大,有时小,水里所激起的波浪,有时微细,有时巨大,他用种种比喻来说。有时缓慢曲折,微波起伏,安然推动;有时波浪腾涌,像发怒,后浪要压倒前浪;有时舒展得像云的展开,有时蹙迫得像鱼鳞的密接,有时快得像跑马,有时慢得像徘徊,像作揖旋转,互相望着不向前,有时波纹多得像丝织品,有时乱得像雾,纷纷扰扰百里之内都一样。像这样的种种变化,不是谁有意作成的,"无意乎相求,不期而相遭,而文生焉"。这种文理,是自然形成的。"是其为文也,非水之文也,非风之文也。二物者非能为文,而不能不为文也,物之相使而文出于其间也,故此天下之至文也。"只有风而没有水,只有水而没有风,都不能形成这样的波纹。风水相遇,不能不形成这样的波纹,所以是天下的"至文",是最好的波纹,用来比文章,即是最好的文章,一切出于自然,有种种变化,形成种种不同的风格。

《文心雕龙·神思》里讲到"神与物游",精神和外物相接,产生了各种情思,正像风和水相遇。这种接触,有的激起心中的微波荡漾,像水的微波;有的使心潮起伏,像巨浪崩腾。这一切都出于自然,即《文心雕龙·情采》里说的:"盖风雅之兴,志思蓄愤,而吟咏情性,以讽其上,此为情而造文也。"在接触到外物,感情郁积,有话要说,是为情而造文。苏轼在《江行唱和集里》称:"而山川之秀美,风俗之朴陋,贤人君子之遗迹,与凡耳目之所接者,杂然有触于中,而发于咏叹。"受到了外界的各种感触,通过咏叹来表达,也像风行水上而成文一样。从风行水上看,形成各种各样的波纹,这里也好像"为情而造文"形成各种风格那样,苏洵正说明了这种认识。

他在《上欧阳内翰书》里说:"取《论语》、《孟子》、《韩子》及其他圣人贤人之文,而兀然端坐终日以读之者七八年矣。方其始也,入其中而惶然,博观于其外,而骇然以惊。及其久也,读之益精,而其胸中豁然以明,若人之言固当然者。"他端坐读书,开始时懂得了书里的话,感到惊疑,再博观于外,研究他们所以那样说话的原因,即他们所处的时代背景,他们是在什么样的环境里说的,是对谁说的,就大为吃惊。到读得久了,研究得更精了,起先的惊疑消失了,心中完全开朗了,懂得他们的话本来是应当这样的。这是说,看到风行水上掀起的各种波浪,开始是吃惊,后来懂得了风行水上自然引起各种波浪的道理,这就认识到他们的话本来是应当这样的。

在这种认识里,他理解到各家文章自然形成的特点。"孟子之文,语约而意尽,不为巉刻斩绝之言,而其锋不可犯。"像"孟子见梁惠王",梁惠王问他:"不远千里而来,亦将有以利吾国乎?"孟子接受梁惠王的聘请,到了魏国,见到了梁惠王。照说,孟子去的时候应该先打听一下,梁惠王会向他提出什么问题,做些什么准备来解答他的疑问。可是孟子完全不是这样,梁惠王问他怎样利我国,即怎样富国强兵,孟子不回答他的问题,反而说:"王何必曰利?亦有仁义而已矣。"这就使苏洵吃惊。面对着魏国最有权力的国王,怎么可以这样说呢?等到后来研究了孟子的学说,知道他主张使人民生活安定,爱护国家,反对对外侵略;知道他为宣传他的主张到魏国来,他并不有求于魏王,不肯迎合魏王,这才觉得他这样回答是很自然的。孟子指出王要利国,大夫要利家,士民要利身,上下互相追逐私利,国家就危险了。他的话简要,把意思说明白,话不说得斩绝,但很有道理,无法驳他。这就构成孟子文章的特色。

苏洵又说:"韩子之文,如长江大河,浑浩流转,鱼鼋蛟龙,万怪惶惑,而抑遏蔽掩,不使自露,而人望见其渊然之光,苍然之色,亦自畏避,不敢迫视。"像韩愈《原道》批判老子和佛教,宣扬儒家,这样的大题目,在一篇文章中讨论,真有长江黄河崩腾下来的气势。文中引"佛者曰:孔子,吾师之弟子也"。又引道家说:"圣人不死,大盗不止,剖斗折衡,而民不争。"这些话真像"万怪惶惑"。可是他驳斥这些话,对佛家的胡说,只说:"甚矣人之好怪也,不求其端,不讯其末,惟怪之欲闻。"驳斥道家的话,只说:"呜呼,其亦不思而已矣。"不用惊人的话,只指出他们的不合理,所谓抑遏蔽掩,驳斥的话不用锋铓太露就已很有说服力了。韩愈生在唐朝,唐朝皇帝姓李,推崇老子,信奉道教佛教,韩愈却写《原道》来批驳道教佛教,不怕得罪,使人吃惊。要是了解韩愈的为人,他相信儒家的道理能够把国家治理好,道教佛教对国家的政治教化有害,僧人道士又不从事生产,对经济有害,那他当然会这样立论的。加上他写的文章气势旺盛,自然有长江大河波浪奔腾的气势了。

苏洵讲欧阳修的文章,"纡馀委备,往复百折,而条达疏畅,无所间断。气尽语极,急言竭论,而容与闲易,无艰难劳苦之态"。像欧阳修的《苏氏文集序》，讲苏舜钦的文章。先说这些文章是金玉，必为后世宝藏，"其精气光怪，已能常自发见，而物亦不能掩也"。接下去不说人们宝爱他的文章，却说："凡人之情，忽近而贵远，子美屈于今世犹若此，其伸于后世宜何如也。"这是一转。接下去不说为什么会伸于后世，又一转，转到"前世文章政理之盛衰"，说到唐太宗之治，文章不振，直到韩愈、李翱之徒出始复古。到宋兴，又近百年而古文始盛，那应该接苏舜钦的古文，可是又一转，转到议论文章兴起之难和"难得其人"。再一转，转到有其人而世不贵重爱惜，这才提到苏舜钦。文章就这样婉转曲折，条理疏畅。有的话"急言竭论"，像说"虽其怨家仇人及尝能出力而挤之死者，至其文章，则不能少毁而掩蔽之也"。感情急迫，话还说得容与闲易的。开始读的时候，感觉到欧阳修对于苏舜钦的被排挤以死，感情极为悲痛，文章为什么写得这样和缓呢？等到我们了解到他的文章，即便感情激动时，也要把事理说得明白晓畅，按照事理的复杂曲折把它说出来。那他当然会这样写，从而具有这样的风格。

苏洵从风行水上看出自然界的波纹的种种变化，从而悟出作家的文章在"神与物游"中激发出种种情意，结合各人的个性和学养，理解他们当然会这样写，形成各自的作家风格。在这里，刘勰的话可以用来互相发明。《文心雕龙·体性》里谈到作家的风格，说："然才有庸俊，气有刚柔，学有浅深，习有雅郑。"是这四者造成的。就苏洵讲的三家风格看，孟子比起当时说客来，才是比较杰出的。当时的说客，迎合国君来取得富贵，孟子不肯迎合，考虑到"保民而王"，看得比较远些。他的气质比较刚，风格是刚健的。他的学术是儒家，所以宣扬仁义。他所受的教育，在当时比较雅正的。这样构成了他的文章风格特色。韩愈的气质也近于刚，他的学术也是儒家，但深度不如孟子，所以他的批驳佛道，只从世俗的观点立论，如佛道的不从事生产，不要维护君臣父子的关系等，不是就佛道两家的理论来驳斥。所以他的文章，气势旺盛，风格刚健，在学术研究上不够深刻。欧阳修的气质比较柔婉，所以他的文章婉转曲折，具有柔婉的风格。他的《苏氏文集序》有情韵之美，以曲折取胜，在学术上显示出他对古文的认识。刘勰讲到作家的风格，像"贾生俊发，故文洁而体清；长卿傲诞，故理侈而辞溢"等。先讲不同的个性，像贾谊的才气卓越，故文辞洁净，风格清新；司马相如骄傲夸诞，所以风格浮夸。再加上学问和习染的不同，所以贾谊善于议论，他的辞赋用《楚辞》体；司马相如以汉赋著名，他在汉大赋的夸张扬厉方面发挥了作用。结合个性和学问看，是应该这样的。

　　再看苏洵的文章，他的《六经论》，茅坤说："苏氏父子兄弟于经术甚疏，故论六经处，大都渺茫不根。特其行文纵横，往往空中布景，绝处逢生，令人有凌云御风之态。"指出他的学问不够，探讨不深，但学到纵横家的凭空议论，善于写文章，是确切的。像他写的《仲兄字文甫说》，从风行水上有所体会，用来论文章，比较确切，那还是好的。曾巩《苏明允哀词》称他的文章："其指事析理，引物托喻，侈能尽之约，远能见之近，大能使之微，小能使之著，烦能不乱，肆能不流。其雄壮俊伟，若决江河而下也；其辉光明白，若引星辰而上也，其略如是。"这里极力推崇苏洵的文章，但没有讲他的学术，可见他在学术研究上是不深的。讲他文章的好处，在于说事理，用比喻，事理浮夸的能够用简单的话说明白，远大的能够用就近的小的事说清楚，微细的能够说得明显，烦杂的能够说得不乱，纵恣的能够说得有节制，总之善于表达。要做到这样的表达，先要把事理想清楚，所以能够把模糊的说清楚，把远大的说明白。正因为想得清楚，所以说起来像决江河而下，没有阻碍，具有雄伟的风格，像辉光明白了。这样看苏洵的文章是恰当的，但也要看到他的不足处，即学术性不够，对学术问题不能抓住要害。茅坤批评他"渺茫不根"，就是指他不能抓住学术问题的要害说的。

想象和核实

写记载事件的文章既要核实,不能凭空想象,又要写得生动有意义。

清朝姚鼐论文,说:"归震川(有光)之文,于不要紧之题,说不要紧之话,却是风神疏淡,是于太史公(司马迁)深有会处。"说归有光写家常细碎的事,却有风神疏淡的好处,是从司马迁的《史记》里得来。《史记》写历史上的重大事件跟归有光写家常细碎不同,为什么说归有光"深有会处"?为什么说他写得"风神疏淡"?归有光的文章,最有名的是《项脊轩志》,这里试引两小段于下。

冥然兀坐,万籁有声,而庭阶寂寂,小鸟时来啄食,人至不去。三五之夜,明月半墙,桂影斑驳,风移影动,珊珊可爱。

室西连于中闺,先妣尝一至。妪每谓余曰:"某所而(汝)母立于兹。"妪又曰:"汝姊在吾怀,呱呱而泣。"娘以指扣门扉曰:"儿寒乎?欲食乎?"吾从板外相为应答。语未毕,余泣,妪亦泣。

这两小段,第一段写环境的幽静,用"万籁有声"来衬托,正由于幽静,所以室外的各种声音听得特别清楚,正跟"鸟鸣山更幽"一致。写小鸟啄食,也显出环境幽静,心境安闲。写墙上的月影画也一样。这是有诗意的描写,用来表达作者的心境的,写得情景交融,有风韵,所以说"风神疏淡"。风神指写得有情韵说的,疏淡指语言朴实境界幽静说的。第二小段写老妇的话,这个老妇做过作者姊姊的奶妈,对作者已故的母亲很有感情。这小段写出对已故母亲怀念的感情。这里写的就是于《史记》深有会处。《史记·外戚世家》写窦皇后被选进宫时,与弟广国在驿站里分别前,广国说:"姊去我西时,与我决于传舍中,丐(求)沐沐我,请食饭我,乃去。'于是窦后持之而泣,泣涕交横下,侍御左右皆伏地泣,助皇后悲哀。"这里也写家人琐细的事,写出窦皇后姊弟失散后重逢时回忆过去的感情。归有光写"余泣,妪亦泣",两者都写细碎的事,都写得生动而有感情,所以说归有光对《史记》深有会处。

同样写细碎的事,《史记》同归有光还有不同。《史记》写姊弟被迫分离的情事,可以反映当时人民苦难的一幕,虽写细碎的事,是有意义的。归有光写的只是家庭细碎,就没有这样的意义。班固在《汉书·外戚传》里也记了这件事,把"丐沐沐我,请食饭我",改为"丐沐沐我,已,饭我"。是沐后,让我吃饭。这样写就不如《史记》。因为当时窦皇后只是被选中的女子,她要向上面的人请求了,才有饭给弟弟吃。班固又把"(皇后)泣涕交横下,侍御左右皆伏地泣,助皇后悲哀"改为"侍御左右皆悲"。这样改比较扼要,但不如原文的生动和含意深刻。原文写皇后哭得眼泪鼻涕交流,旁边的人也哭,是帮助皇后悲哀。原来旁边这些人的哭泣,是为了讨好皇后而装出来的。班固这样一删,这些意思都没有了。班固可能认为司马迁的写法有些是出于他的想象,不一定可靠,所以把它删节。写小说可以想象虚构,写历史要讲究核实,这里就发生想象和核实的矛盾。

想象和核实

钱钟书先生《管锥编》276页称:"钱谦益《牧斋初学集》卷八三《书〈史记·项羽、高祖本纪〉后》两首,推马之史笔胜班远甚;如写鸿门之事,马备载沛公、张良、项羽、樊哙等对答之'家人絮语','娓娓情语','诨诿(罗嗦)相属语'、'惶骇偶语'之类,班胥(皆)略去,遂尔'不逮'。其论文笔之绘声传神,是也;苟衡量史笔之足征可信,则尚未探本。此类语皆如见象骨而想生象,古史记言,太半出于想当然。马善设身处地、代作喉舌而已。""然则班书删削,或识记言之为增饰,不妨略马所详;谓之谨严,亦无伤耳。"

钱先生引钱谦益的话,认为司马迁写鸿门宴,写了各种对话,像项伯私下去见张良,告诉他项羽明天一早要进攻沛公,张良去报告沛公,"沛公大惊曰:'为之奈何!'"这即是惶骇偶语。"张良至军门见樊哙,樊哙曰:'今日之事何如?'良曰:'甚急!今者项庄拔剑舞,其意常在沛公也。'哙曰:'此迫矣,臣请入,与之同命!'"也是惶骇偶语。"沛公曰:'君安与项伯有故?'张良曰:'秦时与臣游,项伯杀人,臣活之。今事有急,故幸来告良。'沛公曰:'孰与君少长?'良曰:'长于臣。'沛公曰:'君为我呼入,吾得兄事之。'"这是像家人絮语。"项王曰:'壮士,能复饮乎?'樊哙曰:'臣死且不避,卮酒安足辞!'"这是慷慨语。沛公走后,托张良送玉斗给亚父范增。"亚父受玉斗,置之地,拔剑撞而破之,曰:'唉!竖子不足与谋,夺项王天下者,必沛公也,吾属今为之虏矣!'"这是愤慨语。写这些语言,都是属于叙述中的细碎处。《汉书·项羽传》里把这些话都删了,说"语在《高纪》"。查《高帝纪》,上面引的话也删了。如说"乃与项伯俱见沛公",把张良对沛公的对话删了。"樊哙闻事急,直入",把张良同樊哙的对话删了。就是范增撞破玉斗,"起曰:'吾属今为沛公虏矣!'"只保留这一句,范增上面的话也删了。因此钱谦益认为班固写得不如司马迁。

钱先生认为在绘声传神方面,班固不如司马迁。但司马迁的描写口吻，都出于想象。班固或许认为这是司马迁想象出来的话，不可靠。历史要求可靠，所以把它们都删了。这样形成司马迁写得生动而或出于想象；班固写得核实，把这些想象的话尽量删节了。这些对话也反映人物性格，写得传神。像张良说的"项庄拔剑舞，其意常在沛公也"，不仅写出了张良急迫的心情，这话还成了成语，一直被运用着。可是这话在《汉书》里就没有。像范增的话，给班固一删，把"竖子不足与谋"这句双关的话，表面上是指斥项庄，骨子里是指斥项羽的话都删了，就大为减色。但班固并不是对《史记·项羽本纪》中的话都删了，有很多话都保留着。像"或说项王曰：'关中阻山河四塞，地肥饶，可都以霸。'"项王"心怀思欲东归，曰：'富贵不归故乡，如衣绣夜行，谁知之者？'说者曰：'人言楚人沐猴而冠耳，果然。'"这些话都保留着。这正像钱先生说的："或识记言之为增饰"，所以删节吧。但就文章看，经过删节，确实大为逊色。

那末写记事文既要核实，避免把想象的话加上去，又要写得生动，应该怎样办呢？司马迁写鸿门宴，是写过去的事。他即使在二十岁时到各地去作过访问，那时离开鸿门宴已经八十一年了，参加鸿门宴的人当时已很难找到了，因此，他写的这些对话，有些不免出于想象。归有光吸取他的写法，用来写他真实的感受，写得生动感人。它的特点是"于不要紧之题，写不要紧之话"，把司马迁写历史的手法，用来写家庭琐事，扩大了这种手法的运用范围。但它的不足处也在这里，就是意义不大。

用这种手法来写对话，既要确实有根据，不完全出于想象，又要写有意义的事，那当推柳宗元的《段太尉（秀实）逸事状》。他说："宗元尝出入岐周邠斄间，过真定，北上马岭，历亭鄣堡戍，窃好问老校退卒，能言其事。""会州刺史崔公来，言信行直，备得太尉遗事，覆校无疑。"那末他是向见过段秀实的老校退卒了解他的遗事的,作了实地调查,又请知道太尉遗事的崔公覆核过,那他写的是真实的,是确实可靠的。他也写了段秀实的对话。当时郭子仪做副元帅,他的儿子郭晞做尚书,领行营节度使,驻扎邠州。他放纵部下兵士残害百姓。邠宁节度使白孝德不敢管。段秀实请白孝德派他做都虞侯,他就抓了十七个祸害百民的兵士来杀了,号令市门外。郭晞部下一营大噪,全副武装。"孝德震恐,召太尉曰:'将奈何?'太尉曰:'无伤也。请辞于军。'""选老躄者一人持马,至晞门下。甲者出。太尉笑且入曰:'杀一老卒,何甲也?吾戴吾头来矣。'甲者愕。"这里写全营士兵全副武装,要为十七个被杀士兵报仇。因此白孝德震恐,说:"将奈何?"显得他毫无办法。太尉说"无伤",即不碍,请去解释一下。写他成竹在胸,毫无畏惧。他只选一个又老又跛的人牵马,他就到军门去。看到全副武装的士兵出来,他边笑边进去,说:"杀一老兵,怎么要全副武装?我戴着我的头来了。"这话显得他镇定,置生死于度外,使武装士兵吃惊。这里的对话写得很生动,性格化,又是写重大事件。《史记》写鸿门宴的对话写得生动性格化而不免出于想象,《汉书》删去这些对话比较核实而又不生动,陷于呆板。柳宗元这段对话,写得生动,又是写重大事件。写得比较简单,他又是经过访问核实的,应该可信,它的想象成分比较少。《旧唐书·段秀实传》里写作"群行剽盗,孝德不能禁。秀实私曰:'使我为军侯,当不如此。'""遂以秀实为都虞侯,权知奉天行营事。号令严,一军府安泰。"把柳宗元写的这件事,善于刻画人物的都删去了,只用"号令严,一军府安泰"来概括了。这是《旧唐书》着重历史,不善写传记文学的缺点。《新唐书》写了这一故事,作"秀实曰:'请辞于军。'"删去了"无伤也"三字,又作"吾戴头来矣"。把"吾头"改作"头"。说"无伤也"显示他的自信不碍,成竹在胸,他有办法去说服郭晞约束部下,不会闹乱子。删去了对意义有损害。又删去一"吾"字显得词气促迫,显不出他的从容来。可见

《新唐书》写人物传记不会从对话里保持人物的精神面目,反而把它减损了。

　　总之,写记事文同写小说不同,小说可以凭想象虚构,记事文要核实。核实容易呆板,怎样写得生动,要靠写出表现人物精神面貌的对话,这种对话要从深入调查入手,去了解人物的事迹性格,才能找到生动而性格化的语言,写得既核实,又生动,又有意义,成为传神写照的记事文。

风格浅谈

古代谈风格,谈得比较全面的,当推南北朝时代刘勰《文心雕龙·体性》篇。讲到风格的形成,说:"然才有庸俊,气有刚柔,学有浅深,习有雅郑,并情性所铄,陶染所凝。"认为风格由才、气、学、习所形成,才和气本于性情,学和习本于后天的陶冶习染。这里讲到"气有刚柔",指人的气质有刚强和柔弱,这对于风格的形成很有关系。不过《体性》里对"气有刚柔"没有作进一步的发挥。唐蔚芝师的文论,对"气有刚柔"作了阐发。师引姚鼐《复鲁絜非书》,称:"《易》、《诗》、《书》、《论语》所载,间有可以刚柔分,值其时其人告语之体,各有宜也。自诸子以降,其为文无弗有偏者。"刘勰在《体性》里只讲到作者的气质有刚柔的分别,没有把作者的风格分为刚柔二组,却把作品的风格分为四组八类,即"雅与奇反,奥与显殊,繁与约舛,壮与轻乖"。即不是从作者气质的刚柔来分。姚鼐把"气有刚柔"同作品的风格结合起来,分为两大类,这是对刘勰的"气有刚柔"说的发展。到曾国藩,把刚柔两类一分为四:即把阳刚分为气势、趣味,阴柔分为识度、情韵。对这四类中的某一类又一分为二,成为八类:气势又分为喷薄之势、跌宕之势,趣味又分为恢诡之趣、闲适之趣，识度又分为宏括之度、含蓄之度，情韵又分为沉雄之韵、悽恻之韵。又指出"有气斯有势，有识斯有度，有情斯有韵，有趣斯有味"。这样先把作者的气质分为刚柔二类，再把刚的一类分为四组，柔的一类分为四组。这样分有毛病，好像阳刚之文就没有情韵之柔，阴柔之文就没有趣味之美。看来姚鼐讲文章有阳刚阴柔两种风格还可以讲得通，曾国藩这样一分为八，四属阳刚，四属阴柔，反而讲不通了。姚鼐认为"惟圣人之言，统二气之会而弗偏"，"自诸子而降，其为文无弗有偏者"，这好像又讲得绝对化了。

蔚芝师的讲法既不同于曾国藩的讲法，又改变了姚鼐的绝对化，他认为作者的气质，有偏于阳刚，偏于阴柔的。作者的作品与作者的气质不完全一致。气质偏于阳刚的，也可以写出阴柔之文，这样说比较圆满。他说："顾吾窃有进焉者，凡人之性情气质，亦未可一概而论。毗于阳者，阴亦寓焉；毗于阴者，阳亦寓焉。周公孔子之文，妙万物而为言，阴阳不测，固不可以一隅论。孟子之文，毗于阳者也，而致为臣而归，舜发于畎亩之中，及孔子在陈诸章，何尝非阴。贾生之文，毗于阳者也，而《吊屈原赋》、《鹏鸟赋》何尝非阴。韩昌黎文，毗于阳者也，而《送董邵南序》、《答李翊书》，尤阴柔之显著者，《祭十二郎文》，更无论已。"师认为人的气质，偏于阳刚的也有阴柔，偏于阴柔的也有阳刚，这就修改了姚鼐只讲偏于刚或偏于柔的说法。联系到作家的文，师认为同一作家，可以写出刚健的文，也可以写出柔婉的文。即如《论语·子路》："子路曰：'卫君待子而为政，子将奚先？'子曰：'必也正名乎？'子路曰：'有是哉，子之迂也！奚其正？'子曰：'野哉由也！君子于其所不知，盖缺如也。'"子路要孔子出来帮卫出公，孔子说要"正名"，即认为卫出公代父即位，名不正，不肯出来帮他。子路批评孔子迂；孔子指斥子路"野哉"，这里直接指斥，不婉转说话，就是刚的。再像《阳货》："孺悲欲见孔子，孔子辞以疾。将命者出户，取瑟而歌，使之闻之。"孔子不说不见,推说有病,又取瑟而歌,使他知道自己没有病。不直接拒绝,用这种方法来表示,是婉转的,即柔的。再像贾谊《过秦论》,直接指出秦朝灭亡的原因,由于"仁义不施,而攻守之势异也",是刚的;他的《吊屈原赋》、《鵩鸟赋》表达了他被贬官后的痛苦心情,借吊屈原来自哀,借鵩鸟来感叹,愁思婉转,是柔的。又像韩愈的《原道》,直接指斥佛老,是刚的;他的《送董邵南序》,不是直接反对他到河北去投靠藩镇,用了婉转的说法来透露自己的反对意见,这是柔的。师的论文结合实际来立论,所以他不同于姚鼐的说法,看来讲得更为切合实际,更为合理。

蔚芝师又引曾国藩之说:"阳刚者气势浩瀚,阴柔者韵味深美。浩瀚者喷薄而出之,深美者吞吐而出之。""论著类词赋类宜喷薄,序跋类宜吞吐;奏议类哀祭类宜喷薄,诏令类书牍类宜吞吐;传志类叙记类宜喷薄,杂记类宜吞吐。"蔚芝师则认为"诸子百家之言,并历代文士之著作,太极之精,以阴为体,以阳为用。故儒家之文,大抵以柔为体,以刚为用,此外则皆主于阴柔"。上文引师说,认为一位作家之文有刚有柔,这里却说很多作家"皆主于阴柔",不是和上面的说法矛盾吗?原来师说的"主于阴柔",即以柔为主,也有刚,但以刚为辅,不为主,所以和上面的说法不矛盾,但师的说法同曾国藩不一样。像曾说"词赋类宜喷薄",喷薄指有激动的感情,直接吐出来。词赋描字物象,感情可以通过物象来透露,不一定要喷薄;奏议是对君主说话,也不宜喷薄;传志叙记,通过事实说话,也不宜喷薄。蔚芝师认为"以阴为体,以阳为用",即以柔为体,以刚为用。即文辞是柔婉的,论点是明确的,并认为儒家以外皆主于阴,这里跟曾不同处。就文学作品来说,一种说法是通过形象来透露思想感情,思想感情不是直接吐露,即不是喷薄而出,是以柔为体。另一种说法,文学作品以抒情为主,但用意不宜直接说出,通过事件来表达,也是以柔为主。这样说,以柔为主的说法,不是胜过曾的说法吗?

刘勰在《体性》篇后,写了《风骨》篇。《风骨》篇是刘勰文学理论中的杰出成就。他说:风是"化感之本源,志气之符契";"怊怅述情,必始乎风;沉吟铺辞,莫先于骨"。作品写得富有感情、文辞精练,表达志气,感染读者,起到教化作用,就靠风骨。又说:"若丰藻克赡,风骨不飞,则振采失鲜,负声无力。"作品要是富有文采,缺乏风骨,就不能飞腾,文采也失去鲜明,没有力量。有了风骨,作品才有力量,能够飞腾。做到"刚健既实,辉光乃新",具有刚健的风格,有新的光采。这里发生一个问题,上面引蔚芝师的话,提出"以柔为体,以刚为用",又认为许多作家"皆主于阴柔",即以柔为美。这里讲风骨,怎么又提出"刚健",不是以刚为美吗?原来以柔为美,指表达说的,即在表达情志的时候,一种是尚气势,喷薄而出,把主旨直接说出来;一种是讲韵味,婉转表达,主旨不直接说出,通过人物事件的叙述透露出来。这里讲风骨,不指表达方法,指富有感情,文辞精练说的,写得韵味深美,婉转表达的,只要以柔为体,以刚为用,也有风骨,也是刚健的,所以这里讲的"刚健",与蔚芝师讲的"以刚为用"还是相通的。

蔚芝师对于作品怎样具有风骨,也做了发挥。他在《论文章进境法》里说:"近世之士,卓尔成家者极寡,非他,少组织之功用,乏精采之飞骞也。""学者能于此等处注意,则负声有力矣。"这里要求"精采之飞骞","负声有力",即从没有风骨,则"风骨不飞","负声无力"来的,可见这里在讲风骨。不过蔚芝师提出"组织之功用",是刘勰在《风骨》篇里没有讲的,师作了补充。师说:"所谓组织者,不徒烹练字句,必须于他人不经意处,吾独加意组织。其法韩退之深知之。例如《张中丞传后叙》第一段,'乌有城坏其徒俱死'四句,第二段'小人之好议论'六句,第三段'不追议此'四句,皆用反诘法。""此等处若宋以后人为之,必顺手叙去,便乏精采。"这里举的《张中丞传后叙》,用的是反诘法,在粮尽援绝,"虽愚人亦能数日而知死处矣,(许)远之不畏死亦明矣"。这一段到这里为止也行,接下用反诘法:"乌有城坏其徒俱死,独蒙愧耻求活,虽至愚者不忍为;鸣呼,而谓远之贤而为之耶!"经过这一反问,使文辞更有力量。

蔚芝师又指出"转接处出人意表","亦由于组织。如《史记·伯夷传》首段'传天下若斯之难'句一顿,下忽接'而说者曰'云云"。按:《伯夷传》开头指出尧传舜,舜传禹,经过"典职数十年,功用既兴,然后授政,示天下重器,王者大统,传天下若斯之难也",下文忽接"而说者曰:尧让天下于许由,许由不受,耻之逃隐,及夏时,有卞随、务光者,此何以称焉"。上面讲传天下是极难的,传给谁,要对他作几十年的考验。接下来忽然讲尧传天下给许由,许由没有经过考验,又显出极容易,这个转接显得很突然。这个突然的转接使人考虑,为什么?下面指出:"余以所闻,由、光义至高,其文辞不少概见,何哉?"即认为许由、务光不接受天下,为义至高,但经书中不是约略讲到他们,为什么?

这里又提出一个问题,使人考虑。直到本传的结尾,才点明"岩穴之士,趋舍有时,若此类名堙灭而不称,悲夫"。许由、务光就是岩穴之士,他们虽然行义极高,但是得不到经书的称道,还有的连名也不传,很可悲。这样说又有什么意义呢?是用来反衬伯夷得到孔子的称赞,名传后世。所以在"由、光义至高,其文辞不少概见,何哉?"后面不加说明,突然接"孔子曰:'伯夷、叔齐不念旧恶,怨是用希。''求仁得仁,又何怨乎?'"下面突然接"余悲伯夷之意,睹轶诗,可异焉"。上面说孔子称赞伯夷、叔齐"求仁得仁",没有怨。与孔子的赞美相反,这个突然转接又引起疑问,为什么?在引了轶诗后,说:"由此观之,怨耶非耶?"是怨呢还是不怨呢?敢于反对孔子的话,又为什么?在后面指出:"倘所谓天道,是耶非耶?"指出从善人遭难来看,显出天道是无知的。这篇传,运用几个突接手法,出人意外,引起人的深思,敢于反对孔子的话,敢于指出天道无知。因此蔚芝师指出"故能石破天惊。学者知此等组织法,自然振采欲飞矣"。蔚芝师又指出去陈言:"陈言者","即他人共有之意,缠绕笔端,便属陈言,不能制胜"。"故必去陈意,乃能去陈言。其法莫妙于扫字及拒字诀。退之云:'迎而拒之。'要在未下笔之先,澄思渺虑,凡他人共有之意,必拒绝之,扫除之。吾之用意,务期比人高一层,深一层,斩尽肤词,然后独标新谛。古人诗云:'提笔四顾天下窄。'顾亭林云:'作文之气与天地清明之气相接,用意高远之谓也。'能如此组织,则藻耀高翔,成文笔之鸣凤矣。""唯藻耀而高翔,固文笔之鸣凤也"正是《风骨》篇中的话。

　　蔚芝师的文论,谈到的问题很多,这里只是结合《文心雕龙》的《体性》、《风骨》,结合桐城派的文论来谈,显示蔚芝师的文论都有所发挥。

谈文学风格的刚与柔

谈文学风格的刚与柔的,当推曹丕《典论·论文》:"文以气为主,气之清浊有体,不可力强而致。"《中国历代文论选》注:"清浊,意近于《文心雕龙·体性》所说的'气有刚柔',刚近于清,柔近于浊。《风骨》篇说:'翚翟备色,而翾翥百步,肌丰而力沉也',是指气的重浊柔弱。又说'鹰隼乏彩,而翰飞戾天,骨劲而气猛也',是指气的清新刚健。"曹丕讲的"气之清浊",也就是刘勰讲的"气有刚柔",不过这里又稍有差异。曹丕讲的"气之清浊",是指文气说的,即指文学风格说的;刘勰讲的"气有刚柔",是属于"情性所铄",即作者性格的刚柔,即气质的刚柔说的。因此刘勰在《体性》里讲的四组八种风格,称"壮与轻",把壮丽和轻靡相对,不称刚与柔相对,他称"壮丽者,高论宏裁,卓烁异彩者也",是好的;称"轻靡者,浮文弱植,缥缈附俗者也",是不好的。这就跟刚与柔相对不同,刚柔相对都是肯定的。刘勰在《风骨》里提到有风骨的作品"刚健既实,辉光乃新",提到刚,但没有跟柔相对。《典论·论文》里称"颇有仲宣之体",即文秀而质羸,也没有提到柔。皎然《诗式》,"辨体有一十九字",十九字中有"气",下注"风情耿耿曰气",没有刚柔。相传李峤

《评诗格》，虽出于后人依托，但见于日人遍照金刚的《文镜秘府论》，是唐人的依托。在《评诗格》的"诗有十体"里，有"二曰质气，谓有质骨而依其气也"。即是风骨，即是刚健的。"七曰宛转，谓屈曲其词，宛转成句也"，即是柔婉。虽还不用刚与柔相对，刚与柔分为二体，即两种风格，已经有了。到司空图《二十四诗品》，像雄浑、劲健等是刚健的，含蓄、委曲是柔婉的。到苏洵《上欧阳内翰书》，主要讲韩愈、欧阳修两人文章的风格，称"韩子之文，如长江大河，浑浩流转，鱼鼋蛟龙，万怪惶惑"，是刚健的。"执事之文，纡馀委备，往复百折，而条达疏畅，无所间断"，是柔婉的。只是还没有提出刚与柔相对来。论文学风格，特别强调阳刚、阴柔，用来作为高度概括的，当推桐城派姚鼐《复鲁絜非书》："鼐闻天地之道，阴阳刚柔而已。文者，天地之精英，而阴阳刚柔之发也。"姚鼐把文学风格分成阳刚、阴柔两大类，作为高度概括，把雄浑、劲健、豪放、壮丽等风格都归入阳刚，把委曲、柔婉、含蓄、平淡、高远等风格都归入阴柔。他在信里说："观其文，讽其音，则为文之性情形状举以殊焉。"这里提到刚与柔这两种风格的形成，跟"为文之性情形状"有关。跟为文之性情有关，即刘勰说的"气有刚柔"，跟人的气质有关，这就接触到作家的风格；说跟为文之形状有关，这就接触到作品的风格。这里就想谈谈作品的刚与柔。钱钟书先生在《谈艺录》里谈到杜甫诗的两种风格，即可归入刚与柔两类，这里引来谈谈。

先看元好问《中州集·拟栩先生王中立传》：

予尝从先生学，问："作诗法究竟当如何？"先生举秦少游（观）《春雨》诗云："'有情芍药含春泪，无力蔷薇卧晚（晓）枝。'此诗非不工，若以退之（韩愈）'芭蕉叶大栀子肥'（《山石》）之句校之，则《春雨》为妇人语矣。"

元好问《论诗三十首》：

"有情芍药含春泪,无力蔷薇卧晚(晓)枝。"拈出退之《山石》句,始知渠是女郎诗。

明代瞿佑《归田诗话·山石句》：

按昌黎(韩愈)《山石》诗云："山石荦确行径微,黄昏到寺蝙蝠飞。升堂坐阶新雨足,芭蕉叶大栀子肥。"遗山(元好问)因为此论。然诗亦相题而作,又不可拘以一律。如老杜云："香雾云鬟湿,清辉玉臂寒。""俱飞蛱蝶元相逐,并蒂芙蓉本自双。"亦可谓女郎诗耶?

按这里把秦观的《春雨》诗跟韩愈的《山石》诗比,在《春雨》诗是不是"女郎诗"问题上有不同看法,倘抛开这点,就风格看,《山石》诗比较刚健,《春雨》诗比较柔婉,大概不会有争论了。对杜甫的诗看,其中也可以有写得刚健的和柔婉的。

《瀛奎律髓汇评》(元代方回选评,今李庆甲集评)153页王维《送梓州李使君》："万壑树参天,千山响杜鹃,山中一夜雨,树杪百重泉。汉女输橦布,巴人讼芋田。文翁翻教授,不敢倚先贤。"

纪昀评:起四句高调摩云……

许印芳评:……前四句笔力雄大,右丞五律,每有此等篇什。……沈归愚(德潜)云："右丞五律有清远者,有雄浑者,宜分别观之。"愚谓清远、雄浑虽分二体,其实清远即雄浑之意味,雄浑乃清远之气骨,维其根柢槃深,故能合二体为一手也。

对王维这首诗的前四句,纪昀评为"高调摩云",许印芳评为"笔力雄大",可以归入刚健的风格。值得注意的,是许印芳提出王维这类诗,前有清远、雄浑两种风格,就意味讲是清远的,像写既有万壑的参天大树,又有千山的杜鹃啼叫。经过一夜雨,看到山上的百重泉水。这里正写出山中雄伟的自然景象,没有一点尘嚣,透露出清远的意味来。但从自然的景物看,又是气势雄浑的。假使不能赏识这种清远的意味,就不可能赞赏这种自然景物,写不出雄浑的风格来。这个意见是值得探讨的。

钱钟书先生《谈艺录》172页：

尝试论之。少陵七律,兼备众妙,衍其一绪,胥足名家……即如杨铁崖（维桢）在杭州嬉春俏唐之体,何莫非从少陵"江上谁家桃树枝"(《风雨看舟前落花》)、"今朝腊日春意动"(《十二月一日》)、"春日春盘细生菜(《立春》)"、"二月饶睡昏昏然"(《书梦》)、"霜黄碧梧白鹤栖"(《暮归》)、"江草日日唤愁生"(《愁》)等诗来;以生动白描之笔,作逸宕绮仄之词,遂使饭颗山头客（李白《戏赠杜甫》"饭颗山〔在长安〕头逢杜甫,头戴笠子日卓午。借问别来太瘦生,总为从前作诗苦"）,化为西子湖畔人,亦学而善变者也。

然世所谓"杜样"者,乃指雄阔高浑、实大声弘,如"万里悲秋长作客,百年多病独登台"(《登高》);"海内风尘诸弟隔,天涯涕泪一身遥"(《野望》);"指挥能事回天地,训练强兵动鬼神"(《寿客章十侍御》);"旌旗日暖龙蛇动,宫殿风微燕雀高"(《奉和贾至舍人早朝大明宫》);"锦江春色来天地,玉垒浮云变古今"(《登楼》);"风尘荏苒音书绝,关塞萧条行路难"(《宿府》);"路经滟滪双蓬鬓,天入沧浪一钓舟"(《将赴荆南寄别李剑州》);"伯仲之间见伊吕,指挥若定失萧曹"(《咏怀古迹》五首之五);"三峡楼台淹日月,五溪衣服共云山"（同上五首之一）;"五更鼓角声悲壮,三峡星河影动摇"(《阁夜》)一类。……惟义山于杜,无所不学,七律亦能兼兹两体。如《节日》之

"重吟细把真无奈,已落犹开未放愁",即杜《和裴迪》之"幸不折来伤岁暮,若为离去乱乡愁"是也。而世所传颂,乃其学杜雄亮诸联,如《二月二日》之"万里忆归元亮井,三年从事亚夫营",即杜《登高》之"万里悲秋常作客,百年多病独登台"是也;《安定城楼》之"永忆江湖归白发,欲回天地入扁舟",即杜《别李剑州》之"路经滟滪双蓬鬓,天入沧浪一钓舟"是也,而"回天地"三字,又自杜之"指挥能事回天地"来;《蜀中离席》之"雪岭未归天外使,松州犹阻殿前军",即杜《秋尽》之"雪岭独看西日落,剑门犹阻北人来"是也。

　　钱先生在这里指出杜甫七律具有两种风格说,一种是逸宕绮仄的,一种是雄阔高浑的。前一种称"宕",有荡漾摇曳的意思,属于柔婉的风格,所以称为"西子湖畔人"。像元末诗人杨维桢,在西子湖畔写的诗,称为"嬉喜俏唐体"。明代瞿佑《归田诗话·西湖竹枝》:"《西湖竹枝词》,杨廉夫为之,和者甚众,皆咏湖山之胜,人物之美,而寓情于中。"这种诗的风格也是柔婉的。钱先生举了杜甫逸宕绮仄的诗,如《风雨看舟前落花戏为新句》:

　　江上人家桃树枝,春寒细雨出疏篱。影遭碧水潜勾引,风妒红花却倒吹。吹花困懒傍舟楫,水光风力俱相怯。赤憎轻薄遮人怀,珍重分明不来接。湿久飞迟半欲高,萦沙惹草细于毛。蜜蜂蝴蝶生情性,偷眼蜻蜓避伯劳。

　　这首诗先从春寒细雨风吹中写落花,不说风吹雨打桃花落,却说桃花倒影水中,水中的倒影暗中勾引桃花落下去,这就是设想的超逸。又说吹落的桃花憎恨落到人的怀里显得轻薄,不肯接近人,这又是设想奇特。落花因被雨打湿吹不高,落到沙草上去。蜂蝶本是恋花香的,今见桃花落在沙草里,性情就生疏,不去恋花了,从蜂蝶的不恋落花,引出性情生疏来,既见观察的细致,又显出作者的想象。再写蜻蜓在偷看落花,看到伯劳鸟来了,忙避去。这首诗设想奇特,情思佚荡婉转,辞采绮丽,所以称为逸宕绮仄,是柔婉的。再像《十二月一日》:

今朝腊月春意动,云安县前江可怜。一声何处送书雁,百丈谁家上濑船。未将梅蕊惊愁眼,要取椒花媚远天。明光起草人所羡,肺病几时朝日边。

这首诗是杜甫住在四川云安县时写的,开头写今天是腊月,春意开始发动。按节气,冬至一阳生,阴历十二月初一,已是阳气生长时,所以说"春意动";次说云安县前的江水可爱。次联写听见雁声,想到雁是传书的故事,就想到家书;看到江上用纤拉船,百丈上濑,从船行就想到坐船出三峡。第三联从腊月想到那时还没有开花吐蕊,未能看到梅蕊,惊心岁月的流逝。又想到春天要来了,晋朝刘臻妻在元旦献《椒花颂》,所以也想用椒花来祝贺远方的春天。从祝贺元旦又想到朝廷上有元旦朝贺的礼节,那时在明光殿里起草公文为人们所羡,可是自己又害着肺病,远在云安,几时才能上朝啊!这首诗从腊月初一谈到春意动了,就想到梅花开放,想到元旦的祝贺,想到朝廷上的元旦朝贺。从在云安县听见雁叫,想到家信;看到江船,想到出三峡。把出三峡跟元旦朝贺结合,就想到入朝,想到自己有病,不知何时才能上朝。设想曲折,也属于婉曲格。

钱先生又指出杜甫雄阔高浑、实大声弘的诗,光就雄浑说,是属于刚健的风格。如《登高》:

风急天高猿啸哀,渚青沙白鸟飞回。无边落木萧萧下,不尽长江滚滚来。万里悲秋常作客,百年多病独登台。艰难苦恨繁霜鬓,潦倒新停浊酒杯。

这首诗,胡应麟《诗薮·近体中》称为"精光万丈,力量万钧".仇兆鳌《杜诗详注》引元人评:"而建瓴走坂之势,如百川东注于尾闾之窟。"高屋建瓴,使瓴水从高屋上流下;坂上走丸,指弹丸从山坂上滚下;百川东注,指百川的奔腾东下,都比刚健的风格。力量万钧指雄浑,也属于刚健。这首诗前四句写景,"落木萧萧","长江滚滚",极写景象的阔大。后四句抒怀,"万里悲秋","百年多病",写空间广阔,时间绵长,所谓雄阔,也属于刚健的风格。再写《登楼》:

花近高楼伤客心,万方多难此登临。锦江春色来天地,玉垒浮云变古今。北极朝廷终不改,西山寇盗莫相侵。可怜后主还祠庙,日暮聊为《梁父吟》。

王嗣奭《杜臆》说:"'锦江'、'玉垒'二句,俯视弘阔,气笼宇宙,人竞赏之,而佳不在是,止作过脉语耳。'北极朝廷',如'锦江春色',万古常新;而'西山寇盗',如'玉垒浮云',倏起倏灭。结语忽入后主,深思多难之故,无从发泄,而借后主以泄之。又及《梁父吟》,伤当国无诸葛也。"这里指出"锦江"一联,"俯视弘阔,气笼宇宙","锦江春色来天地",指空间的广阔,"玉垒浮云变古今",指时间的久远,"天地"就空间说,光就这一联看,风格是刚健的。这一联不必跟"北极"一联连系,像王嗣奭所说,看到一江春色,正如"花近高楼",可以赞赏,反而"伤客心",因为"万方多难","西山寇盗",指吐蕃入侵,即属"万方多难"之一,所以对"锦江春色"而伤心。虽然这样,但朝廷像北极星的不改,所以望吐蕃不再来侵扰。吐蕃在上一年攻陷京城,郭子仪恢复京城,代宗回到京城。"可怜后主还祠庙",杜甫这首诗是在成都写的,成都有武侯祠,武侯祠的东面即后主祠,想到后主还是有祠庙的,又想到诸葛亮的作《梁父吟》,感叹时无诸葛亮之意。这首诗,从登楼所见,有锦江春色,玉垒山浮云。从"伤客心"里联系到"万方多难","寇盗""相侵",想到诸葛亮,用思深沉,所以说"雄阔高浑","高"即指用思深沉,而雄浑即属于刚健的风格。这首诗,不光"锦江"一联是刚健的,全诗的风格也是刚健的。

钱先生又指出李商隐学杜甫,也有这两种风格。如《节日》:

一岁林花即日休,江间亭下怅淹留。重吟细把真无奈,已落犹开未放愁。山色正来衔小苑,春阴只欲傍高楼。金鞍忽散银壶滴,更醉谁家白玉钩。

这诗仿杜甫《和裴迪登蜀州东亭送客逢早梅相忆见寄》:

东阁官梅动诗兴,还如何逊在扬州。此时对雪遥相忆,送客逢春可自由。幸不折来伤岁暮,若为看去乱乡愁。江边一树垂垂发,朝夕催人自白头。

这首诗,杜甫写裴迪在东亭送客,看到早梅,作诗相忆。就他在东亭看到早梅作诗说,好像何逊在扬州东阁看到官梅作诗。就裴迪送客逢早梅说,客中送客,又是逢春,更难为怀,结合相忆,所以说:"此时对雪遥相忆,送客逢春可自由。"后四句答裴迪的相忆,裴迪的诗里当有不及折梅相赠的话,所以说幸亏不折梅花寄来,免得引起在岁暮时的感伤。早梅当在十一月开放,所以看到寄来的早梅,会感伤岁暮,这个岁暮,还含有人到暮年的感伤在内,用意曲折。倘使看到折梅,会引起思乡的愁绪,扰乱心曲。因为早梅也是报春天的将要到来,所以说:"送客逢春。"倘对着梅花,会想到春天的到来,会想到回乡,引起乡愁。这也说明构思的曲折。但又想到江边梅树也要垂垂开放,早晚催人愁思,催人发白。这首诗"幸不折来"两句用思曲折,婉转抒情,风格是柔婉的。再看李商隐的一首,一年的林花即日要完了,迟留在江间亭下惜花。反复吟唱,仔细把玩,真是无可奈何;有的花已落,有的花还开,看到已落的使人发愁,看到犹开的还可赏玩,还未都愁。这也显出构思的曲折。山色正来笼罩小苑,春阴只欲依傍高楼,指已到黄昏,不能再留人。最后讲金鞍忽散,惆怅独归,泥醉无从,排闷不得。这诗的"重吟"一联,跟杜甫的"幸不"一联,都显示情思的婉曲,全诗属于柔婉风格。

钱先生又指出李商隐的《安定城楼》中的一联,即仿照杜甫《别李剑州》的一联。杜甫《将赴荆南寄别李剑州》:

使君高义驱今古,寥落三年坐剑州。但见文翁能化俗,焉知李广未封侯。路经滟滪双蓬鬓,天入沧浪一钓舟。戎马相逢更何日?春风回首仲宣楼。

李商隐《安定城楼》:

迢递高城百尺楼,绿杨枝外尽汀洲。贾生年少虚垂涕,王粲春来更远游。永忆江湖归白发,欲回天地入扁舟。不知腐鼠成滋味,猜意鹓雏竟未休。

先看杜甫的一首,前四句是写给李剑州的,李剑州是做剑州刺史的,名不详,其人有高义,可以与古人有高义的人并驾齐驱。其人文武全才,在剑州做了三年刺史,因而未能为国建立战功,未免寂寞,所以称寥落。就他做剑州刺史说,他能移风易俗,好比汉朝文翁的治蜀有功；就他的将才说，没有得到施展，像汉朝的李广未得封侯。后四句讲到自己，特出经三峡到荆南去，在出峡时，水路要经过瞿塘口的险滩滟滪滩，两鬓蓬松，只是坐着小船进入沧浪之水，即指进入江汉水交汇处。在戎马的战乱中不知何日相逢，估计在春风时到了荆南登上王粲在荆州所登的楼，来回头望你。王粲字仲宣。这首诗里的"路经"一联，"路经滟滪"、"天入沧浪"都讲去荆南所经历的地域，显得惊险而广阔，滟滪是险滩，沧浪水势浩大。"双蓬鬓"叹衰老；"一钓舟"叹贫困。把这两方面结合起来，显得雄浑。再就整首诗看，开头赞美使君的高义，感叹他的寥落，直到结联的想望，总的风格是刚健的。

　　再看李商隐的一首。李商隐受令狐楚的聘请，在他的幕府里工作。令狐楚死了；泾原节度使王茂元聘请他，他到了王茂元的幕府里。王茂元赏识他的才华，把女儿嫁给他。当时，朝廷上有牛僧孺、李德裕两派，互相排斥。令狐楚属于牛派，王茂元属于李派。李商隐在令狐楚幕府里工作，后来又到了王茂元幕府里，娶了王的女儿，当时的牛派认为他背恩。因此，他到长安去应博学宏辞科考试，考官已经录取了，复审时被一位中书省的官员把他的名字抹去了，这位官员当是属于牛派的。李商隐回到泾原（即安定郡），登上城楼，写了这首诗。首联写城墙的迢递，城墙的高，所望出去的景物。次联即发感叹，叹自己像汉朝的贾谊年轻时就受到大臣的排挤，又像三国时的王粲，到荆州去依靠刘表，好比自己的依靠王茂元。最后写自己去应试谋求功名，把它看得像腐鼠一般，自己好比鹓雏（凤凰）是看不起腐鼠的，可是猜忌的人猜疑鹓雏要夺腐鼠。那他去应考求功名是为什么呢？"永忆"一联作了回答。自己是永远怀念江湖不想做官的，但看到唐朝的趋向没落，想旋乾转坤使唐朝中兴起来，所以要应试进入朝廷，这是毕生的事业，所以要到头发白了，像范蠡那样功成身退，回到江湖上去。"永忆"一联表达他一生的大的抱负和高尚的志趣,志趣是"永忆江湖",抱负是"欲回天地",这两句是雄阔高浑的。从整首诗看,从写高楼景物,到次联的感叹,到末联的藐视排挤他的人,全诗都是雄阔高浑的。全诗的风格都是刚健的。这里又接触到一个问题,即同是刚健的风格,又有不同。像上举的诗,既是刚健,还有见解卓越、用思深沉的一面,即刚健而兼高深在内。

谈情采

《文心雕龙·序志》里讲到有韵文和无韵文的写作,称为"剖情析采"。情采即指"剖情析采"说的。"剖情析采"的范围很广,在这里具体讲什么呢?《文心雕龙·熔裁》说:"情理设位,文采行乎其中。刚柔以立本,变通以趋时。"结合有韵文和无韵文,似乎可以谈谈情理、文采、刚柔、变通。情理指内容,文采指文辞,刚柔指风格,变通指文章的因时变化。

甲、情理 《文心雕龙·情采》说:"故情者文之经,辞者理之纬,经正而后纬成,理定而后辞畅,此立文之本源也。"情理是主要的。又称:"故为情者要约而写真,为文者淫丽而烦滥。而后之作者,采滥忽真,远弃风雅,近师辞赋;故体情之制日疏,逐文之篇愈盛。"讲写作,先有情理要表达出来,要如实地写,写得真实,即"写真";照实写,不用粉饰,这就是"要约"。就韵文说,《诗经》就是这样。没有要表达的情理,为了炫耀藻采来写作,写出来的文章淫丽而烦滥,有的赋就是这样。这就可以结合诗赋词来看。这里讲的情理,指内容说,所以有时称情志,有时称情义,有时光称情,实际上都是指内容说的。

《毛诗序》说:"诗者,志之所之也,在心为志,发言为诗,情动于中而形于言。"诗是情志的结合。情志结合的情,要求"发乎情,止乎礼义",所以称"诗言志"。这是儒家对诗的要求。《论语·为政》里说:"子曰:'诗三百,一言以蔽之,曰:思无邪。'""思无邪"就是"发乎情,止乎礼义"。到了东汉末的《古诗十九首》,作者写诗,不再受"止乎礼义"的束缚,因此晋陆机的《文赋》里提"诗缘情以绮靡",提出"诗缘情"了。不过《文赋》里又提出"心懔懔以怀霜,志眇眇而临云",还要有高洁的志向。不过认为不是"止乎礼义"的情也可以写。《诗经》以后的诗,像屈原的骚体诗,叙述情怨,为国殉身。乐府诗"皆感于哀乐,缘事而发",是情志结合的。到了东晋,产生了玄言诗,不是表达情志,是用诗来写道家思想,既不符合言志的要求,又不是缘事而发,就失败了。晋末宋初,陶渊明写了田园诗,刘宋初,谢灵运写了山水诗。他们通过田园生活和描绘山水来表达情志,扩大了诗所反映的生活,是成功的。梁简文帝用宫体诗来反映宫廷淫靡的生活,受到了批判。唐陈子昂《与东方左史虬修竹篇序》,称"仆尝暇时观齐梁间诗,彩丽竞繁,而兴寄都绝",认为"风雅不作",要提倡风雅兴寄等。到了唐代,在诗歌的园地里百花竞放,盛极一时,进一步扩大了诗所反映的生活面。白居易《与元九书》强调诗歌的思想性,提倡"风雅比兴",是继承陈子昂的理论。司空图创作《二十四诗品》,宣扬诗歌的艺术性,提倡"味外之旨"。唐代的诗论不限于这两派,不过就诗来看,"为情者要约而写真,为文者淫丽而烦滥"的说法是对的。诗所反映的生活可以发展,但要"为情"和"写真"还是贯彻在诗所反映的各种不同的生活里,离开了"为情"和"写真",诗就缺乏生命。就是写景的诗也一样。《文心雕龙·物色》称:"然物有恒姿,而思无定检","物色尽而情有余者,晓会通也"。景物有一定,诗人各具的情思无穷,所以不同诗人写同样的景物,可以各擅胜场。那末写景的诗也以反映情思为主。

赋也一样。陆机《文赋》称"赋体物而浏亮",指赋体察事物,文辞清明。《文心雕龙·诠赋》称赋是"铺采摛文,体物写志",讲究文采,通过体察事物来抒写情志,这就提得全面了。陆机是否认为赋体物外也写情志呢?看他的《豪士赋》,就体物说,应该用力描写豪士。可是他写豪士凭借时运,掌握大权。"日冈中而弗昃,月何盈而不缺。袭覆车之危轨,笑前乘之去穴(离开穴居的隐居去做官)。""让浮云(富贵如浮云)以迈志,岂咎吝之能集。俦为山以自陨,叹祸至于何及。"日中则昃,月满则缺,豪士盛极则衰,就有覆车的危险。只有视富贵如浮云,隐退了才没有害,要是像为山那样不止,就要陨灭。那末在这篇赋里,陆机还在写他的情志。那他说的"赋体物"只是说一方面,赋也要写情志的。所以《诠赋》又说到登高作赋,"盖睹物兴情。情以物兴,故义必明雅;物以情观,故词必巧丽"。讲到情和义。像宋玉《风赋》,上文指出他用"大王之雄风"与"庶人之雌风"相对,用来讽谏,这里正显示宋玉所要表达的情志,是"义必明雅"。至于司马相如的《子虚赋》、《上林赋》,主要在描绘山水物产,打猎歌舞,是具体生动的;末后才说到"解酒罢猎",讲究德义,是空洞无力的说教。那样的赋,以描绘事物为主,"遂使繁华损枝,膏腴害骨,无贵风轨,莫益劝戒"。这也说明在赋里写情志的重要。

　　词也是这样,不注意情志的词,像晚唐的《花间集》,欧阳炯序称为"则有绮筵公子,绣幌佳人,递叶叶之花笺,文抽丽锦;举纤纤之玉指,拍按香檀"。"自南朝之宫体,扇北里之倡风,何止言之不文,所谓秀而不实。"到了南唐,李煜亡国以后的词,写亡国之痛。王国维《人间词话》称"词至李后主而眼界始大,感慨遂深,遂变伶工之词而为士大夫之词。周介存(济)置诸温(庭筠)韦(庄)之下,可谓颠倒黑白矣。'自是人生长恨水长东','流水落花春去也,天上人间',《金荃》、《浣花》,能有此气象耶"。李煜的词,正以具有深厚的情志，所以能够超越《花间集》词。到宋代苏轼的词，胡寅《题酒边词》称为"及眉山苏氏，一洗绮罗香泽之态，摆脱绸缪宛转之度，使人登高望远，举首高歌，而逸怀浩气，超然乎尘垢之外，于是《花间》为皂隶，而柳氏（永）为舆台矣"。这里指出苏词的"逸怀浩气"。范开的《稼轩词序》指出辛弃疾词"器大者声必宏，志高者意必远"，是跟远大的志意相结合的。这也因为苏辛词有超越婉约派诗人的情志，所以有那样杰出的成就。

就散文看，李汉《昌黎先生集序》称赞韩愈的古文："日光玉洁，周情孔思。千态万貌，卒泽于道德仁义，炳如也。"当时以周公孔子为圣人，即认为他的文章的情理，具有最高的圣人的情思，符合于当时的道德标准，所以写得好。韩愈《柳子厚墓志铭》称柳宗元的古文："俊杰廉悍，议论证据今古，出入经史百家，踔厉风发。"这是从另一角度来赞美他的古文的杰出成就。即他有极其高深的学问和丰富的见识，融会古今，他把经史百家的书都读破了，能深入进去，又能出来，所以能发出杰出的论证。这说明有了高深的学识，产生卓越的情理，也可写出杰出的古文。

就骈文看，上面引了李斯的《谏逐客书》和陶弘景的《答谢中书书》。这两篇也是传诵的名篇。但李兆洛《骈体文抄》里认为"然语既泛滥，意杂诙嘲"，即情理不高，话说得太多，有开玩笑意。陶弘景的信，不过写山川之美有如仙境，也谈不上高超的情理，为什么成为名作呢？原来李斯的信，是能够看到秦王的心思，就是想统一天下，灭掉诸侯，所以提出秦国把客卿赶走，会和他的愿望背道而驰，这话就能打动秦王。中间一段列举许多事物，显耀他的博学和才华，更能打动秦王。这种识见和学识所构成的情理，也是卓越的。陶弘景的信，好处在描绘山川美景，有诗情画意，风格清丽。这样看来，文辞要具有情理，是多方面的，有高度的道德情操的，有高深的学识的，有对当前的情况有深刻的理解，有高度的文艺修养的,发出了卓越的见解,都可以成为美好的情理,写成好文辞。

就四六文看,李商隐在《樊南甲集序》里说:"凭展古集,往往咽噱于任、范、徐、庾之间。有请作文,或时得好对切事,声势物景,哀上浮壮,能感动人。十年京师寒且饿,人或目曰:韩文、杜诗,彭阳(令狐楚)章檄,樊南穷冻。人或知之。"李商隐的四六文,在他研究以前的骈文,能够看到任昉、范云、徐陵、庾信骈文的缺点加以嘲笑,这说明他的识力。因此他写的四六文,"哀上浮壮,能感动人",说明是富有感情的,声情上扬悲壮,结合他的十年寒且饿,是有情志的。那他的四六文,也因具有识力和情志著称的。

乙、文采 《文心雕龙·情采》说:"圣贤书辞,总称文章,非采而何?夫水性虚而沦漪结,木体实而花萼振,文附质也。"这里讲的文采有两种:一种像开花,有艳丽的色采。《诗经》中的诗,有音节和押韵,有比喻起兴手法,是文采。像六朝人骈文,讲对偶、声律、辞藻,是文采。一种像水上的微波,没有艳丽的色采,也是文采。像《五经》中的《春秋》,是极简单的标题式的叙事文,那又有什么文采呢?又《征圣》说:"精理为文,秀气成采。"朴实的叙事,只要具有精理秀气,也是文采。《春秋》隐公元年:"郑伯克段于鄢。"《左传》解释道:"段不弟,故不言弟。如二君,故曰克。称郑伯,讥失教也。谓之郑志,不言出奔,难之也。"杜预注:"不早为之所,而养成其(段)恶,故曰'失教'。段实出奔,而以'克'为文,明郑伯志在于杀,难言其奔。"《春秋》里只有"郑伯克段于鄢"一句话,里面有这样多的含义,真可以说"精理为文,秀气成采"了。秀就是警策句。《春秋》这句话,既含精理,又是警句,所以也是文采。《情采》里对这两种文采也作了说明:"夫铅黛所以饰容,而盼倩生于淑姿;文采所以饰言,而辩丽本于情性。"一种是浓妆艳抹所造成的文采,像骈文的讲究对偶、声律、辞藻所构成的文采;一种是"巧笑倩兮,美目盼兮"的盼倩所构成的文采。这种文采生于美好的姿质,好比水上的微波,好比文辞的精理秀气。这种文采本于情性，更为可贵。这种文采的造成，要"为情而造文"，"为情者要约而写真"，写真实的感情。"是以联辞结采，将欲明理；采滥辞诡，则心理愈翳。"文采就要用来表达情理，在"郑伯克段于鄢"里，孔子的情理就含蓄在内，这就是明理的文采。反对用浮靡的辞藻来掩饰空虚的内容。

就《诗经》看，它的文采表现在"为情而造文"，有"盼倩生于淑姿"的，有"文采所以饰言"的，也有情景交融的。《诗经》里有赋比兴，像上引的《静女》，第一章写"静女其姝，俟我于城隅。爱而不见，搔首踟蹰"。这是赋，是叙述，这里也含有思慕的感情，这是"盼倩生于淑姿"的美。像《关雎》的"关关雎鸠"，用雎鸠来起兴，来引出"窈窕淑女"；像《曹风·蜉蝣》的"麻衣如雪"，是比喻。这样用比兴手法，当是"文采所以饰言"的美。又如《文心雕龙·物色》里说："写气图貌，既随物以宛转；属采附声，亦与心而徘徊。故'灼灼'状桃花之鲜，'依依'尽杨柳之貌。"这里的"写气图貌"，即写景物，"与心徘徊"即抒情。如《周南·桃夭》："桃之夭夭（状美盛），灼灼（状鲜明）其华。""灼灼"是描写桃花的红艳，是属于"图貌"，那怎么又是"与心"呢？原来用"灼灼"来形容桃花里，也含有写新嫁娘怀有如火的热情的含意，这就是"与心"。又《小雅·采薇》："昔我往矣，杨柳依依。""依依"描写柳条的柔软，这是"图貌"，又怎么"与心"呢？原来在"依依"里还含有依依不舍的感情。所以说"情貌无遗"，既抒情，又图貌，即情景交融。这三种是《诗经》的文采。

就骚体诗看，它的文采又有不同。《诗经》的比兴，像上引的"麻衣如雪"，用雪来比麻衣的洁白，是把比喻和被比的事物都说清楚的。如"关关雎鸠"，用雎鸠来起兴，引起淑女来，也很清楚。《离骚》就不同了。王逸《离骚经章句》说："《离骚》之文，依诗取兴，引类譬喻。故善鸟香草以配忠贞，恶禽臭物以比谗佞，灵修美人以媲于君，宓妃佚女以譬贤臣，虬龙鸾凤以托君子，飘风云霓以为小人。"

如《离骚》：

> 朝搴（采）阰（山名）之木兰兮，夕揽（采）洲之宿莽。日月忽其不淹（久）兮，春与秋其代序。惟草木之零落兮，恐美人之迟暮。

这里的木兰、宿莽指香草，采香草指修养品德。美人指楚怀王。这样用比喻，只说比喻，不说比什么，实是一种借代，与《诗经》的比兴指明比什么和兴什么的都不同了。又如：

> 吾令丰隆（云神）乘云兮，求宓妃（神女）之所在。解佩纕（佩带）以结言兮，吾令蹇修（伏羲臣）以为理（媒）。

这里运用神话来表达屈原为国求贤的心情，宓妃，王逸注："以喻隐士。"这样运用神话，又是《离骚》中文采的特色。再像《九歌·湘夫人》：

> 帝子（尧女，指湘夫人）降兮北渚，目眇眇（状远视）兮愁予。嫋嫋（柔弱而长）兮秋风，洞庭波兮木叶下。

这里"嫋嫋"两句描写秋景，用来构成气氛，衬托女神的愁思，成为名句。后来谢庄《月赋》："洞庭始波，木叶微脱。"成为衬托月色的好句，即从这里来的。这样的描写也成为文采。再像《诗经》中的写景物，像"灼灼""依依"，用的辞极简练，到《楚辞》就用得多了。如宋玉《九辩》写"悲哉秋之为气也"，就用草木凋零、远行送别、秋天的气象、人事的失意、作家的羁留，作多方描绘，用了许多形容词。

就乐府诗看，它的文采又有特色。它写妇女，运用细致的描绘，写美好的服饰，来衬托妇女的品貌。这是《诗经·卫风·硕人》的发展。《硕人》："硕(大)人其颀(长得高)，衣锦褧衣(在锦衣上加罩衣)。"只用一句话来描写她的服饰，加罩衣怕锦衣色彩太显耀。乐府诗《陌上桑》写秦罗敷："头上倭堕(状美好)髻，耳中明月珠。缃绮为下裙，紫绮为上襦。"又《羽林郎》写胡姬："长裾连理带，广袖合欢襦。头上蓝田玉，耳后大秦珠。两鬟何窈窕，一世良所无。一鬟五百万，两鬟千万余。"运用了过分的夸张。再像《焦仲卿妻》：

著我绣夹裙，事事四五通(每事四五遍，写心烦意乱，一遍不妥贴)。足下蹑丝履，头上玳瑁光，腰若流纨素，耳著明月珰。指如削葱根，口如含朱丹。纤纤作细步，精妙世无双。

这里除了描写服饰外，还描写她的手指、口唇、步法。这正如《硕人》的"手如柔荑，肤如凝脂，领如蝤蛴(天牛幼虫，白而长)，齿如瓠犀(瓠中子，洁白整齐)"。这里称"削葱根"、"含朱丹"、"作细步"，用的是动宾结构，又有变化。

南朝乐府民歌的另一特点是音节之美。如《西洲曲》：

采莲南塘秋，莲花过人头。低头弄莲子，莲子青如水。
置莲怀袖中，莲心彻底红。忆郎郎不至，仰首望飞鸿。

这里节录八句，看出它的特色：一是前后句用复叠的字来承接，如从"莲"到"莲花"、"莲子"、"莲心"，既有承接，又有变化。一是可能暗用双关来承接。南朝乐府《子夜歌》就用双关语，如把"莲子"双关"怜子"的"子"指"郎"。这里的"莲子"，当亦有"怜子""忆郎"之意，所以转到"忆郎"。三是用韵，这里从平韵转为仄韵，从仄韵又转为平韵，显示音韵之美。从乐府诗到五言诗、七言诗，到唐代的近体诗,特出的是对偶声律,这在讲格律节中已讲了。

就古文的文采说,有精理秀气的文采,也有饰言的文采。如韩愈《师说》:"是故无贵无贱,无长无少,道之所存,师之所存也。"这是韩愈反对当时贵且长的耻学于师的特出见解,是有精理秀气的话,是文采。再像他的《进学解》:"《易》奇而法,《诗》正而葩(华)。下逮《庄》《骚》,太史所录。子云相如,同工异曲。"钱钟书先生《管锥编·张湛注列子》称:"举古来文人之雄,庄、屈、马(司马迁)赫然亦在,列(列子)与班(固)皆未挂齿。文章巨眼,来者难诬,以迄今兹,遂成公论。"韩愈论列古代代表作家,有不同于前人的突出卓见,这也属于精理秀气之句。又如柳宗元的《至小丘西小石潭记》:

潭中鱼可百许头,皆若空游无所依。日光下澈,影布石上。怡然(呆呆地)不动,俶尔(忽然)远逝,往来翕忽,似与游者相乐。

这里的"若空游"用了个比喻,这个比喻极写潭水的清澄,又写出潭中鱼游的特点。再写石上的鱼影画。再写鱼见人不惊,再用"似与游者相乐"的比喻,反映作者的心情,带有拟人化手法。这里既有精彩动人的描写,又运用贴切的比喻,都构成了文采。

骈文和四六文的文章,具有对偶、声律、辞藻之美。如孔融《荐祢衡表》:

忠果正直,志怀霜雪,见善若惊,疾恶若仇。任座(战国魏文侯臣,敢于批评魏文侯)抗行,史鱼(春秋卫灵公臣,敢直谏)厉节,殆无以过也。鸷鸟累百,不如一鹗。使衡立朝,必有可观。

这里用了两个典故。上面讲祢衡的正直和疾恶若仇,比较抽象,这里引任座和史鱼来比,就具体了。这样用典,是有加强上面的话的力量。下面用一鹗胜于百鸷鸟来比,结合使衡立朝,一定胜过朝廷上的臣子。这个比喻跟下文结合,来显示他的不凡。这样用典和比喻,都构成文采。李商隐的四六文《谢河东公和诗启》:

  商隐启:某前因暇日,出次西溪,既惜斜阳,聊裁短什。盖以徘徊胜境,顾慕佳辰;为芳草以怨王孙,借美人以喻君子。思将玳瑁,为逸少(王羲之)装书;愿把珊瑚,与徐陵架笔。斐然而作,曾无足观。

李商隐在柳仲郢幕府中曾经写了游西溪的诗,柳仲郢作诗和他,他因此写了这篇谢启。这里写他怎样写这首诗,描绘了境界,用了刘安《招隐士》的"王孙游兮不归,春草生兮萋萋",写出见芳草而思归的怨情。又用《离骚》中借美人以比君子,表达对贤人的称美。又说用玳瑁饰匣,替王羲之装他的法书,用珊瑚作笔架,替徐陵架笔。这是用徐陵的《玉台新咏序》称"珠帘以玳瑁为柙","翡翠笔床,无时离手",谦称自己写的西溪诗不如王羲之、徐陵之作罢了。这里运用典故,讲究对偶音节,都构成了文采。
  丙、刚柔 《文心雕龙·体性》说:"然才有庸俊,气有刚柔,学有浅深,习有雅郑,并情性所铄,陶染所凝。"这里讲风格的形成由于两方面:一方面是性情,一方面是习染。性情中主要是"气有刚柔",指气质有刚柔之分。又说:"才力居中,肇自血气;气以实志,志以定言,吐纳英华,莫非情性。"这里认为才力跟气质有关,气质跟情志有关,说明风格的形成,气质很关重要。又说"因性以练才",根据各人的性情来锻炼各种才力,来培养各种风格。各人的性情又跟气质有关。气质的刚柔,形成个性的刚柔,造成风格的刚柔。当然,个性是个人的气质、性格、兴趣、能力等方面心理特征的统一体。个性是在人的气质的基础上,在一定的社会生活的和教育的影响下,通过其本身的实践活动形成和发展起来的,不光是由于气质。风格是多种多样的,不光限于刚柔。不过粗略地说来,把风格分为刚柔,由于气质,后来的桐城派就是这样看的。姚鼐《复鲁絜非书》里讲阴阳刚柔,认为得阳刚之美的,"其于人也,如凭高视远,如君而朝万众,如鼓万勇士而战之"。认为得阴柔之美的,"其于人也,漻乎(清貌)其如叹,邈乎其有思,暖乎其如喜,愀乎其如悲"。又称"其得于阳与刚之美者,则其文如霆,如电,如长风之出谷,如崇山峻崖,如决大川,如奔骐骥;其光也,如杲日,如火,如金镠铁"。又称"其得于阴与柔之美者,则其文如升初日,如清风,如云,如霞,如烟,如幽林曲涧,如沦,如漾,如珠玉之辉,如鸿鹄之鸣而入寥廓"。这就用刚柔来论人与文。《体性》里又指出:"是以贾生俊发,故文洁而体清",似偏于刚;"子政简易,故趣昭而事博",似偏于柔。就有韵文和无韵文看,在风格上也可粗略地分为刚柔。

就《诗经》说,《毛诗序》称"主文而谲谏",即用隐约的话来谏劝,不直言过失。《礼记·经解》:"温柔敦厚,诗教也。"这部分的诗是属于柔婉的。王逸《离骚章句序》:"且诗人怨主刺上曰:'呜呼小子,未知臧否(善恶)。匪(非)面命之,言提其耳。'风谏之语,于斯为切。"这里引用《诗·大雅·抑》的话,是卫武公教训周厉王,指斥周厉王为小子,要扯他的耳朵来教训他。这属于刚健的风格。

骚体诗就《九歌》说,像《湘君》:"君不行兮夷犹(犹豫不前),蹇(语词)谁留兮中洲(洲中),美要眇(美好貌)兮宜修(合宜的美)。"《湘夫人》:"沅有芷兮澧有兰,思公子兮未敢言。"类似这样的情思缠绵,就属于柔婉的风格。《国殇》:"天时怼(怨)兮威灵怒,严杀尽兮弃原野。"属于刚健的风格。不过同样是柔婉和刚健,《诗经》和《楚辞》也有不同。像《诗经·邶风·静女》"静女其姝,俟我于城隅",是柔婉的,写的是一种彬彬有礼的约会,同《湘君》、《湘夫人》的缠绵固结的情思不同。再像《魏风·硕鼠》的"硕鼠硕鼠,无食我黍",是刚健的,含有一种反抗决绝的感情,同《国殇》的悲壮不同。在同样的刚柔里,还具有种种的不同。

乐府诗像《战城南》的"战城南,死郭北",是刚健的。但它同《国殇》的悲壮不同,它联系到"枭骑战斗死,驽马徘徊鸣",显得深沉。像《江南》的"江南可采莲,莲叶何田田"是较柔婉的。但它同《湘夫人》的情思缠绵不同,显出轻快的感情。再像《南朝民歌》的《子夜歌》的"婉伸(曲伸)郎膝上,何处不可怜",是柔婉的。但跟《静女》的柔婉不同,《子夜歌》更显得热情大胆。北朝民歌《琅琊王歌》的"客行依主人,愿得主人强",是刚健的。但它是比较明快的,与《硕鼠》的反抗决绝不同。

《古诗十九首》抒情之作,是较柔婉的,像"行行重行行",称"弃捐勿复道,努力加餐饭",表达了思妇深沉含蓄的感情。另一首"青青河畔草",称"荡子行不归,空床难独守",就显得大胆而显露,与上一首不同。再像曹丕《燕歌行》"秋风萧瑟天气凉",是柔婉的,也是写思妇的感情,但认为"念君客游思断肠,慊慊思归恋故乡",认为丈夫思归而不得,表达夫妇的感情是深厚的,与前两首的一认为被抛弃,一认为难独守都不同。曹操的诗是偏于刚健的,像《苦寒行》"北上太行山",写行军的艰苦,"悲彼东山诗",有悲壮的情怀。鲍照的诗也偏于刚健,他的《代出自蓟北门行》"羽檄起边亭",诗中也写行军的艰苦,说到"时危见臣节,世乱识忠良",表达了忠贞的志节,跟曹操的一首不同。

谈到唐诗,同一作者的诗,刚柔兼备,像李白的《长干行》"妾发初覆额,折花门前剧(戏)",《静夜思》"床前明月光,疑是地上霜",《春思》"燕草如碧丝,秦桑低绿枝",都偏于柔婉。又像《古风》"秦王扫六合,虎视何雄哉!"《蜀道难》"噫吁戏,危乎高哉!"《行路难》"君不见黄河之水天上来,奔流到海不复回",都是偏于刚健的。李白的诗虽有柔婉和刚健的不同,但都具有一种豪迈飘逸的精神。杜甫的诗,像《月夜》"今夜鄜州月,闺中只独看",《喜达行在所》"西忆岐阳信,无人遂却回",《春夜喜雨》"好雨知时节,当春乃发生",偏于柔婉的。像《兵车行》"车辚辚,马萧萧",《茅屋为秋风所破歌》"八月秋高风怒号",《古柏行》"孔明庙前有古柏",都偏于刚健。杜甫的诗,虽有柔婉和刚健的不同,但都具有一种深厚沉郁的感情,与李白的不同。如李白《玉阶怨》:"玉阶生白露,夜久侵罗袜。却下水精帘,玲珑望秋月。"写怨是含蓄不露的,是柔婉的,写出来的是望秋月的玲珑,没有沉郁之感,只感到飘逸。杜甫的《绝句》:"两个黄鹂鸣翠柳,一行白鹭上青天。窗含西岭千秋雪,门泊东吴万里船。"在千秋雪、万里船里有含意,尤其在万里船里含有他想游东吴的用意,是柔婉的。但这里含有时间的永恒,空间的寥廓的用意,感情是深沉的,与李白的飘逸不同。

　　就词说,粗略地分为婉约派和豪放派,婉约派近于柔婉,豪放派近于刚健。但大作家之作,也是无施不可。苏轼的《江城子·密州出猎》"老夫聊发少年狂",《念奴娇·赤壁怀古》"大江东去",偏于刚健;《醉落魄·离江口作》"轻云微月,二更酒醒船初发",《水龙吟·次韵章质夫杨花词》"似花还似非花",偏于柔婉。辛弃疾的词,《粉蝶儿·和赵晋臣赋落花》"昨日春如十三女儿学绣",《青玉案·元夕》"东风夜放花千树",偏于柔婉;《破阵子·为陈同甫赋壮词以寄》"醉里挑灯看剑",《鹧鸪天·有客慨然谈功名,因追念少年时事,戏作》"壮岁旌旗拥万夫",偏于刚健。

　　对古文的刚柔作较详的论述的,有苏洵《上欧阳内翰(修)书》:

　　孟子之文,语约而意尽,不为巉刻斩绝之言,而其锋不可犯。韩子(愈)之文,如长江大河,浑浩流转,鱼鼋蛟龙,万怪惶惑,而抑遏蔽掩,不使自露,而人望见其渊然之光,苍然之色,亦自畏避,不敢迫视。执事之文,纡徐委备,往复百折,而条达疏畅,无所间断,气尽语极,急言竭论,而容与闲易,无艰难劳苦之态。此三者,皆断然自为一家之文也。惟李翱之文,其味黯然而长,其光油然而幽,俯仰揖让,有执事之态。陆贽之文,遣言措意,切近的当,有执事之实。而执事之才又自有过人者,盖执事之文,非孟子韩子之文,而欧阳子之文也。

这里讲了古文的风格,孟子、韩愈的古文,都是刚健的;欧阳修的古文,是柔婉的,李翱的古文也是柔婉的,陆贽的四六文也是柔婉的。这里对于同样是刚健或柔婉的古文或四六文,又指出各家的文各有特色,这就较之讲刚柔讲得更细致。就风格说,讲刚柔是概括的说法,这里作了深入细致加上具体描绘的说明,可以供我们借鉴。

丁、变通 《文心雕龙·通变》里讲到文辞的继承和变化,说:"名理有常,体必资于故实;通变无方,数必酌于新声。"这里的体,即指文体,如论说、序跋之类,认为文体的名称和理论有一定,所以要参考过去的文章。变通是没有一定的,它的方法要参酌新的作品。又称"望今制奇,参古定法",变通要望今,处理好新变,所以称奇;继承要参古,确定方法。怎样说明文辞的变通,在《时序》里作了总结:"故知文变染乎世情,兴废系乎时序,原始以要终,虽百世可知也。"文辞的变化和兴废,都缘于世情和时序。具体说来,世治和世乱不同,世治的文辞,"心乐而声泰",世乱之作,不免哀怨。"故知歌谣文理,与世推移,风动于上,而波震于下者也。"受到时代和政治的影响,这是一。屈原宋玉的作品,"故知炜烨之奇意,出乎纵横之诡俗也"。受到纵横家游说的影响,游说要竭力夸张,宣扬一国的东西南北的各种地理物产的优越丰富。《楚辞》的写法也极力夸张,《招魂》也讲到东西南北的怪异情况。作品受时代风气的影响,这是二。汉武帝提倡文辞,曹操父子提倡文学,形成风气,这是三。东汉提倡儒学,东晋崇尚玄言,学术影响创作,这是四。所谓世情和时序影响文辞的变化,大体上跟这四者有关。

文辞的变化,首先表现在《诗经》变为《离骚》。一、四言诗变为骚体诗,时代变了,四言诗已不适用来反映复杂的生活,所以要打破四言的限制。在用形容词上,《诗经》用一字或两字,骚体诗里"物貌难尽,故重沓舒状"(《物色》),形容词用得多了。二、在句中和句尾用楚语"兮"字。这是就形式说的。三、运用神话,像请云神丰隆求神女宓妃,来表达求贤的用意。四、受到纵横家夸张的手法。这是就表达手法说的。五、在言志上,《离骚》里说"愿依彭咸之遗则",要依照殷大夫彭咸,谏君不从,投水而死。这是表达了以身殉国的精神。

从骚体诗到乐府诗又有了变化,骚体诗用"兮"字,乐府诗大都不用兮字。骚体诗的句子长短不齐,乐府诗的句子由长短不齐趋向五言,后来多数成为五言诗。骚体诗以抒情为主,有浪漫气息,用了不少神话。乐府诗"皆感于哀乐,缘事而发",有不少叙事诗,就是抒情诗,也偏向写实,很少用神话。骚体诗的长篇是《离骚》,是屈原感慨遭遇,抒写志事,表示以身殉国的伟大作品,有浪漫精神。乐府诗的长篇是《焦仲卿妻》的叙事诗,主要是写实。两者有很大不同。

《古诗十九首》里写的思妇的情思、游子的感慨,跟乐府诗中写的思妇和游子又有不同。像乐府诗《有所思》:"闻君有他心",就要把"双珠玳瑁簪"来"拉杂摧烧之",表示决绝。跟"行行重行行"的"弃捐勿复道"的温厚不同。乐府诗《艳歌行》的"兄弟两三人,流宕在他县"的表现"水清石自见"的清白,与《古诗十九首》的"何不策高足,先据要路津"的追求高位不同。跟建安文学的慷慨任气,思立功名的也不同。东晋时又有写道家思想的玄言诗,这是脱离时世之作,是失败的。到晋宋之间的陶渊明写了反映田园生活的诗,谢灵运写了描写山水的诗,扩大了诗所反映的生活。齐梁时代沈约的永明体诗,要使诗趋向格律化。徐摛的咏物诗,更向格律推进一步。梁简文帝的宫体诗,反映宫廷浮靡的生活,是受到批判的。这也说明世情和时序与文辞变化兴废的关系。四言诗为骚体诗和五言诗所代替,这是时代生活趋向复杂所造成的;骚体诗为五言诗所代替,因乐府诗本于汉朝各地的民歌,少用楚声所造成的。这都是时序的关系。田园诗和山水诗的兴起,反映当时士子生活的变化,这是世情造成的。玄言诗的失败,这是背离了生活,以学说写诗,脱离世情的结果。

再看唐诗,它不同于以前各代的诗有几点:一、近体诗的形成,这是继承沈约永明体提倡格律的发展。沈约运用四声来创造格律诗,没有成功,到唐代才制定了格律诗,这是一种新的形式。二、古体诗的发展。古体诗的音节,有用律句的平仄谐调,使音调流美,形成歌行体。有避免用律句,句末用三平,形成三平格,使句调刚健的。三、唐诗的内容丰富多彩,这是继承六朝以来的田园诗、山水诗、游仙诗、边塞诗、宫体诗以及建安以来的乐府诗而更有发展。四、唐诗的风格也极为丰富多彩,在讲刚柔节里已作了点说明。唐朝的词也有它的特点,一是按照燕乐来配乐的。二是词有词调,每一个调规定一定的字数和音节。三是词到宋代,分婉约派和豪放派,成为一代的歌曲。这些都已见前。像这些特点的形成,也是跟世情和时序结合的。

再就赋说,古赋从骚体诗发展来的,是受骚体诗的影响。到了汉代,要借赋来描绘京都、畋猎、郊祀等盛况,适应封建统治者的需要,就成为汉大赋。后来又转为抒情小赋。到魏晋六朝骈文兴起以后,又成了骈赋,讲究对偶。到律诗成立后,赋也讲究格律,成了律赋。散文兴起后,用散文笔调写赋,韵散结合,带有散文化的色彩,成了文赋。这也是世情和时序造成的。

就无韵文说,经书除《诗经》外,按照语言的自然再加以简练写成,自然成为散文。从战国末期开始,文辞要求整齐,经过两汉到魏晋,发展成为讲究对偶的骈文。到唐代受到律诗的影响,骈文也讲究音节的协调,成了四六文。骈文和四六文不符合语言的自然,于是又有古文的提倡,使散文取得了正统的地位。这种变化,也是跟世情和时序结合的。

通俗修辞讲话

一 修辞是什么

1. 我们经常在做修辞工作

我们即使不懂得什么叫修辞，但还是经常在做修辞工作。

这话怎么讲呢？比方南方人到北京来，在开会的时候，在工作的时候，在跟群众接触的各种场合，他说起话来，一定要避免说家乡的土话，改说普通话。即使他的发音不够准确，但是他说的一句句话里的词，一定要用普通话的，才能使人听懂或勉强听懂。比方苏州话管"你"叫"倷"，管"她"叫"俚"。苏州人到了北京，跟群众说起话来，说到"倷"就得改说"你"，说到"俚"就得改说"她"。这些，就是苏州话用的词跟普通话用的词不同。苏州人到了北京，要说普通话，就要把这些土语里用的词改成普通话里的词，不这样，他的话群众就听不懂。

不仅各个方言地区的人来到北京要学习普通话,要把方言里的词改成普通话里的词,就是生长在北京的人,也要把北京土话里的词改成普通话里的词。比方北京土话管"太阳"叫"老爷儿","玻璃瓶"叫"洋拉子"。北京人跟外地人说话,说到"太阳",不该说"老爷儿",说到"玻璃瓶",不该说"洋拉子"。因为这些北京土话,除了生长在北京的人以外,都听不懂。用这种北京土话来讲话,就要使很多人听不懂。因此,北京人也要把北京土话里的词改成普通话的词。

我们每个人都要说话,都要说得使群众听得懂,因此都要学习普通话,都要把方言里的词改成普通话里的词。这样,就是在做修辞工作——修辞中有关用词方面的工作。

我们经常在听人家讲话或跟人家谈话,往往有一种感觉。感觉到有的人很会讲话,话讲得干脆利落,生动有力;有的人不会讲话,话讲得重复噜苏,有的甚至结结巴巴,连自己的意思都说不清楚,使人家听不明白。这时候,我们就在不知不觉中向会讲话的人学习,学他那样讲话,使自己的话慢慢讲得好起来;同时,注意避免不会讲话的人的种种缺点。这样也在做修辞工作——修辞中有关造句和表达方面的工作。

我们讲话,有时要引用精练的话,有时要打比方。像讲到看戏,我们往往说现在的戏,不论在唱辞说白方面,不论在表现方面,不论是京戏或地方戏,都显得比从前更精彩了。这时候我们就要引用毛主席的话,说这真是"百花齐放,推陈出新"。把各种戏的精彩表现比做"百花齐放",是比方。把原来有缺点的旧戏,改去了那些缺点,发挥出它的优点,作新的演出,使它成为人民艺术的花朵;让京戏和各种地方戏作观摩演出,在互相观摩中,吸收彼此的优点,使各种戏获得进一步的发展;这就是"推陈出新"。这又是多么精练的话。说这样打比方的话,说这样精练的话,也是在做修辞工作。

这样说来,我们即使不知道什么叫修辞,但在日常生活中,我们在学习普通话的时候,在听人家谈话或跟人家谈话的时候,都在做修辞工作。因此,修辞并不是什么奥妙的事。

2. 修辞讲些什么

那末修辞究竟讲些什么呢?为了方便,我们可以从两个方面来说:一从话的构成方面说,一从说话的要求方面说。这两个方面是密切结合着的。

从话的构成方面说,我们有了意思,用语言来表达,就是说话。一句话是用一个个词连起来组织成功的。话要说得明白和正确,就要选择恰当的词。这种选词的工作就是修辞的工作中的一种。话是一句一句说出来的,这就跟造句有关。我们要把自己的意思正确地表达出来,就要选择恰当的句子,比方有时候要用感叹的句子来说,像喊口号那样;有时候要用反问的口气来说,像向人提出责问的话等等。这种选择句子的工作也是修辞的工作中的一种。从话的构成方面说,修辞就是讲选择恰当的词,选择恰当的句子,用来很好地表达所要表达的意思。

从说话的要求方面说:第一,要求把话说得清楚明白,让人听起来一点不觉得含糊;第二,要求把话说得生动有力,能够吸引人、感动人。我们说话的目的,就是要把我们的意思告诉人家,更进一步要把我们的感情也表达出来,更有力地感动人。为了要把意思告诉人家,要人家完全懂得我们的意思,不发生误会,不打折扣,就要把话说得清楚明白。有时候,我们不光要把自己的意思告诉人家,也要把自己的感情表达出来让人家感觉到。这种感情跟自己要说的意思结合在一起。这时候,要用带有感情的话来说,才能够恰好地表达自己的意思,同时也表达了自己的感情。

要把话说得清楚明白、生动有力,就要选择恰当的词、恰当的句子,运用各种恰当的表达方式,用来明确而生动地表达自己的思想感情。修辞要讲的就是这些。

3. 为什么要讲修辞

我们经常在说话,都要想把话说好,说起来都会注意选词、选择句子、选择各种表达方式,也就是经常在做修辞工作,那末为什么还要讲修辞呢?我们知道,有些人的确不专门研究什么修辞,但是他的话说得很漂亮。这样的人,他虽然不专门研究什么修辞,但是他平常说话或者听话,看书或者写文章,一定非常注意语言的效果,一定非常注意用明白清楚、生动有力的话来说或写。因此,他实际上时刻是在注意修辞的。换句话说,他虽然不讲什么修辞的方法,但是在说和写的实践中已经掌握了这种方法。

我们现在来讲修辞,就是要掌握一些修辞方法,运用到说和写的实践中去。懂得了修辞的一些方法,说起话来,写起文章来,就会懂得有哪些缺点应该避免,有哪些优点应该吸收。这样有意识地去改正缺点,吸收优点,就比不懂得方法的人进步起来快些。

还有,懂得了修辞方法也会提高我们的欣赏能力。比方苏联作家爱伦堡,写了一篇文章叫《保卫和平,保卫文化》,里面讲到帝国主义侵略战争的罪恶,说道:

战争对于人民,是眼泪与血,是寡妇和孤儿……

有人读到这些话就发生疑问,认为帝国主义的侵略"战争"怎么会

"是眼泪"?怎么会"是血"?又怎么会"是寡妇和孤儿"?甚至有人疑心这样的话是错误的。要是我们学了修辞,就知道我们说话,有时候不光是要表达我们的意思,更要把我们的感情表达出来。上面这些话,要是说成"侵略战争对于人民是一种灾难",读者就不会发生疑问了。可是这样说,只是把意思说清楚,并没有把作者的感情表达出来。作者对于侵略战争具有强烈的憎恨,光说"灾难"还嫌空洞,还嫌没有力量。是一种怎样的灾难呢?把无数妻子的丈夫杀死了,使妻子变成寡妇;把无数孩子的父亲杀死了,使孩子变成孤儿。留给他们的是眼泪,是血。这就是那些话的意思。这样精练的话,不但表现出了作者的意思,同时也强烈地表现出作者憎恨侵略战争的感情;不但说明侵略战争的灾难,还具体地说明侵略战争带给人民的是怎样的灾难。学了修辞,我们就会正确地懂得这话里面含有的感情,会认识到这是又具体又精练的话,会懂得这种话的好处。

再有,学了修辞,对习作也有帮助,可以避免走弯路。学习写作的人,要从阅读中吸收新的词,提高自己的写作能力,这样做是完全正确的。但在写作的时候,主要是把自己的思想感情正确地表达出来,不是把自己刚学到的词硬嵌到自己的话里去。要是新学的词刚好可以用来表达自己的意思,把它用上去自然很好;要是不能够正确地表达自己的意思,那就不宜用。初学写作的人要是不懂得这点,认为新学到的词越用得多越好,在不该用的场合也硬用进去,那末文章就写不好,在写作上就要走弯路。有人写道:

丘克秀所学会的先进的接生技术,对落后风习的优越性,在党的领导和支持下,正比旧社会遗留的落后势力强大千百倍地发展着。

这里,"落后风习","旧社会遗留的落后势力""强大千百倍"和"发展着",都用得不恰当。作者大概喜欢硬用新词,把一句简单的话说得复杂,反而有了毛病。这话应该这样说:

在党的领导和支持下,丘克秀学会了新法接生,这种新法接生和旧法接生比起来,它的优越性越来越显著了。

明明是"新法接生",就不必说成"先进的接生技术"。把"旧法接生"说成"落后风习",意义含糊难懂,又不恰当。"落后风习"是指落后的风俗习惯,和旧法接生并不是一回事。"对落后风习的优越性",可能使人误认为"落后风习"是有"优越性"的,也不妥当。新法接生在农村里开始推行时,还要靠党的领导和支持,可见还不能说它的力量比落后势力强大千百倍。说"优越性""发展着"也不恰当。这就是不管所要表达的意思是什么,硬用新词所造成的错误。

从以上的叙述里,我们可以懂得为什么要学习修辞的道理了。要是我们不懂得修辞方法,尽管我们在说和写中经常在做修辞工作,那好比暗中摸索,有时是会走弯路的。像认为只要把新词硬用到文章中去文章就会写好,就是一例。学了修辞,好比看了地图走路,不再是暗中摸索了。在阅读方面,可以提高我们的理解力;在写作方面,可以使我们考虑,怎样选择顶确切的词和句式,顶恰当的表达方式,来恰好地表达自己的意思和感情。因此,学习修辞,不论对说话,对阅读和写作说来,都是必要的。

4. 修辞和正确地运用语言

斯大林告诉我们:"语言是工具、武器,人们利用它来互相交际,交流思想,达到互相了解。"我们有什么意见,就靠了语言把我们的意见告诉人家；人家有什么意见，也靠了语言把他们的意见告诉我们。这样，语言就成为人们交流思想的工具。一切阶级斗争的知识、生产斗争的知识，都靠语言来传达。语言成了社会上不可缺少的工具。我们还要和敌人斗争，揭发敌人的阴谋，指斥敌人的罪行，用马克思列宁主义的真理来跟敌人作战，这一切也要靠语言。因此，语言成为建设社会主义的不可缺少的工具，成为跟敌人作战的武器。每一个参加社会主义建设的人，每一个为了保卫和平而跟敌人作战的人，都要很好地掌握语言这个工具，很好地掌握语言这个武器。学习修辞，就是帮助我们掌握语言这个工具、武器的方法之一。

为了建设社会主义，很多人要离开自己的家乡，到工作最需要他的岗位上去，到遥远的地方去。这些人要是不会说普通话，他们到了工作岗位，还是一口家乡土话，说出来别人听不懂，别人的话他们也听不懂，或者有很多话听不懂，这时候他们要进行工作就有很大困难。因此，要建设社会主义，要很好地掌握语言这个工具、武器，我们大家都得学习普通话。学习普通话，主要是用普通话的词来换去土话里的词，用标准音来换去土话里的音。这种工作，就是修辞工作中的一种。学修辞，就要学会用普通话来写来说。大家都学会了普通话，就可以用它来做交流思想的工具，用它来做宣传的武器，为建设社会主义服务。

所以，修辞是很重要的。

二 修辞的两种手法

1. 积极手法和消极手法

我们说话,有时候只要把我们的意思告诉人家,有时候还要把我们的感情也表达出来,让人家感动。比方:

(1)一个巧皮匠,没张好鞋样;
　　两个笨皮匠,彼此有商量;
　　三个臭皮匠,抵个诸葛亮;
　　要想入地有门路,要想升天长翅膀。(民歌)
(2)一个人的聪明总是有限的;两个人,即使都不够聪明,彼此合作,互相商量,就可以想出些办法;更多的人哪怕再不聪明些,大家凑在一起,也可以想出很好的主意来。

(1)和(2)说的是同样的意思,但用的是两种表达方法。(2)里把自己的意思明白说出,要人家懂得,是一种说法。(1)里完全是打比方,并不是在讲皮匠。"巧皮匠"是比聪明人,"笨皮匠"是比不算聪明的人,"臭皮匠"自然是比更其不聪明的人。"一个"表少数;"三个"在这里不是表示两个加一个的三个,只是表多数。"好鞋样"比好办法。"入地有门路"、"升天长翅膀",比不论什么困难都可想法解决。这样看来,(1)里的话,它的意思和(2)里的话一样。不过(2)里把意思说清楚就算了,(1)里却不是这样,它有力地赞美多数人的力量。它用比较的说法,巧皮匠胜过笨皮匠,笨皮匠胜过臭皮匠,那末应该是巧皮匠有办法,臭皮匠没办法了。可是结果却相反,巧皮匠反而没办法,臭皮匠反而顶有办法,这就因为巧皮匠是一个,臭皮匠是多数。"诸葛亮"在人民口中是智慧的化身,所以说"抵个诸葛亮",即成为最高的智慧的化身。这里已经表达出了对多数的有力的歌颂了。人民还嫌这样说得不够,还要作更有力的歌颂。"入地""升天"比做顶困难的事、不可能实现的事,可是在多数人的面前,这样的困难都有办法解决了。因此,在这首民歌里,人民用了很好的比方,表达出像(2)里说的那些意思,更有力地表达出歌颂多数的强烈感情。我们读了这首民歌,不仅懂得了它里面含蓄的意思,更感到了它对多数的有力的歌颂,因而获得了深刻的印象。

  从这里,我们可以看出两种不同的表达方法:(1)里用比方把作者的感情生动有力地表达出来,给人深刻的印象,这种表达方法属于修辞的积极手法。(2)里把意思明白说出,使读者懂得,这种表达方法属于修辞的消极手法。在文学作品里,两种手法往往并用,像下面的例子:

  (3)口唱山歌手插秧,
    汗珠滴尽谷满仓。
    牛出力来牛吃草,
    东家吃米我吃糠。(民歌)

这是解放前贫雇农唱的歌。"口唱山歌手插秧",说明他一面唱山歌一面插秧,用的是消极手法。"汗珠滴尽谷满仓",说明贫雇农辛苦劳累的收获,完全装满了地主的谷仓,表示都给地主剥削完了。"汗珠滴尽"是夸张的说法,因为一个人的汗是滴不完的。这里不是在说汗会滴完,是用来说明过度的辛苦劳累。"牛出力来牛吃草"是比方,比作贫雇农出力耕种结果只有吃糠。"东家吃米"跟"我吃糠"成了强烈的对比。这些话里都含有强烈的阶级感情在内,也有很强的感动人的力量。这首民歌,开头的话用的是消极手法,以后的话用的都是积极手法,两种表达法都用了。

2. 两种手法的适用场合

修辞的消极手法和积极手法都有一定的适用场合。认清了在怎样场合适用消极手法,在怎样场合适用积极手法,对读和写都有好处。

大体说来,像定条例,说明事物的数目,说明道理,接洽事务,这些都适用消极手法。例如:

(4) 一九五四年十月我党中央决定,由十万个合作社增加五倍,发展到六十万个合作社,结果完成了六十七万个合作社。到一九五五年六月为止,经过初步整理之后,缩减了两万个社,留下了六十五万个社,较计划数字超过了五万个社。入社农户共有一千六百九十万户,平均每社二十六户。(毛泽东《关于农业合作化问题》)

这里说明党中央的决定是怎样的,合作社的发展又是怎样的,经过整顿以后又怎样。像这样的说明文字,都适用消极手法。在这段说明里,又举出不少数目字,包括年份、月份、合作社的数字、倍数、户数。这些数目字都要求绝对准确,只能适用消极手法。

再像一种感觉、一种感情,要用具体形象表现出来,往往适用积极手法。

(5) 我们的某些同志却像一个小脚女人,东摇西摆地在那里走

路,老是埋怨旁人说:走快了,走快了。(毛泽东《关于农业合作化问题》)

这里的比方很生动。我们读了这个比方,眼前就像看到一个小脚女人走路的样子,这就是用具体形象来表现一种感觉。在毛主席的感觉里,某些同志埋怨合作社发展得太快,真像小脚女人埋怨旁人走快了一样。因此,这个比方用生动的形象来说明一种感觉,用的是积极手法。

再像前面指出的"三个臭皮匠,抵个诸葛亮","三个"的"三"表示多数。又像常说的"百战百胜","三心两意",这些话里的数目字都不表示准确的数字,"百战百胜"的"百"并不表示一百次,只表示次数的多。"三心两意"的"三""两"只表示不专一,心思不定。把这样的数字和前面引的消极手法的例子中的数字一比,就看出两者的不同来了。

明白了这两种手法的不同,在阅读中间就不会把它们混淆起来,这就会帮助我们正确地理解读过的东西。我们更可以认识到消极手法有它的必要,同时也认识到积极手法所表现的感觉或感情,加深我们的感受,不会把它看做不通或有问题了。

这样,在写作中间,就可以更好地根据要写的内容,确定哪些内容适合用消极手法来写,哪些内容适合用积极手法来写,也就不会因为错用了修辞手法,而使得自己的思想、感情不能够很好地表达出来。

三 选词的标准

明白了修辞的两种手法,我们可以先从消极手法谈起;消极手法先从选词谈起。不论是说或写,总是用词来造成句子。因此,谈消极手法,就谈用词和造句两部分。

在说和写的时候,我们应该根据什么标准来选择合用的词呢?

1. 普遍适用

前面我们已经说过,要用普通话里的词,这里再具体地谈一谈。

普通话,说得再具体一些,就是像无线电广播、话剧、电影中的语言,也就是《人民日报》上用的语言。这种语言有几个特点:

第一,有最大的普遍性,是全国通行的。第二,最明确,凡是含义不明确的词应该被淘汰掉。第三,最丰富,不论是外国语言里的词或专门科学里的词,只要这些词在口头语或书面语里一定要用到它,它就会被吸收到普通话里去。

比方"火柴"这样东西,就有四个词来说它:北京叫"取灯儿",北方通行的称呼是"洋火",上海叫"自来火",只有"火柴"这一个词全国通行,有最大的普遍性,应该成为普通话里的词,其他三个只能算方言词。再像东北的"不解"作"不行"解释,山西、陕西一带的"地板"指"地"。这也是方言。用这种方言会引起误解。一般人看了"不解"只能当作"不懂";南方人看了"地板"会当作房子里铺在地面上的木板。这种词既然会令人误解,就不能准确地表达我们所要表达的意义。只有用"不行",用"地",才能准确地表达所要表达的意义。再像"马克思主义"这个词是外国传进来的,我们的语言里本来没有。"三分之一""最优秀的作品之一"中的"……之一"是文言格式,但很简明扼要。像这种外来语和文言格式,普通话里也吸收进去。因此,普通话是顶普遍、顶明确、顶丰富的汉民族的共同语。

怎样对待方言里的词

我们既主张用普通话,那末同一个意义,方言里用的词,只要和普通话里用的词不同的,我们都得用普通话里的词。像前面举出的,该用"火柴",不该用"取灯儿"或"洋火"或"自来火"。是不是方言里所有的词,只要跟普通话不同的,都不能用呢?也不是。要是那样,普通话就会变得非常贫乏了。普通话之所以比任何方言都丰富,正是因为它吸收了方言里好的东西丰富了自己。那末,在方言里,什么样的词应该用,什么样的词不应该用呢?

方言里的词不该用的,前面已经指出了。方言里的词应该用的,大概有下列几种。

第一种是普通话里没有相当的词可以代替的。

(1)……我家只有一个忙月(我们这里给人做工的分三种:整年给一定人家做工的叫长年;按日给人做工的叫短工;自己也种地,只在过年过节以及收租时候来给一定的人家做工的称忙月),忙不过来,他便对父亲说,可以叫他的儿子闰土来管祭器的。(鲁迅《故乡》)

这里的"忙月"是作者家乡绍兴的方言词,但在普通话里没有可以代替它的词,在这里只能用这个方言词。

(2)"……月亮地下,你听,啦啦的响了,猹在咬瓜了。你便捏了胡叉,轻轻地走去……"

我那时并不知道这所谓猹的是怎么一件东西——便是现在也没有知道——只是无端的觉得状如小狗而很凶猛。(鲁迅《故乡》)

这里的两个"猹"字也是方言词,普通话里也没有可以代替它的词,只能用方言词。

用这样的方言词,要加上注解或说明。作者在"忙月"这个词下加上注解,在"猹"这个字那一段的下面加上说明。因为普通话里既没有可以代替它的词,要是不加上注解或说明,读者就要看不懂了。

第二种是已经通用的,这部分的词虽不是北方话里的词,实际上已成为普通话里的词了。比方"搞"和"垮"是西南方言,现在已全国通用,自然可用。再比方北京"倒垃圾"叫"倒土",用"土"来指"垃圾"。但"土"字在普通话里另有意义,不指"垃圾"。"垃圾"一词现已通用,比"土"更明确,应该用。

第三种是方言里的词比普通话里的词更精练的。像鲁迅先生指出,水浒写"林教头风雪山神庙"那一段里,有一句话:"那雪正下得紧。"这个"紧"字就是很精练的方言,施耐庵把它提炼出来,用在作品里。这样的词,鲁迅先生称为"炼话"。在这里不用"紧"字,用别的普通话来说当然也可以,但一定不会像用"紧"字那末精练。

像这类的方言词,就应该吸收到普通话里,使普通话更加丰富起来。这类词的特点,不但精练,而且容易懂。在我们的口语里即使不说"那雪正下得紧",但我们看了那句话,还是能懂得它的意思,懂得这个"紧"字表示雪下得又密又大。这种不需要注解就能看得懂的方言词,又是很精练的,才是方言词中值得我们特别注意的。

第四种是为了表现语言的地方色彩的。

(3)"你怎么会知道?那时你们都还是小把戏呢……"(鲁迅《长明灯》)

这里的"小把戏"是绍兴话里的词,即小孩。用"小把戏"这个方言词,表示说话的人灰五婶的地方色彩。

这类的方言词用起来要谨慎,没有必要的时候还是不要用。只有在作品里一定要把那个人的地方色彩表现出来的时候,才可以在他的话里用它。不是直接记录那个人的话,更不宜用这类方言词。我们看看下面一句话:

(4)日本鬼子跑走,咱们屯里的人都来捡洋捞。

这个"洋捞"就是土话,最好不用;如果一定要用,可以加上注解。

所以,"普遍适用"的第一个条件是:不在必要的时候,不用外地人不懂的土话词。

怎样对待文言里的词

文言里的词,有一小部分是大家都在说都在写的,这部分的词,可以说已经吸收到了普通话里,使普通话更精练更丰富了。这部分的词是可以用的。比方:

(5)光荣归于毛主席!
(6)毛主席万岁!
(7)其中,其实;所得,所有,所在,所谓;以及,以至,以便,以防。

上面例子里的"归于"、"万岁"和"其中……"等词,都是文言词。这类文言词我们经常在说在写。要是避免这类文言词不用,而用别的话来代替,话一定显得噜苏,不会这样精练。这类文言词的好处是精练,大家都在用。有这两个条件的文言词,我们才可以运用。

反过来说,不符合这两个条件的文言词就不应该用。比方文言叫"目",普通话叫"眼睛";文言叫"冠",普通话叫"帽子";文言叫"足",普通话叫"脚";文言叫"履",普通话叫"鞋子";文言叫"走",普通话叫"跑";文言叫"行",普通话叫"走"。像这一类的文言词,已经不是普通话了,就不应该用。

这类词有时保留在成语里面,像"一目十行"、"冠冕堂皇"、"一失足成千古恨"。我们用起这些成语来,不能说成普通话里的词,比方不能说成"一眼睛十行"、"帽子堂皇"、"一失脚成千古恨"。

除了遇到上面所说的情形外,最好不用文言词。看看下面的例子:

(8)北京百货公司大楼里挤满了购物人。

这个"购物人"就不是普通话里的词,应该说"买东西的人",或者干脆说"顾客"。

所以,"普遍适用"的第二个条件是:不在必要的时候,不用文言词。

怎样对待新词

社会向前发展,产生了新的东西,这些新东西就得用词来表达,这样的词就成为新词。社会发展得越快,产生的新东西越多,用来表达新东西的新词也越多。我们欢迎一切对我们有好处的、新的东西,因此我们也欢迎有用的新词。比方有了双轮双铧犁这样新东西,就产生"双轮双铧犁"这一个新词,也只有用这个新词才能表达这个新的东西。

这一类新词,是用原有的词造成的,像"双""铧""轮""犁"都是原有的词。这些原有的词造成了新词以后,就用来表示新的东西。

另有一类的新事物,就用旧有的词来表达它,给旧词加上新的意义,这时候,旧词也变成新词。比方"书记",古代指秘书,后来指抄写的人员,现在的团支部书记、党支部书记的书记,是领导的人,显然跟过去的意义不一样了。再像"问题",本来是指要人回答的题目,像算术里的"应用问题"。现在我们说"这个人的历史有问题","思想有问题",即历史不清楚,思想有毛病,显然跟原来的意思不同了。碰到这一类的词,我们不能用旧的解释去解释它,以免发生错误。这是又一类的新词。

还有一类词,是由原有的词的新的联合,构成新的意义,也可以算作新词。比方在第一个五年计划里,讲到主要运输部门的运输量,有这样的话:

(铁路)货物周转量为一点二〇九亿吨公里
(铁路)旅客周转量为三一九点六六亿人公里
(海运)货物周转量为五七点五一亿吨浬

这里的"吨""公里""人""浬(海里)"都是原有的词,不过在从前这些词一般不连起来用,说成"吨公里""人公里"是一种新的用法,构成新的意义。"吨公里"是"吨"和"公里"两个单位名词的连用,因此跟第一类不同。

这类词也是跟着新事物的产生而产生出来的。在第一个五年计划里要计算铁路上货物周转量,一年中间全国铁路可以运多少吨货物。这时候怎么计算呢?假定火车从甲站运一吨货物到乙站,只走一公里就到了,我们算它运了一吨货物;那末从上海运一吨货物到北京，要走一千五百公里，我们难道也算它只运一吨货物吗？显然不能。因为它比走一公里的多走了一四九九公里。但它明明只运了一吨货物，又不能说它运了一千五百吨。因此，要准确计算运输量，就得把货物的吨数和运了多少公里合起来算。一吨货物运一公里，叫它一吨公里，运一千五百公里，叫它一千五百吨公里；一千五百吨货物运一公里，也叫它一千五百吨公里。这样计算才准确。由于事实上有这样的需要，所以产生"吨公里"的说法。"人公里"跟"吨浬"的道理相同。

看了上面这些例子，我们可以知道，新词是因为新事物的产生而产生的；新事物逐渐普遍起来，新词也会跟着普遍起来。

那末，在不是必要的时候，我们就不应该生造新词，应该采用普通的现成词。鲁迅先生说过："不生造除自己之外，谁也不懂的形容词之类。"其实不仅形容词，就是名词、动词等，也都不要生造。且看下面的例子：

(9) 各地运动一时风涌起来。

在普通话里只说"风起云涌"，不说"风涌"，"风涌"是个生造的词，不该用。

所以，"普遍适用"的第三个条件是：不在必要的时候不要造新词，不要采用还没有通行的词。

2. 明白清楚

我们用语言来表达自己的意思，要把意义表达得明白清楚。要是在句子中用了可以有不同解释的词，人家看了不知道我们的意思是什么，甚至会发生误解，是不行的。比方：

(1)解放前,劳动人民的生活是恶劣的。

"生活恶劣"可作生活贫困和生活腐化两种解释,意思不明白,改成"生活非常贫困"或"生活非常痛苦"就明白了。

(2)城市中有许多散漫的劳动妇女,把她们组织起来是可以发挥更大作用的。

这里的"散漫"指的是分散,可是"散漫"有"生活散漫"的意思,像吊儿郎当,工作不上劲,不遵守劳动纪律等等。这里该用"分散"才明白。

(3)小王和小张在院子里玩。爸爸回来了,对他说:"你看,人家的衣裳多干净,你怎么把衣裳弄得这样脏!"

这里的"爸爸"不知是小王的爸爸还是小张的爸爸,"他"不知是指小王还是指小张,"人家"也不知是指小王还是指小张。像这种地方就应该说清楚。假定"他"是指小王,"人家"是指小张,那末应该作"小王的爸爸",并把"他"改成"小王"。

(4)今年的产量超过了去年的产量的一半;次货比去年减少九倍。

这里的"超过了去年的产量的一半"意思是不清楚的。假定去年的产量是一百,它的一半是五十。这就等于说,今年的产量只比五十多一点;也就是说,可能还达不到去年的产量。这不是反而减少了吗？所以这个"的"字一定要取消。取消了"的"字,今年的产量就是一百五十了。虽则只有一个字的相差,可是意义出入很大,是不该混淆的。"减少九倍"的说法不妥当。原来是一百,现在变成二百,才是增加了一倍。原来是一百,现在变成一千,才是增加了九倍,那末"减少九倍",岂不是原来的"一百"现在要减去"九百"吗？"一百"中怎能减去"九百"呢？应该作"减少了百分之九十"。

3. 准确贴切

有些词,它们的意义粗看起来很相近,仔细辨别起来却不同,这就是所谓同义词。对于这类的词,我们要辨别它们的不同在什么地方,才能够准确贴切地选用,不致用错。下面就这类同义词的不同点约略举些例子来说说。另外一些词,如果和别的词搭配得不对头,也会产生错误。这种词下面也要谈一谈。用错了同义词,或者把词搭配错了,都是用词不准确、不贴切。

否定和肯定

说"不怎么样"是否定口气,说"怎么样"是肯定口气。有的词只能用在否定口气里,有的词只能用在肯定口气里,有的词两种口气都可用。对于这些一定要弄清楚,否则把应该用在否定口气里的用在肯定口气里,应该用在肯定口气里的用在否定口气里,那就错了。

(1) 时时刻刻不要忘记这个教训。
(2) 他一贯不过问自己职务以外的事,那是不好的。

"时时刻刻"只用在肯定口气里,如"时时刻刻在想着怎样找窍门",不用在否定口气里。(1)里是"不要忘记",是否定口气,不能用"时时刻刻"。跟"时时刻刻"意义相同,只用在否定口气里的是"一时一刻",应作"一时一刻也不要忘记这个教训"。"一时一刻"只用在否定口气里,不用在肯定口气里,因此不能说"一时一刻也在想找窍门"。(2)里的"一贯"只用在肯定口气里,如"他一贯积极",因此不能说"一贯不过问",该说"一向不过问"。"一向"可以用在肯定口气或否定口气里,所以也可以说"一向积极"。

意义是不是对头

叶圣陶先生曾经告诉我们不要用类似"喝饭"之类的说法。照普通话来说,"饭"仅指干饭,干饭是不能"喝"的,所以"喝"同"饭"两个词连不到一起。用词的时候,应该注意避免这种用法。

(3)我厂出品的质量大大增加。
(4)休息了一会,我们恢复了疲劳。

(3)里的"质量"只能说"提高",不能说"增加"。(4)里的"恢复疲劳"应该说"恢复精力"。

范围大和范围小

意义相近的词,有的所指的范围大,有的所指的范围小,也要分别清楚。

(5)两个人协商了半天,还是没有结果。
(6)在抗日战争时间……

(5)里的"协商"一般指团体和团体之间或很多人的商量说的,两个人商量不用"协商",应该改作"商量"。(6)里的"时间"范围大,"短时间""长时间"都可用"时间"。要是像抗日战争那样一段特定的时间就得用"时期"。

分量轻和分量重

有些词意义相近,就是语气的轻重不同。这里也含有说话的人的感情在内,用语气轻的词表示一种感情,用语气重的词表示另一种感情。

(7)人家虽说我的成绩不错,可还是你的成绩好。
(8)他的作风不好,我们应该怎样帮助他?

(7)里的"不错"就是"好",不过说话的人不愿说自己成绩好,要用个比"好"字分量轻一点的词,就用"不错"。这里表示说话的人的谦虚。可见"好"跟"不错"意思一样,不过在分量上"好"字重一点,"不错"轻一点。(8)里着重在帮助他,希望他改正,用"不好"还不是分量顶重的词;要是说:"他的作风恶劣,我们应该严厉批评他。"用"恶劣",比"不好"的分量就重多了。

用意好和用意坏

有些意义相近的词,有用意好和用意坏的区别。要是用错了,就把应该赞美的变成斥责了。这类词用起来要特别注意。

(9)我们向铁路工人高声欢呼,他们也用同样的欢呼来应付我们。

(10)他的意见很好,因此大家都附和他。

(9)里的"应付"是敷衍一下的意思,没有热情,没有诚意,才说"应付",可见它是个坏字眼。(9)里该改用"回答"。(10)里的"附和"是指不辨是非,不分好坏,人家说什么也说什么,也是个坏字眼。既然"他的意见很好",大家显然不是"附和",是"赞成"。这类用意有好坏的词,还可举出一些来。比方:"坚决""坚定"是好的,"固执""顽固"就坏了。"赞美"是好的,"奉承"就坏了。"周到""细致""详细"是好的,"噜苏""繁琐"就坏了。"含蓄"是好的,"含糊"就坏了。"联系"是好的,"勾结"就坏了。以上这些词所表示的好坏,是因为有这种好的和坏的事实存在着。比方"赞美"和"奉承",表面上看都是称赞,但却有本质上的不同。这个人确实是好的,我们称赞他,这是"赞美";有人为了达到某种目的,违背自己的良心去称赞别人,就成了"奉承"。"赞美"跟"奉承"在事实上有本质的不同。

另有一些同义词,就事实上看是一样的,并没有什么本质上的不同,只是由于说话的人的感情不同分出好坏来。

(11)(一)这地方很清静。
　　(二)这地方很冷静。

(11)里这个地方,也许就是不热闹。爱热闹的人不喜欢这个地方,就说它"冷静";不爱热闹的人喜欢这个地方,就说它"清静"。"清静"和"冷静"也许只是表示说话的人对那个地方的不同的感情。

具体和概括

有些同义词,单音词和双音词的用法不同。单音词用来指具体事物比较合适,双音词用来指概括的事物比较合适。

(12)星期天,我们每人到郊区去种了二十棵树木。
(13)他进入门来就向大家点头。

(12)里我们一般说"种了二十棵树",不说"树木"。因为"二十棵"是具体指出的一棵棵的"树",所以用"树"不用"树木"。要是说"这一带的树木长得非常茂盛",就说"树木"。因为说"一带",指的是很多的树,不是一棵一棵的树,所指的对象比较概括,适宜用"树木"。(13)里一般说"进门来",不说"进入",因为"他"只是一个人。要是说:"解放军进入西藏",就用"进入"。因为"解放军"指很多的解放军战士,所指的对象比较概括,所以用"进入"。再像"花"和"花卉",指具体的一棵棵花或一盆盆花用"花",概括地指很多的花草作"花卉"。如"公园里栽培了几千盆花","公园里的花卉长得很有精神"。

对人和对物

有些词只用来指人的,有些词只用来指物的,不能混用,一混用就错了。

(14)领导上动员文化学习。
(15)脚踏车、缝纫机、工作母机,都准备在各地开拓市场。

(14)里的"动员"是对人用的;"文化学习"是事情,不能用"动员",应该说"动员大家学习文化"。(15)里的"开拓"也是指人说的,"脚踏车、缝纫机、工作母机"不能开拓市场,"在各地开拓市场"该改作"运销各地"。

强调和不强调

有些词，重叠起来表示强调的说法；有些词，重叠起来也不表示强调。

(16) 这个小孩眼睛大，脸颊红，穿着得干净，很逗人欢喜。
(17) 眼睛是红红的，肿肿的，像是哭过来。
(18) 急得他东寻寻、西找找，没个办法。
(19) 他也想去看看。

(16)里的"大""红""干净"，形容小孩的眼睛、脸颊、穿着，没有强调的意味。要是说成"眼睛大大的，脸颊红红的，穿着得干干净净"，就有强调的意味。"大大的"和"大"不同，是特别大的意思。"红红的""干干净净"也一样。(17)里"红红的，肿肿的"是很红很肿，跟"红的，肿的"不同。(18)里"东寻寻、西找找"，该是"东寻一寻，西找一找"，不是"东寻西找"的强调。(19)里"看看"即"看一看"，也不是强调。同例，像"听听"即"听一听"，"试试"即"试一试"，"笑笑"即"笑一笑"，都不是强调。为什么有些词重叠起来表强调，有些不表强调呢？因为这两种词的性质不同。"大""红""干净"都是形容词，所以重叠起来表示强调；"寻""找""看""听""试""笑"都是动词，所以重叠起来不表示强调，表示做一做的意思。这两种词的重叠法也有不同。形容词可以加"的"，如"大大的""红红的"；动词一般不可以加"的"，不能说"看看的"。要是双音词，形容词拆开来重叠，如"干净""漂亮"作"干干净净""漂漂亮亮"；动词不拆开来重叠，如"研究""考虑"作"研究研究""考虑考虑"。

拆开和不能拆开

有些双音词可以拆开来用,有些不可以。

(20)没有这一段工夫,是导不起演,提不出计划来的。
(21)我们上星期天到西郊去远了一次足。

"导演"是一个词,不能拆开,因此不能说"导不起演",改成"无法导演"。"远足"也是一个词,不能拆开,不能说成"远了一次足",改成"远足了一次"。但不是所有的词都不能拆开,有的词是可以拆开的。比方"说话"可以说成"说了一番话","唱歌"可以作"唱了一个歌","走路"可以作"走了一段路","写字"可以作"写了一千字"。为什么有的词不可以拆开,有的可以呢?可以拆开的词大都是动宾结构,如"说话","说"是动词,"说"什么?说的是"话"。这样的关系就是动词和宾语结合成的动宾结构。"导演"和"远足"都不能这样说,我们不能说"导"什么?导的是"演"。"远"什么?远的是"足"。所以不是动宾结构,不能拆开。

从上面所说看来,我们可以认识两点。第一点,我们的语言里有很多同义词,这些词的意思差不多,但仔细辨起来有种种差别。只有掌握了很多的同义词,分清了它们细微的差别,在我们说或写的时候,才能够根据我们的意思,选择顶准确贴切的词来用。有时候,我们说或写,不仅要把意思表达出来,还要把感情也表达出来。只有对同义词做极细致的辨别才有可能。第二点,一个词应该怎样用,有它一定的法则,比方:有的用在肯定口气里,有的用在否定口气里;有的所表示的范围大,有的所表示的范围小;有的分量轻,有的分量重;有的用意好,有的用意坏;有的具体,有的概括;有的表示强调,有的不表示强调;等等。懂得了这些用法用起来才准确,违反了这些用法就要产生错误。因此,我们要吸收很多的同义词,要辨别它的用法,才能正确地选用顶贴切的词来达意表情。

选词和语言的战斗作用

选用顶正确贴切的词来达意表情,有时候还有战斗作用,还表示阶级立场。斯大林告诉我们,语言是交际的工具,也是战斗的武器。这点更值得我们注意。

在选词方面怎样表现出语言的战斗性呢?前苏联电影《玛利娜的命运》里,集体农庄女庄员玛利娜的丈夫术连季成了农学家,瞧不起玛利娜,坚决要跟她离婚。她非常痛苦。在党的帮助下,她积极工作,并研究怎样提高甜菜含糖量,获得了很大的成功。女记者席妮雅来访问她,问到她的家庭生活,她说:"他(指术连季)抛弃了我。"席妮雅拥抱着她说:"他不是抛弃你,他是失掉了你!"照席妮雅的说法,玛利娜应该说:"他失掉了我!"

在这里,"失掉"和"抛弃"虽则只有一词之差,却表现出强烈的战斗作用来。说"抛弃",还是以丈夫为主,妻子的命运还好像是掌握在丈夫手里,丈夫不爱她就可以把她抛弃掉似的。说"失掉"就不同了,玛利娜的命运掌握在自己手里,她替自己创造出光辉的前途,获得了很大的荣誉和幸福。术连季离开了她,也就是失掉了她,造成不可弥补的损失,是术连季的损失和痛苦。这正说明苏维埃社会里的妇女已经怎样掌握了自己的命运了。

更有名的例子是苏联影片《难忘的一九一九》里斯大林说的一句话。来犯的英国军舰受到强烈的抵抗,狼狈逃去。有人报告斯大林说:"英国船撤退了。"斯大林微笑道:"唔,应该说是赶快逃跑了。"说"撤退"好像是侵略者自动撤退的,说"逃跑"才显出苏联军队的英勇抵抗,侵略者的狼狈逃跑。不是侵略者不想侵略而退,是侵略者被打得站不住了才逃的。像这种地方,语言成了战斗的武器,强烈的战斗作用,就通过正确选用的词表达出来。

四　怎样造句

我们要说得正确写得正确,固然要注意选词,选用顶普通的、明白清楚的、正确的词,来表达自己的思想感情,但光注意选词还不够。因为话是一句一句说出来的,词选对了,词跟词连起来构成句子,要是句子造得不对头,还是不能恰好地表达出自己的思想感情来。那末句子要造得怎样,才能够符合修辞的要求呢？

就说的写的方面说来,句子要造得能够恰好地表达出自己的思想感情,自己想得非常细致周到,句子要造得能够把这种细致周到的想法都表达出来；自己的态度很坚决,句子要造得把这种坚决的态度表达出来,等等。就听的读的方面说来,要使人听了或读了你的话就能够明白你的意思,不但能够明白,还要懂得你说这话时候的感情、态度。因此,从修辞角度来谈造句是一种看法,从语法角度来谈造句是另一种看法,这两者是不同的。

从语法角度说,要研究句子有几种格式,每种格式是怎样构造成的,怎样的格式才是正确的等等。从修辞角度看,要注意的是怎样的句子人家容易听懂容易看懂,怎样按照自己不同的思想感情用不同的句子格式来表达等等。下面就从修辞角度来谈谈造句时候要注意些什么。

1. 合乎普通话的说法

我国各地方言在造句方面大体上是相同的,但也并不完全相同。碰到各地方言造句方法不一致的时候,我们要照普通话的说法来造句,就是照北方话的说法,因为普通话是拿北方话来做基础方言的。比方:

(1)普通话:快到北京了。
(2)苏州话:北京到快哉。
(3)普通话:多买几本书。
(4)广东话:买多几本书。

像这样,各地方言的造句方法要是跟普通话不同,我们不但要选用普通话里的词,像不说"哉"说"了";还要用普通话的说法造句,即不说"北京到快了",该说"快到北京了"。因为只有这样,才能使全国人民都容易看懂。

怎样对待欧化句法

另一个问题,就是怎样对待外国句法。有些外国句法我们应该避免,因为它跟普通话的说法不合,看起来使人感到别扭,不容易懂。有些外国句法我们应该吸收,用来丰富我们的造句法,使句子更能够正确地表达我们的思想情感,因为这些造句法跟普通话的说法并不冲突。

下面的句子是不符合普通话的说法的:

(5)这儿一切都显得很光滑,很清洁,叫人觉得特别舒适。这种舒适,带有现代大轮船上的一切房间、一切船上用具所特有的那种异常朴素的严格调理过和计算过的精巧风格。

这里从"这种舒适"起到"精巧风格"止,念起来觉得很别扭,意义模糊。这话的问题有二:一在结构上,二在用词上。先看结构,说"带有精巧风格",就很顺当,在"带有"下加上很长的附加语,念到"精巧风格",早把"带有"忘掉了。"带有"跟"风格"离得太远,念起来就显得别扭了。再看用词,"这种舒适带有精巧风格","舒适"是一种感觉,怎么会"带有精巧风格"?可见"舒适"跟"风格"连不起来。只因中间加进了很长的附加语,这种连不起来的毛病就不容易看出来了,可见结构不恰当就容易造成用词的不恰当。

要把上面的话改成普通话的说法,第一要把那句话的意思想清楚,第二才好改成普通话的说法。这句话既是讲"精巧风格",联系上文该指"这儿一切"说的,即"这儿一切具有精巧风格"。试改成下面的说法:

这儿一切都显得很光滑,很清洁,具有异常朴素的精巧风格。这种风格像现代大轮船上一切房间、一切用具所特有的那样,是经过严格的设计安排的,叫人觉得特别舒适。

这样一改,话既顺当,又容易懂。可见要把别扭的甚至有毛病的长句子改得合乎普通话的说法,第一要把句子的意思想清楚。有些句子的别扭和有毛病,是意思没有想清楚造成的。意思想清楚了,动词(像"带有")跟宾语(像"精巧风格")不要隔得太远,要是中间有很长的附加语,宁可把附加语提出来放在下面,把宾语(像"风格")再重复一下,像这里加上了"这种风格",把附加语"现代大轮船上……"放在下面,念起来就顺当了。这样一改,原来用词不当的也容易看出来,加以改正。像"严格调理过"就不妥当。人的身子有毛病,需要调理,大轮船上的房间和用具是不能说"调理"的。

这样说来,要写得合乎普通话的说法,先要把意思想清楚,把不必要的长附加语移到后面来,尽可能改得使它顺口,使它好懂。

要写得合乎普通话的说法,并不等于完全不能吸收外国句法。比方五四运动以前的白话小说,写的对话,总是这样的:

(6)武松入到里面坐下,把哨棒倚了,叫道:"主人家,快把酒来吃。"(《景阳冈》)

"某某说"在前面,说的话在后面。现在却有别的写法,如:

(7)"您回来了?"她先这样问。(鲁迅《祝福》)
(8)"老叔你别笑,"王淮南又故意绷住脸说。"你说,咱全村全社今年每亩增产一百斤的计划能实现不?"(秦兆阳《麦穗》)

(7)里说的话在前面,"她先这样问"在后面;(8)里"某某说"插在说的话中间。这种格式,在过去的作品里是不大看到的,是从外国文中学来的。这样的外国式的句子结构是好的,它能够更准确地表达出当时说话的神情。如:

(9)"你吹?"他嘲笑似的微笑,但接着就坚定地说,"不能!不要你们。我自己去熄,此刻去熄!"(鲁迅《长明灯》)

这里写一个人要去吹熄庙里的长明灯,别人骗他,说代他去吹,他不信。他说的话,"你吹? 不能! ……"是连接着说的。现在把"他……说"插在话的中间,就把说话的神情生动地写出来了。他说"你吹"是带着嘲笑似的微笑的,显得他不受人家的骗;他说"不能! ……"是态度非常坚定的。虽然"你吹? 不能!"是连着说的,但说话的神情态度是完全不同的。把"他……说"插在中间,就很好地把这种神情态度的变化描写出来了。

长句和短句

再像从前的白话文,在没有受到外国影响以前,一般说来,句子是比较短的,就是在长句子里,句中一定有不少停顿,每个停顿也是比较短的。比方:

(10)知客(和尚)引了智深,直到方丈,解开包裹,取出书来,拿在手里。……清长老读罢来书……唤集两班许多职事僧人,尽到方丈,乃云:"汝等众僧在此,你看我师兄智真禅师好没分晓!这个来的僧人,原来是经略府军官。原为打死了人,落发为僧。二次在彼闹了僧堂,因此难安他。你那里安他不得,却来推与我;待要不收留他,师兄千万嘱咐,不可推故;待要着他在这里,倘或乱了清规,如何使得?"(《水浒》)

这段是讲鲁智深拿了师父的信,投奔大相国寺,大相国寺的清长老跟许多和尚商量的话。这段话里有叙述,也有议论。里边顶长的句子是末了那一句话,有三十三个字。可是在这三十三个字中间停了六停,每一停有的四个字,如"不可推故",有的六个字,如"待要不收留他"。这一段话里顶长的一个停顿是"唤集两班许多职事僧人",也只有十个字。像这种句子比较短、句子中的停顿很短的情形,是从前书面语言的特点。

现在的书面语言就不完全这样了。比方:

(11)毛泽东同志在指出了民族资产阶级的左翼可能参加抗日斗争而其他部分可能由动摇而中立,指出了国民党营垒可能破裂和其中英美买办集团在一定条件下可能转而被迫参加抗日,指出了长征的伟大意义以后,总结党的任务说:"党的任务就是把红军的活动和全国的工人、农民、学生、小资产阶级、民族资产阶级的一切活动汇合起来,成为一个统一的民族革命战线。"(胡乔木《中国共产党的三十年》)

这句话共有一四九字,其中的停顿,第一个停顿有三十九字,第二个有三十七字,这样长的句子和句子中这样长的停顿,是受到外国文影响以后才有的。

这种句子的好处有三点:一是话说得周密,比方说成"把红军的活动和全国各界一切活动汇合起来",话是简单了,就是不周密。"全国各界"指的是什么呢?不清楚。不但不清楚,还有毛病,先说"全国各界"就连反动的"买办资产阶级"都在内了,不是有很大毛病吗?现在把它列举出来:"工人、农民、学生、小资产阶级、民族资产阶级",又周到,又明确,这是在"一切活动"上加上附加语的好处。

二是结构紧凑。"毛泽东同志在……以后,总结党的任务","在"跟"以后"紧密结合,是在指出了怎样的情况后总结的,这就把全句紧密地结合起来了。要是换一种说法,比方说,毛泽东同志对民族资产阶级有些什么看法,对国民党营垒有些什么看法,对长征又有什么看法。把这些分别说明以后,然后再说,根据这些看法做出总结等等。这样,这句话就可分做几句来说,句子是短了,可是结构就显得松懈，没有原来那末紧凑了。

三是气势旺盛。由于结构紧凑，念起来就逼得你非一口气念下去不可，这就显得气势旺盛，有力量。要是分成几句，中间可以作几次较长的停顿（用句号的地方停得较长，用逗号的地方停得短），气势就不会这样旺盛了。

从这里可看出来，这样的长句子是有它的必要的。我们如果很多意思要一口气说出来，要说得周密和紧凑，就适用这一类的长句子。这就触及到要根据作者的用意，采取各种不同的句式来达意表情了。

2.根据意义来确定句式

句子有长有短，同样长短的句子又有各种不同的结构。我们在说或写的时候，应该选用什么样的句式来表达我们的思想情感，这就得根据用意来确定。所谓根据用意有两个意思：一是从体裁方面说的，一是从意思的着重方面说的。

从体裁方面说

文学作品和理论文章是两种不同的体裁，往往采用不同的句式。一般说来，理论文章多用长句，文学作品多用短句（包括短的停顿）。文学作品中，对话部分多用短句，叙述部分的句子比对话长些，但比理论文章的长句还短些。

(1)这时候，我的脑里忽然闪出一幅神异的图画来：深蓝的天空中挂着一轮金黄的圆月，下面是海边的沙地，都种着一望无际的碧绿的西瓜，其间有一个十一二岁的少年，项带银圈，手捏一柄钢

叉,向一匹猹尽力的刺去,那猹却将身一扭,反从他的胯下逃走了。(鲁迅《故乡》)

(2)闰土又对我说:

"现在太冷,你夏天到我们这里来。我们日里到海边捡贝壳去,红的绿的都有,鬼见怕也有,观音手也有。晚上我和爹管西瓜去,你也去。"

"管贼么?"

"不是。走路的人口渴了摘一个瓜吃,我们这里是不算偷的。要管的是獾猪、刺猬、猹。月亮地下,你听,啦啦的响了,猹在咬瓜了。你便捏了胡叉,轻轻地走去……"(同上)

在同一篇作品里,(1)是描写,不是对话;(2)是对话。把这两段话一比较,就见得对话的句子短,描写的句子长些。(1)里的描写只有一句话,共102个字。(2)里的对话有好多句,短的句子只有两三个字,如"不是"、"管贼么"。长的句子也只有27个字。

那末(1)里的描写有102个字,不是也很长吗?描写的句子即使有长的,但就它的停顿来看还是短的。(1)里最长的一个停顿是"我的脑里忽然闪出一幅神异的图画来",共16个字。跟前一节里(11)的长句子比,第一个停顿39字,第二个停顿37字,就显得短了。这说明不同的体裁需要不同的句式。明白了这点,就可以懂得,在对话里,在叙述或描写中,适用短的句子或短的停顿;在理论文章里,有时需要用长的句子或长的停顿。我们应该根据不同的体裁来用短句或长句。一般说来,短句子容易念,容易懂,可以用短句子来表达时就不要硬造长句。但长句也有它的必要,在理论文章中,要说得周密、紧凑,有时非用长句不可。只要有必要,我们不必硬要避免长句子,或者认为长句子一定不及短句子好。

从意思的着重方面说

同一个意思,要是着重点不同,可以有各种不同的说法。我们就拿(1)里的话来看,同样的话可以有各种各样的说法。比方:

(3)深蓝的天空中挂着一轮金黄的圆月。
(4)一轮金黄的圆月挂在深蓝的天空中。
(5)天空作深蓝色,中间挂着一轮金黄的圆月。
(6)一轮圆月作金黄色,挂在深蓝色的天空中。
(7)圆月一轮,作金黄色,挂在深蓝色的天空中。

就上面这五种说法看,意思都一样,可是说法不同。可见同一个意思可以有各种不同的说法。在造句时,我们就得从各种不同的说法中选择一种。选择哪一种呢?得根据我们的用意。各种不同的说法所表述的意思虽然一样,但是用意的着重点是各不相同的。

假定我们注意到几方面的东西,像上面是什么,下面是什么,或东面是什么,西面是什么,那就适宜用(3)的说法。鲁迅先生的原文就是这样的。他注意天上的月亮和下面的沙地,所以用(3)的说法。比方我们到一个朋友的房间里去,要是我们注意到他的房间里南面放着什么,北面、东面又放着什么,就说:南面靠窗放着一张书桌,北面靠墙放着一张床,东面靠墙放着一口橱。用的是(3)的说法。我们不说:一张书桌在南面靠窗放着,一张床在北面靠墙放着,一口橱在东面靠墙放着。因为我们注意几方面的东西,就该先说方位,后说东西,用(3)的说法。

假定我们只注意一方面的东西,就可用(4)的说法。像说:一轮金黄的圆月挂在深蓝的天空中,越显得皎洁可爱。我们的着重点放在月上,不是列举各方面的东西。比方我们到朋友的房间里去,房里的家具并不引起我们的注意,我们只注意到东面墙上的一张画,这时我便说:一幅齐白石的写生画挂在东面墙上。因为我并不要列举东面有什么,西面有什么,所以先说东西,再说方位,用(4)的说法。

假定天空的颜色引起了我们的注意,月亮也引起了我们的注意,我们只要讲这两样东西,并不要讲各方面的东西,这时可用(5)的说法:天空作深蓝色,中间挂着一轮金黄的圆月。中间用了个逗号,停顿一下,把这两样东西引起我们的注意都显出来了。假使我们对墙上的写生画和墙壁的颜色都注意了,就可用(5)的说法,说成:墙上漆作嫩绿色,挂着一幅齐白石的写生画。

假如月光的颜色引起了我们的注意,我们可以用(6)的说法,作:一轮圆月作金黄色,挂在深蓝色的天空中。这话表现出月光的颜色和挂在深蓝色的天空中都引起我们的注意,但比起前面三种说法来,就把注意月光的颜色这点显出来了。要是我们说:一幅齐白石的写生画把虾都画得像活的一样,挂在东面墙上。这就把画里东西的神态也写出来了,用的是(6)的说法。

假如我们要把几种东西一一列举出来,适用(7)的说法。比如说:繁星万颗像宝石在发光,圆月一轮作金黄色,都挂在深蓝色的天空中。照一般的说法,我们总是说"一轮圆月""万颗繁星""一枝笔""一本书"等等,把数量词(如"一轮""一枝"等等)放在前面,把东西的名字放在后面。但要是把各样东西一样样列举出来,就适用(7)的说法。比方说:今天我到百货公司去买了不少东西,数数看有:金星金笔一枝,金星墨水一瓶,大号毛巾一条,香皂两块。我们不会说:数数看有:一枝金星金笔,一瓶金星墨水。要是我们只买了一样东西,不是列举几样东西,就只说今天我到百货公司去买了一枝金星金笔,不会说买了金星金笔一枝。

从这里,我们可以认识到,同样的意思,我们说起来的着重点却并不一样;由于着重点的不同,就可以有各种各样的说法。我们应该根据我们的着重点来选择一种顶合适的说法。

意思的着重点和句子结构

由于意思的着重点不同,句子的结构跟着不同。下面我们可以着眼在句子结构上来看这个问题。

(8)这个地方我没有到过。　　我没有到过这个地方。
(9)楼上下来了一个人。　　　一个人从楼上下来了。
(10)画这幅画的是齐白石。　　这幅画是齐白石画的。
(11)北京,新中国的首都,　　新中国的首都北京,
　　 是全国人民所景仰的　　 是全国人民所景仰的
　　 地方。　　　　　　　　 地方。
(12)他不敢说,因为怕说错。　因为怕说错,他不敢说。
(13)晚上,同学都在做功课。　同学都在晚上做功课。
(14)他天资聪明,功课都好,　他天资聪明,功课都好,
　　 文章也写得不错。　　　 写的文章也不错。
(15)饭也吃了,茶也喝了。　　吃了饭,喝了茶。
(16)饭吃过了吗?　　　　　　吃过饭了吗?

上面这九句话,每句话都有两种说法,表示出不同的着重点,造成了不同的结构。

(8)里第一句把着重点放在"这个地方"上,第二句是一般的说法。(9)里第一句着重在"楼上",即着重在从什么地方下来。第二句着重在"一个人"。由于着重点不同,用的词也不同。我们只能

说"楼上下来了一个人",不能说"楼上下来了张三",但是可以说"张三从楼上下来了"。这是因为着重在处所(楼上),不着重在人,不在于指明是谁。要指明是谁,着重点显然不在"楼上"了。要是说:"楼上下来了一个人,原来是张三。"上半句着重"楼上",下面只能用"一个人",下半句着重"张三",中间有了个停顿,就可以有不同的着重点了。就结构看,第一句动作(来了)在前,"人"在后;第二句"人"在前,动作在后,也是不同的。

(10)里第二句是一般的说明,第一句有些着重"画这幅画的"意味。就结构说,第一句动作(第一个"画"字)在前,人(齐白石)在后;第二句"人"在前,动作(第二个"画"字)在后。

(11)里第一句,有强调"新中国的首都"的意味。第二句,"新中国的首都"作为"北京"的修饰语,意味和第一句不同,位置和第一句恰好相反。

(12)里第一句,"因为怕说错"放在后面,只有解释作用,语气显得弱一些;第二句"因为怕说错"放在前面,语气就比较强。

(13)里第二句是叙述一件事,第一句着重"晚上",把它提到句子的头上来。

(14)里第一句"人很聪明,功课都好",不是被动的说法;"文章也写得不错"是被动的说法,因为"文章"自己不会"写",是被人写的。第二句中间没有被动的说法。这里把天资、功课、文章三点提出来说,也就是着重在这三点的列举上。

(15)(16)里的句子,动词(吃、喝)和宾语(饭、茶)的位子不同。动词在前的是一般的叙述或发问,宾语在前的有着重宾语的意味。说"饭也吃了",表明吃过了的是"饭",不是"糖果"或"水果";"茶也喝了",表明喝过了的是"茶",不是"酒"或"牛奶"。"饭吃过了吗?"表明问的是"饭"有没有吃过,不是问"糖果"或"水果"有没有吃过。

从这些话里,可以看出,由于意思的着重点不同,可以造成种种不同的句子结构。因此,我们要学会各种各样的句子结构,才能够根据我们的着重点来造句,使句子能够恰当地表达出我们的所要着重的东西来。

3. 根据上下文来确定一种说法

同一个意思可以有各种不同的说法,这主要是由用意来确定。在根据用意来确定说法的原则下,还要照顾到上下文。有时候,我们修改自己写的东西,由于改了上一句,下一句也不得不改,便是这个道理。比方:

我们每天的事情大概是掘蚯蚓,掘来穿在钢丝做的小钩上,伏在河沿上去钓虾。虾是水世界里的呆子,决不惮用了自己的两个钳捧着钩尖送到嘴里去的,所以不半天便可以钓到一大碗。(鲁迅《社戏》)

这里一共是两句话,第一句说明每天所做的事情是什么,第二句说明虾的容易钓。这两句话里的上半句要是换了个说法,那末下半句就得跟着改动。就第一句看,说明每天做了两件事,一件是掘蚯蚓,一件是钓虾,掘蚯蚓为的是钓虾,所以主要是钓虾。要是我们从主要的事着眼,把它说成:"我们每天的事大概是钓虾,先去掘蚯蚓,掘来穿在钢丝做的小钩上,伏在河沿上去钓。"因为开头的话改了,接下去就得补上"先去掘蚯蚓";因为开头已说了"钓虾",原句末了的"钓虾"就可改用一个"钓"字。第二句话我们要是把开头的话改了,下面的也得跟着改,如:"在水世界里虾是很呆的,它总是用了自己的两个钳捧着钩尖送到嘴里去,所以不半天便可以钓到一大碗。"原句是用比方,把"虾"比做人——呆子,所以用"不惮"。

要是不用比方,光说"虾"很"呆",即不把它比做人,下面就不宜用"不惮"字样。

在这里,我们只是说明同一个意思可以有不同的说法。要是开头的话改了,接下去的话往往也得改。至于一句话应该用哪一种说法,那是由话的内容、说话的着重点所决定的。像上面的两句,原文所以要那样说,是有它的必要的。第一句说"每天的事情大概是掘蚯蚓",不说"是钓虾",这应该是就当时的实际情况说的。猜想当时的情况,乡下的孩子在一起玩的一定不少,掘蚯蚓是大家都可做的,钓虾大概不是大家都可做的,要能够自制钓钩的孩子才能钓虾。因此,着眼在大家,所以说"每天的事情大概是掘蚯蚓"。第二句打个比方,拿虾来比呆子,给人的印象更深刻。从这里我们看到,鲁迅先生这样说,是他的思想内容决定的。

五 修辞的积极手法

修辞有积极手法和消极手法两种,这点在前面已经提过了。上面我们从修辞上来谈用词、造句,主要是谈修辞的消极手法,从明白清楚、容易懂、准确、有条理、内容一致这些方面着眼。接下来要谈谈修辞的积极手法。我们从为什么要用积极手法着眼,把它分成六类:(1)具体,(2)强调,(3)含蓄,(4)趣味,(5)精练,(6)变化。

我们有时要把话说得具体,说得强调,说得含蓄,说得趣味化,说得精练,说得有变化,总之,要把话说得更生动,更能引起人的注意,给人深刻的印象,就要运用修辞的积极手法。下面把这六类分别说明一下。

1. 具体

比喻

《水浒》里写武松打虎，描写老虎的厉害，有句话说："大虫……吼一声，却似半天里起个霹雳，震得那山冈也动，把这铁棒也似虎尾倒竖起来，只一剪。"这里打了两个比方：一个是把老虎的吼声比做"半天里起个霹雳"，一个是把虎尾比做"铁棒"。要是不用比方，光说大虫吼一声，声音响得不得了，大家看了还是不懂得怎么响法。用了比方，说"却似半天里起个霹雳"，人们都听到过霹雳，就可以想象怎么个响法。说"虎尾倒竖起来"厉害得很，到底怎样厉害，人们看了还是不清楚。打个比方，说像"铁棒"，就明白了。"厉害"跟"铁棒"不同，"铁棒"是一样具体东西，人们可以看到；"厉害"是抽象字眼，并不像铁棒那样可以看见。把虎尾的厉害比做铁棒，就把抽象字眼说得具体了。说"响得不得了"跟"霹雳"不同，"霹雳"是有声音可以听见的，就具体，"不得了"是抽象字眼无法听见。打比方把抽象的说得具体，使人像看见听见那样，通过比方把作者的感觉形象地告诉读者，使读者获得同样的感觉，文字因而更显得生动有力了。

打比方有三种，举例说明如下。

第一种比方：

(1) 老通宝他们那村庄四周围的桑林似乎发长得更好，远望去像一片绿锦平铺在密密层层灰白色矮矮的篱笆上。(茅盾《春蚕》)

这种比方具有三个条件:第一是原来的东西,像(1)里的"桑林";第二是表示打比方的字眼,如,"像""似""如""像……一样""像……似的";第三是用来打比方的东西,像(1)里的"一片绿锦"。

(2)扳船全凭老艄公,中国人民全靠毛泽东。(《爬山歌选》)
(3)人多主意好,柴多火焰高。(谚语)

这种比方具有两个条件:一是原来的意思,像"中国人民全靠毛泽东","人多主意好";二是比方,像"扳船全凭老艄公","柴多火焰高"。跟(1)相比,省去了表示打比方的"像""如"等字眼。在这里,原来的意思和比方配成相对的话,因为这样相对,所以可以省去"像""似""如"一类的字眼。要不省,(3)里可说成"'人多主意好'就像'柴多火焰高'一样"。

上面的第一种比方叫"明喻",就是比方跟被比的东西这两样的关系是很明白的。

第二种比方:

(4)我们的太阳是毛泽东。(湖南民歌)

这种比方跟前一种的分别:前一种表示打比方的字眼用"像""似""如"等等,这一种用"是""也"等字眼。说"是什么"比说"像什么"要更进一层。照字面看,"是什么"不像打比方,但实质上是打比方,因此这种比方叫"隐喻"。

第三种比方:

(5)一木安能支大厦(大屋子)。(谚语)
(6)三个臭皮匠,抵个诸葛亮。(谚语)

"一木安能支大厦"比方"一个人怎么能够支撑得住一个大局面"。"木"比"人","大厦"比"大局面"。"三个臭皮匠"比许多没本事的人,"诸葛亮"比本事顶好的人。这种比方,拿比方的东西来代替原来的东西,像拿"一木"来代替"一个人","一个人"索性不说出来了。这种比方比第二种比方再进一步,叫做"借喻"。

以上这三种比方,在修辞上都叫做"比喻"。

打比方的时候,要注意下面几点:

在前面,我们指出,打比方是要把抽象的说得具体,拿看得见听得见的东西来比看不见听不见的,把作者的感觉具体地告诉读者,让读者跟作者一样地获得那种感觉。在这里,我们还要指出,有些不容易说明的事物,这些事物并不抽象,但由于不容易说明,也可以打比方,拿更容易懂的具体事物来比方。像(1)里的"桑林"是具体的东西,可是老通宝对它远远望过去的感觉怎样却不易说明,打个比方,说成"像一片绿锦",就非常具体,更容易明白了。

这样看来,打比方的目的,就是要把话说得更具体,更浅显,更容易懂。因此,用来作比方的东西,一定要比原来的东西具体、浅显、容易懂。要是比原来的东西抽象、更深、更难懂,那就不适宜拿来作比方了。

打比方,要把被比的东西说得更具体,更形象,因此同类的不宜相比。不同类的只有其中一点相像,拿来相比就非常明确。"虎尾"跟"铁棒"不是同类的东西,两样中只有一点相像:坚硬。拿虎尾比铁棒,人家一看,就知道说虎尾像铁棒那样坚硬,而绝不会误会。

讽喻

另外还有一种比方,造一个故事,用来说明一种道理,这种故事就是寓言。比方"拔苗助长""刻舟求剑"都是。有个农民看看田里的苗长得不高,他希望它快快长高,把苗拔起来一些,看看确是高了点儿。因此,他把田里的苗一棵棵都拔起来一些。那天回去,他对儿子说:"今天把我累坏了!我帮助麦苗长高了。"他儿子觉得很奇怪,怎么可以帮助麦苗长高?跑去一看,田里的麦苗都发黄变枯了。这个故事用来说明一种道理,一切事物的发展都有一定的规律,我们只能按照规律帮助它发展,要是违反规律去做,反而会搞坏的。这就是"拔苗助长"的寓言。有个人坐在船上,他不小心把剑掉下水里去了。他在船上刻了一个记号,表明剑是从那里掉下去的。船一直在前进,到了目的地,他叫人从他刻过记号的地方下去找那把剑。停船的地方跟他掉剑的地方不知要差多么远,哪里能找到。这说明一个人太死心眼儿,看不到事物变化,也会失败。这就是"刻舟求剑"的寓言。这种寓言也是比方,用一个故事来说明一个道理。道理比较抽象,不容易懂,故事就具体,就容易懂。这种比方,在修辞上叫做"讽喻"。

借代

还有用人或物的特征来代替人或物的,这种说法也说得具体、形象化。

(7)……圆规一面愤愤的回转身,一面絮絮的说,慢慢向外走,顺便将我母亲的一副手套塞在裤腰里,出去了。(鲁迅《故乡》)

(7)里的"圆规"指卖豆腐的杨二嫂,因为她"张着两脚,正像一个画图仪器里细脚伶仃的圆规",所以就用这个特征来代替她,使我们想象她那种像圆规的形象。

这类说法是很通行的,如"头脑清楚"的"头脑"代思想。"眼高手低"的"眼"代见解,"手"代技巧。这些话大家都在写着说着。这一类在修辞上叫"借代"。

"借代"用起来要注意:一,借用的名称一定要确切。比方从前用"丝竹"来代替箫笛(用竹)胡琴琵琶(用丝)是恰当的,现在要是用来代替更复杂的乐器,或是用铜制的乐器,就不确切了。二,借代的东西一定要非常明白,人家一看就懂,不会产生误会。比方从前人用"红"来代"花",像"落红"、"残红"、"红雨",现在要是再用"红"来代"花",人家就看不懂了。三,用特征来代人或代物,一定要这个特征在上文交代过的,人家才明白。像(7)里的"圆规",上文已经说明杨二嫂的形状像圆规,才可用。这样借代,在小说里可用,在正式文件里不适用,又对于尊敬的人一般也不适用。

摹状

还有把声音颜色都描摹出来,也是一种具体的写法。因为那样可以使读者像亲自听到和看到一样,感觉很亲切。

(8)他从地里抓起把土,土黑油油地在吸引着他……(李准《不能走那条路》)

(9)"小弟弟,好玩呢,洋铜鼓,洋喇叭,买一个去。"引诱的声调。接着是:咚,咚,咚——叭,叭,叭。(叶圣陶《多收了三五斗》)

"黑油油"描绘出肥沃的泥土的色彩,"咚,咚,咚"描绘出敲铜鼓的声音。这种写法在修辞上叫"摹状"。

2. 强调

修辞中有很多积极手法,它的作用都是为了强调,把所要表达的思想感情,所要讲的东西,强调说出来,就有各种各样的修辞手法。

映衬

电灯的光在太阳底下并不亮,但在黑夜里就显得特别亮了。农民的生活跟工人比,显不出什么优越来,但把现在参加农业生产合作社以后的生活和解放前的生活相比,就好得多了。

夜越暗,电灯就越显得亮;解放前农民的生活越悲苦,解放后就越见得幸福。反过来,电灯越亮,夜越见得暗;解放后农民生活过得越幸福,越见得解放前的悲苦。像这样把相反的东西做对比,就有强调的作用。

(1)无事忙。(俗语)
(2)东家吃米我吃糠。(江苏民歌)

(1)里"无事"和"忙"相反,合在一起,强调这种"忙"的无意义。(2)里指不劳动的地主吃米,劳动的雇农反而吃糠,成了强烈的对比,反映出农民的阶级感情来。这种手法,在电影里也时常可以看到,荒淫无耻的资产阶级生活跟严肃刻苦的工人阶级生活相对照,反动特务的破坏跟革命战士的斗争相对照,都有强调作用。这在修辞上叫"映衬"。

铺张

热爱祖国的人,热爱祖国的土地,要表达出他们这种热爱来,光说祖国的土地珍贵,还嫌没有力量。为了表达这种感情,有时要用夸张的说法。其他要表示感情的地方,也可以用这种说法。

(3)何况这儿一粒沙就是一粒金呢?(《远离莫斯科的地方》)
(4)"说实在的,材料太老了,老得长胡子了。……"(同上)

"一粒沙"的价值和"一粒金"相差很远,(3)里是一种夸张的说法。但这种夸张,却深切地表达出苏联人民热爱祖国土地的精神来,他们不能让敌人侵占祖国的土地。对祖国的土地说来,即使像一粒沙都宝贵的。(4)里也是夸张。材料不会长胡子,(4)的说法,正极力说明材料的老。这种说法在修辞上叫"铺张"。(4)里还有"比拟"手法(见下面)。

这种铺张,可以用来表达强烈的感情,不宜用来作科学的记录。李白的诗说,"黄河之水天上来",这是铺张的说法;在讲地理时,一定得说明黄河从什么地方发源,不能说"从天上来"了。明白了这些,我们也不会说"材料长胡子"是不通的了。

比拟、呼告

有时候,我们对于自己喜爱的东西,把它当人看待,跟它说话。小孩往往这样。有时候,我们又把人比做物,因为人跟物有某一点相像。这种说法也有强调作用,强调我们的感情或想法。

(5)老人朝着骡子的两只大眼睛说:"这回叫你打美国鬼子去,多够运气!到部队上得好好学活,好好干哪!"(吕曰生《骡子的故事》)

(6)女人坐在小院当中,手指上缠绞着柔滑修长的苇眉子。苇眉子又薄又细,在她怀里跳跃着。(孙犁《荷花淀》)

(7)两只小狗最先走出来欢迎我们。(丁玲《我在霞村的时候》)

(5)里把"骡子"比人,强调老人对骡子的热爱。(6)里把"苇眉子"比做活的生物,强调女人把苇眉子编席的手段灵巧。(7)里是把小狗当做人来描写的。这些说法,在修辞上叫做"比拟"。(5)里老人对着"骡子"说话,骡子是不懂人话的,这种说法,修辞上又叫做"呼告"。还有一个人在痛苦中喊"天啊!"或者喊"爸爸啊!妈妈啊!"这时候"爸爸""妈妈"并不在面前,并不能听见。这种说法也叫"呼告",也是强调作者的感情。

示现

有时候,我们凭着想象,把没有经历过的事情说得像就在眼前,或者把我们对未来的想象说得像就在眼前。这也是一种强调,把我们想象中的东西强调地说出来。

(8)六十年前,在美国查理斯顿城,水冲破了堤岸。浪头足足有三层楼那末高,滚滚地向平原上涌。挡住它去路的桥、房屋,全冲毁了。火车在它手里簸弄着,像几片木片。(伊林《天气陛下》)

(9)……烛火像元夜似的闪闪的跳,他(阿Q)的思想也迸跳起来了:——

"造反？有趣……来了一阵白盔白甲的革命党,都拿着板刀、钢鞭、炸弹、洋炮、三尖两刃刀、钩镰枪,走过土谷祠,叫道:'阿 Q!同去同去!'于是一同去。……"(鲁迅《阿 Q 正传》)

(8)里讲的并不是作者经历过的事,可是要强调自然的破坏力,就把它讲得像作者亲自看到过的一样。(9)里是阿 Q 的想象,并不是真有这回事,可是讲得像真有这回事一样,强调阿 Q 热烈地想参加革命的心情。这种说法,在修辞上叫"示现",就是把不在眼前的东西说得像在眼前那样显现出来。

设问

我们有了疑问得向人家请教,这是不知道才问。有时我们明明知道还要问,那不是向人家请教,是要人家注意听我的话,是要把我的意思更强调地说出来。

(10)……老定又叹了口气说:"我要钱弄啥?还不是给你弟兄们打算,我能跟你们一辈子?"(李准《不能走那条路》)

(11)八叔的航船不是回来了吗?(鲁迅《社戏》)

(10)里老定说了两句问话,都不要对方回答。第一句问话,老定自己回答了:我要钱是为你们兄弟打算。那末为什么要提问题呢?要对方注意自己的话,更强调地把自己的意思说出来。"我能跟你们一辈子?"这是反问,正面的意思是:我不能跟你们一辈子。(11)里也是反问,正面的意思是:八叔的航船回来了。不正面说,却用反问,完全为了要把自己的意思强调地说出来。这种说法,在修辞上叫"设问"。

感叹

有时候,我们高兴极了,或者悲痛极了,说的话就带有强烈的感情,用感叹的口气来说。这种感叹口气,是表达感情的强调的说法。

(12)"阿!闰土哥,——你来了?……"(鲁迅《故乡》)
(13)……又说:"做庄稼人啥贵重,还不是得有几亩土!"(李准《不能走那条路》)

(12)里的"阿!"表示非常高兴。(13)是反问的话,本来可以用个问号(?),这里用感叹号(!),表示说话的老定热爱土地的感情。这种强调的说法,在修辞上叫"感叹"。

复叠、反复

有时候,我们要着重某一句话或某一个词,说了又说,引起人家注意,这也是强调的说法。

(14)活到老,做到老;做到老,学到老。(谚语)
(15)一杆红旗红又红,永远跟着毛泽东。(《爬山歌选》)
(16)……想不到今天,太阳底下把冤伸,千刀万剐心不甘,千刀万剐心不甘。(《白毛女》)

(14)里"做到老"说了两遍,"……到老"重复了四次。这样重复,就是强调工作(做)和学习直到老都不能停止的意思。(15)里重复了三个"红"字,强调"红"的色彩。(16)里最后的话说了又说,表示白毛女对地主的深切仇恨。这里"红又红"这一类的重复,像"高高兴兴""层层叠叠""白茫茫""绿油油"都是,是指句子中有些词的重复,像(14)里四个"到老"的重复也是。这些在修辞上叫"复叠"。(14)里的"做到老"说了又说,(16)里"千刀万剐心不甘"也说了又说。这在修辞上叫"反复"。

对偶、排比

有时候,我们把相类似的或相反的事并排起来说,有的每句话的字数完全一样,非常整齐;有的字数长短不同,但句子的结构一样。这种说法,前一种整齐,有时也有强调作用;后一种参差,强调作用更其显著。

(17)泥瓦匠,住草房。纺织娘,没衣裳。
　　　卖盐的,喝淡汤。种田的,吃米糠。
　　　编凉席的睡光床。当奶妈的卖儿郎。(《泥瓦匠》)

(18)乡亲们同志们莫流泪,旧社会把人逼成鬼,新社会把鬼变成人……(《白毛女》)

(19)抗日战争和统一战线之所以能够坚持,是由于许多的因素:全国党派,从共产党到国民党;全国人民,从工人农民到资产阶级;全国军队,从主力军到游击队;国际方面,从社会主义国家到各国爱好正义的人民;敌国方面,从某些国内反战的人民到前线反战的兵士。总而言之,所有这些因素,在我们的抗战中都尽了他们各种程度的努力。(毛泽东《论持久战》)

(17)里第一第二两句相对:一、字数一样,都是六个字;二、词类一样,"泥瓦匠"对"纺织娘"是人对人,"草房"对"衣裳"是物对物,都是名词对名词;"住"对"没",是动词对动词;三、每句没有相同的字。这是顶严格的相对。第三第四句相对,第五第六句相对,只有前两个条件,内中有相同的"的"字。这是同类的事相对。(18)里是相反的事相对,更有强调作用,含有相反的事相对照的作用。这一类的说法,在修辞上叫"对偶",就是对子,既整齐,又有强调作用。像(17)里把相类似的三个对子放在一起,就更其强调旧社会里劳动人民被迫害的深切痛苦。

(19)里用分号(;)分开的话结构相同,都是"……从……到……"的格式;但字数不同,用词的多少不同,加不加附加语也不同。像"从共产党到国民党",用了"共产党""国民党"两个词,上面没有附加语;"从工人农民到资产阶级",用了"工人""农民""资产阶级"三个词,也都没有附加语;"从某些国内反战的人民到前线反战的兵士",用了"人民""兵士"两个词,两个词上面加有"某些""国内反战的""前线反战的"附加语。像这样的话,格式相同而词数不同,有没有附加语不同,在修辞上叫"排比"。用这种排比句说话,就显得话有力量,很有强调那番话的作用。

层递

有时候,我们讲的意思可以分做好几层的,就可以一层一层地讲,这也是强调的说法。比方我们说:锻炼身体挺重要。这样说显得力量不够,我们就可以分作三层来说:有病看医生不如事前预防好,事前预防不如锻炼身体好。这样说,它的意思跟"锻炼身体挺重要"一样,只是分了三层来说,一层进一层,更其有力地说出了"锻炼"的重要来。所以也是一种强调的说法。不过用这种说法要有三个条件:一、要有两层以上的意思;二、这些意思要可以分层次的,或者从浅到深,从低到高,从小到大,从轻到重,或者从深到浅,从高到低,从大到小,从重到轻;三、这些层次是有一定的次序的。

(20)工作需要你们,人民需要你们,新的中国需要你们,新的时代需要你们。(巴金《一封未寄的信》)

(21)任桂花听了,放声大哭起来,一面哭一面尖声说:"……他不是个人,是一个鬼!……骗了钱就大吃大喝,赌博,抽洋烟!没有钱就要我的,我不给就偷,衣服、首饰、银钱,什么都偷!偷不成就抢,抢不成就打!……"(欧阳山《高干大》)

(20)里的"工作""人民""新的中国""新的时代"一个比一个重,一个比一个大。(21)里讲那个坏蛋,先是骗,从骗到偷,从偷到抢,从抢到用暴力打任桂花逼她拿出钱来。骗已经是坏了,一步步下去越来越坏。这种说法,在修辞上叫"层递"。

3. 含蓄

话本来应该说得清楚明白,干脆扼要。可是说话还得注意效果,要是有些话干脆说出来会收到不好的效果,就得考虑换一种说法了。我们对于将要结婚的青年男女往往这样问:"你什么时候请我们吃糖?"这话的意思是问他们什么时候结婚。不明白提出"结婚"字样,怕女的害臊。因此,在一定的场合里,考虑到说话的效果,有时要说得含蓄。这在修辞上也有各种不同的说法。

婉曲

有时候,我们说起话来,正意不说,却说跟正意有关的来西,从中透露出正意来。

(1)老拱的歌声早经寂静,咸亨也熄了灯。单四嫂子张着眼,总不信所有的事。(鲁迅《明天》)

(2)孔乙己一到店,所有喝酒的人便都看看他笑,有的叫道:"孔乙己,你脸上又添上新伤疤了!"(鲁迅《孔乙己》)

(1)里讲单四嫂子死了儿子,眼泪已经哭干,到深夜还没睡,张着眼坐到天亮。在单四嫂子住的鲁镇上,只有咸亨酒店要到深夜才关门,喝酒的老拱一直要喝到深夜才走。这里说"老拱的歌声早经寂静,咸亨也熄了灯",就是夜已经很深的意思。(2)里的孔乙己给旧社会害得没饭吃,不免到地主家去偷书。地主便抓住他痛打,脸上经常被打伤。"你脸上又添上新伤疤了!"是"你又被打了!"的意思,是取笑的话。这一类说法,修辞上叫"婉曲"。

讳饰

有时候,碰到自己不愿说或人家犯忌的东西,可是又不能不说到它,于是就换一种说法来说。

(3)"阿Q,听说你在外面发财。"赵太爷踱开去,眼睛打量着他的全身,一面说。(鲁迅《阿Q正传》)

(4)凤姐儿低了半日头,说道:"这个就没有法儿了。你也该将一应的后事给他料理料理。……"(《红楼梦》)

(3)里赵太爷知道阿Q从城里偷了东西回来,想向他买,所以避免说"偷东西",改说"发财"。因为既然要向他买,自然不能说他偷,赵太爷是不愿承认自己要买贼赃的。(4)里的"后事"即丧事,因为病人还没有死,避免说丧事,改说后事。像这一类避免说的字眼不少,如避免说"死",说作"不在""老去""有个三长两短""直到心脏停止跳动";避免说"受胎",说"有喜"。这种说法,在修辞上叫"讳饰"。

倒反

说话里有一种反话,字面的意思和说话的用意恰恰相反。这种反话,大概是从讽刺来的。要讽刺对方,正意不好直说,就说反话,照字面看好像是在恭维,实际上是在讽刺。有些反话已经成了习惯的说法,没有讥刺的意味了。

(5)"忘了?这真是贵人眼高……"(鲁迅《故乡》)

(5)里杨二嫂听说"我"已经记不起她这个人了,就冷笑着说这话,讥笑"我"的见识浅陋,"仿佛嗤笑法国人不知道拿破仑,美国人不知道华盛顿似的"。

双关

有时候,我们说的话里,字面上是说甲,骨子里是说乙,这也是一种含蓄的说法。

(6)"哙,亮起来了。"
阿Q照例的发了怒,他怒目而视了。
"原来有保险灯在这里!"他们并不怕。(鲁迅《阿Q正传》)
(7)单四嫂子终于朦朦胧胧的走入睡乡,全屋子都很静。这时红鼻子老拱的小曲,也早经唱完;跄跄踉踉出了咸亨,却又提尖了喉咙,唱道:——

"我的冤家呀!——可怜你,——孤另另的……"(鲁迅《明天》)

(6)里人们取笑阿Q。阿Q头上有癞疮疤,因此不说"癞"。癞疮疤上不生头发,是光的,因此连"光"也不说。"光"发"亮","灯"发"光",因此连"亮""灯"都不说。人们知道他这样,特意取笑他,说"亮"说"灯",双关"光"字,指他的癞疮疤。(7)里唱的是小调,但骨子里是指单四嫂子。这类说法,在从前的民歌里很多,像"东边日出西边雨,道是无晴却有晴",字面上在讲晴天的"晴",骨子里在讲爱情的"情"。这类说法,修辞上叫"双关"。又(6)里的"冤家"也是反话,民歌里称情人为冤家。

4. 趣味化

仿拟

我们都爱听说相声,说相声也是一种语言的艺术。相声里有时模仿各地的方言,有时模仿各种说话的腔调。这种模仿跟小孩学话或南方人学普通话不同,往往带有嘲讽的意味,使语言趣味化,引起听众发笑。在嘲讽里面往往还含有深刻的意义,不仅仅使人发笑。像这类使语言趣味化的说法,也是修辞的积极手法。

(1)二人正说着,只见湘云走来笑道:"爱哥哥,林姐姐,你们天天一处玩。我好容易来了,也不理我一理儿!"

黛玉笑道:"偏是咬舌子爱说话,连个二哥哥也叫不上来,只是

爱哥哥爱哥哥的。回来赶围棋儿,又该你闹么爱三了。"(《红楼梦》)

(2)朵若挺得意,学着小孩儿说话的腔调,把我的名字"大卫"转了一个娇声,念成"嘟对"。她说:"嘟对,你看我美不美?"我说:"美,美,美,美之极啦!"(狄更斯《大卫·考伯飞》)

(1)里史湘云的发音不准确,"二哥哥"的"二"字音没咬准。林黛玉取笑她,仿效她的发音说成"爱哥哥爱哥哥",再把"么二三"说成"么爱三"。这是打趣的话。(2)里写一个女孩子朵若,学着小孩子的声调说话。小孩子叫大人的名字,因为音没有咬准,听起来特别显得孩子气。朵若也学这种孩子声调叫她爱人的名字,显得自己也还是一个孩子似的。像这样仿效别人的话来打趣的(也可以用来讽刺),在修辞上叫"仿拟"。

顶真

在儿歌里有一种格式,前一句的末一个词是后一句的第一个词。这样的格式,念起来音节流畅,有趣味。

(3)门前一口井,井里一颗星,星儿亮晶晶。亮晶晶,好像姑娘大眼睛。眼睛亮,前面道路看分明。(儿歌)

像这种格式,不但儿歌里有,在别的作品里也有。

(4)大门朝东,对着大车路。大车路前面是一片沙滩。沙滩的尽头,横着一条小河。(欧阳山《高干大》)

这样的格式,修辞上叫"顶真"。

5. 精练

人民的语言,像全国通行的普通话,是具有精练的特色的。有些字数多的词,人民说起来会把字数改少,改少了听起来同样明白。有些可以不必讲的词,人民说起来就把它省掉,省掉了听起来更简单明了。像谚语一类的话,也是人民的创造,在最短的话里含有顶丰富的意义。这些,都是人民语言中的精练部分。

节缩

"苏维埃社会主义共和国联盟"字数相当多,现在人民口语里就把这个名称缩成"苏联",念起来很简单,意义同样明确。另外像"民主妇女联合会"缩成"民主妇联","中国共产党北京市委员会"缩成"北京市委",听起来也同样明确。这种说法,在修辞上叫"节缩"。不过这种节缩,一定要普遍通行的才可用。不是普遍通行的,自作主张地节缩是不行的。

省略

在对话里,凡是可以不说的词一般都省去不说。有的是上文已经说了,下文就可以省去,这叫承上省;有的是下文说了,上文就可以省去,这叫承下省。也有上文有意不说留待下文说的。

(1)刘唐道:"小弟打听得北京大名府梁中书收买十万贯金珠宝贝玩器等物送上东京,与他丈人蔡太师庆生辰。去年(　　)也曾送十万贯金珠宝贝,来到半路里,不知被谁人打劫了,至今也无

捉处。今年（　　）又收买十万贯金珠宝贝，早晚安排起程，要赶这六月十五日生辰。……"（《水浒》）

(2)两只船厮并着投石碣村镇上来。（　　）划了半个时辰，（　　）只见独木桥边，一个汉子，把着两串铜钱，下来解船。阮小二道："五郎来了！"（《水浒》）

(1)里前面已经提到"梁中书"，因此后面两个"（　　）"处本来应该说明是"梁中书"的，都承上省去了。(2)里第一个"（　　）"是"两只船"，承上省去；第二个"（　　）"是"阮小二"，承下省去。

(3)晁盖道："吴先生，我等还是软取，却是硬取？"吴用笑道："我已安排定了圈套，只看他来的光景，力则力取，智则智取。我有一条计策，不知中你们意否？……如此如此。"（《水浒》）

"不知中你们意否？"接下去是说出怎样用计，这里把那段话省去了。因为下面具体描写了怎样用计，所以这里也可算是承下省略。不过(1)(2)里只是个别词的省略，这里是整段话的省略。像这类说法，修辞上叫"省略"。

精警

人民的语言里面有极精练的话，那是从长期积累的经验中提炼出来的，含有极深刻的意义。

(4)不经一事，不长一智。（成语）
(5)天下无难事，只怕有心人。（成语）
(6)杀了"现在"，也便杀了"将来"。（鲁迅《随感录五十七》）

(7)自称盗贼的无须防,得其反倒是好人;自称正人君子的必须防,得其反则是盗贼。(鲁迅《小杂感》)

(4)(5)是成语,是人民从长期实践中得来的经验教训。"不经一事,不长一智",正说明实践的重要。要长智识,就要参加实际工作。(5)里说明人的毅力智慧可以克服一切困难。这些都是很可宝贵的教训。(6)里的"杀了'现在'",是鲁迅先生指他写作时候的反动封建统治,用腐朽的封建礼教,僵死的古代语言,来抹杀新思想和活语言,就是想杀死"现在"。杀死了"现在",让人民永远不得翻身,也就让后代永远不得翻身,断送了"将来"。这句话说的好像两件事:一,杀死"现在";二,杀死"将来"。把这两件事合在一起,意义更深切,显得这是有关将来子孙的事,促使人民起来和这种反动封建势力斗争。(7)里说的好像是反话,却有深刻的含义:要提高警惕,防止受骗。一切反革命分子都装得像正人君子那样,所以要防备,怕他们是真正的盗贼,不防备就要受害。自称盗贼的不玩弄两面派手段。这种人可能不是盗贼,只是自己犯了错误,深切悔恨,因而自称盗贼,所以不须防备。像这类警句,修辞上叫"精警"。

6. 变化

我们对生活中的一切事物,总喜欢布置得整整齐齐。房间里的家具要布置得整齐,书橱里的书要排列得整齐,乱了就觉得不舒服。但要是所有的房间里的布置都一样,虽然很整齐,我们又会感到太单调,缺乏变化,也不好。因此,我们既要整齐,又要变化。语言也是一样。语言中有对对子(对偶),有结构相同而字数不同的句子(排比),有同一句话说了又说(反复),这些都显出语言的整齐来。但有时候我们却又要求变化,可以对对子的却不对,可以结构得一样的却不一样,可以重复的却不重复。这样变化,正可显出语言样式的多样化来。

(1)狮子似的凶心,兔子的怯弱,狐狸的狡猾……(鲁迅《狂人日记》)

(2)血债必须用同物偿还。拖欠得愈久,就要付更大的利息。(鲁迅《无花的蔷薇之二》)

(3)噢——,真的,真的,都是真的,这都是真的……(《红旗歌》)

(1)里可以使句子变得非常整齐。像作:"狮子似的凶暴,兔子似的怯弱,狐狸似的狡猾",中间连用三个"似的";把"凶心"改成"凶暴",跟"怯弱""狡猾"都成了形容词。这样字数一样,词类一样,就更整齐了。原文不这样写,使得话中有变化,即在整齐中有变化。(2)里要是改成排句的形式,可作:"拖欠的日子愈久,偿付的利息就愈大。"这样两句话的结构就一样了。这里不这样说,不但有变化,语言也更精练。(3)里同是说"真的",但有"真的,都是真的,这都是真的",三种详略不同的说法,富有变化。像这种说法,修辞上叫"错综"。

六 结语

上面,我们把修辞的消极手法和积极手法粗略地说了一下。无论就写作或阅读说,修辞的消极手法更重要。我们运用语言,先要做到明白清楚、准确贴切、有条理,把自己的意思恰好地表达出来,这是首要的。要是忽略了修辞的消极手法,认为谈修辞就是要讲究积极手法,结果,忽略了语言的明白确切,不注意肃清语言中不纯洁不健康的东西，却专谈什么积极修辞，那是不对的。这样说，并不是说修辞的积极手法不重要，倘要分缓急先后来说，我们应该先学习消极手法，因为它比积极手法更急需。自从语言规范化提到工作日程上来以后，我们就更需要为语言的纯洁和健康而奋斗，消除语言中的混乱现象了。修辞的消极手法主要是教我们从这方面用力，因此我们要更其注意修辞的消极手法。

最后我们还要说明一点：修辞是为表达思想感情服务的。一定要先有了深刻的思想和丰富的感情，要把它明白确切而生动地表达出来，修辞在这时候对我们才有帮助。要是没有什么深刻的思想感情，即使懂得怎样运用修辞手法，也是无能为力的。要是学了积极手法，就想硬用到写作中去，不是让修辞手法来为我们写作服务，却是把我们的思想感情去硬凑积极手法，那就成了削足适履，跟修辞的目的背道而驰了。

图书在版编目(CIP)数据

周振甫讲修辞/周振甫著.
南京:江苏教育出版社,2005.11
(周振甫讲谭)
ISBN 7-5343-6896-0

Ⅰ.周...
Ⅱ.周...
Ⅲ.汉语－修辞
Ⅳ.H15

中国版本图书馆 CIP 数据核字(2005)第 107199 号

出版者	江苏教育出版社
社　　址	南京市马家街 31 号　邮政编码 210009
网　　址	http://www.1088.com.cn
出版人	张胜勇
书　　名	周振甫讲修辞
作　　者	周振甫
责任编辑	马兰峥
集团地址	凤凰出版传媒集团有限公司
	（南京市中央路 165 号　邮政编码 210009）
集团网址	凤凰出版传媒网 http://www.ppm.cn
经　　销	全国新华书店
印　　刷	中煤涿州制图印刷厂
厂　　址	河北省涿州市范阳西路 21 号　电话　0312－3685460
开　　本	787×1092 毫米　1/16
印　　张	18.75　插页 2
字　　数	197 000
版　　次	2005 年 11 月第 1 版
印　　次	2005 年 11 月第 1 次印刷
印　　数	0001—5000
定　　价	24.80 元

发行热线　010－88876731
编辑热线　010－88876730

苏教版图书若有印装错误可向承印厂调换